國家圖書館出版品預行編目資料

Dr. English Phrasal Verbs 動詞片語大師 /
Christopher Barnard著;本局編輯部編譯.
－－初版二刷.－－臺北市：三民，2006
　　面；　　公分
含索引
ISBN 957-14-4314-X　（平裝）

1. 英國語言－動詞

805.165　　　　　　　　　　　　　94010025

三民網路書店　http://www.sanmin.com.tw

© 　Dr. English Phrasal Verbs
　　動詞片語大師

著作人　Christopher Barnard
編譯者　本局編輯部
發行人　劉振強
著作財　三民書局股份有限公司
產權人　臺北市復興北路386號
發行所　三民書局股份有限公司
　　　　地址／臺北市復興北路386號
　　　　電話／(02)25006600
　　　　郵撥／0009998-5
印刷所　三民書局股份有限公司
門市部　復北店／臺北市復興北路386號
　　　　重南店／臺北市重慶南路一段61號
初版一刷　2005年6月
初版二刷　2006年5月
編　號　S 805470
基本定價　捌　元
行政院新聞局登記證局版臺業字第○二○○號

有著作權・不准侵害

ISBN　957-14-4314-X　（平裝）

Dr. English Phrasal Verbs

以介系詞、副詞分類

動詞片語大師

Christopher Barnard　著

本局編輯部　編譯

三民書局

目　次

- **Chapter 1~33**

前　言

　　本書在結構及資料的整理上是一本相當獨特的辭典，在 3,737 個例句中共介紹了 2,479 個動詞片語，其中相同的動詞片語會有不同的釋義或衍生的慣用語，故讀者在本書中真正可以查到的動詞片語用法遠超過 2,479 個。以下為本書特色介紹：

I. 獨特的內容整理方式

　　不同於市面上眾多以字母排序的動詞片語書籍，本書採用相當獨特的方式整理內容。先將動詞片語常見的語意歸納出 33 個主題 (Chapter 1～33)，再將所有構成動詞片語會用到的介系詞或副詞 (以下簡稱為「介副詞」：構成動詞片語的介系詞或副詞) 歸於這 33 個主題下並分出細項的釋義，接下來，每個細項下就是介紹動詞片語的例句，所有的動詞片語皆直接或間接地與該介副詞的釋義相關，在閱讀中，讀者可以逐漸培養聯想的能力，進而增進自己記憶動詞片語的實力。

・33 個主題 (Chapter 1~33)

　　「動詞片語」的語意範圍相當廣泛——例如：〈接近、抵達、到訪〉、〈避開、逃避、擺脫〉、〈力量、數量等的增加〉、〈屬性、性質、分類〉。我們將如此廣泛的內容歸類為 33 個主題，以方便讀者記憶。

・介系詞、副詞細項釋義

　　在 33 個主題下，動詞片語的分類方式並不是像一般的動詞片語書籍以動詞來作分類基準，而是以構成動詞片語的介副詞為基準來分類。例如：第 9 章在第一頁即標示出本章會介紹的介副詞有 around, aside, at, away, away from, back, between, by, from, off, on, out, out of，其中 aside 在第 9 章的釋義為「無視於…；放在旁邊不理會；把…排拒在外」，

與第9章的章名〈避開、逃避、擺脫〉相關。在 aside 項目下的動詞片語皆與其釋義相關，除了 brush aside「無視於…」之外，還收錄了其他與 aside 連用的動詞片語，這些動詞片語的釋義與 brush aside 相近，同時也與本章標題相關，例如：wave aside「置之不理」，put aside「擱置，暫不考慮」等。

　　而第9章裡，也有收錄其他的介副詞如 around、away、from 等，與這些介副詞連用的動詞片語，例如：get around「避開」，brush away「漠視」，refrain from「忍住不…」等，也直接或間接地與本章主題相關。

　　簡言之，本書並非以動詞片語中的動詞為主體，而是將焦點著重在介副詞。相較於一般以字母排序的動詞片語辭典，本書除了查詢的功能之外，更兼具有同義字 (thesaurus) 辭典的功能。

・例句英漢對照

　　每個動詞片語都以英漢對照的一組例句介紹，若有需要補充說明的解析，則加註於每頁右欄，與該例句左右參照。

II. 完整的索引功能

　　本書提供三種索引，分別是索引 I「介副詞詞條的對照索引」、索引 II「以介副詞分類的英漢對照索引」、及索引 III「以動詞字母順序排序的英漢對照索引」。除索引 I 的目的為提供讀者介副詞含意的總整理以外，索引 II 與索引 III 都可作為查詢動詞片語的工具，讀者不管用哪一種索引都可以找到想查閱的動詞片語。

　　本書適用於一般讀者或有特別需求的英文教學者，是一本索引功能相當齊全的工具書，在此同時，我們也期望本書獨特的整理方式可以幫助讀者延伸學習，更加了解動詞片語的構成。

本書內容解說圖

　　為了使讀者更容易了解本書架構，我們在下列解說圖中用 8 個項目簡單標示出內容及體例，並於右頁進一步說明其 8 個項目標示的目的。

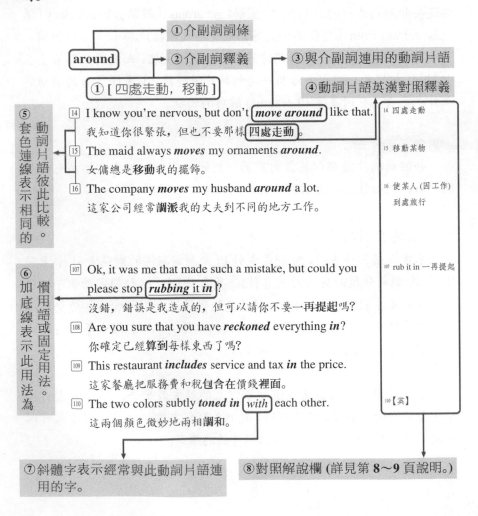

① 介副詞詞條

② 介副詞釋義

③ 與介副詞連用的動詞片語

④ 動詞片語英漢對照釋義

around

① [四處走動，移動]

⑤ 套色連線表示彼此相同的。　動詞片語

14 I know you're nervous, but don't *move around* like that.
　 我知道你很緊張，但也不要那樣四處走動。

15 The maid always *moves* my ornaments *around*.
　 女傭總是移動我的擺飾。

16 The company *moves* my husband *around* a lot.
　 這家公司經常調派我的丈夫到不同的地方工作。

14 四處走動

15 移動某物

16 使某人 (因工作) 到處旅行

⑥ 加底線表示此用法為慣用語或固定用法。

107 Ok, it was me that made such a mistake, but could you please stop *rubbing* it *in*?
　 沒錯，錯誤是我造成的，但可以請你不要一再提起嗎？

108 Are you sure that you have *reckoned* everything *in*?
　 你確定已經算到每樣東西了嗎？

109 This restaurant *includes* service and tax *in* the price.
　 這家餐廳把服務費和稅包含在價錢裡面。

110 The two colors subtly *toned in* *with* each other.
　 這兩個顏色微妙地兩相調和。

107 rub it in 一再提起

110【英】

⑦ 斜體字表示經常與此動詞片語連用的字。

⑧ 對照解說欄 (詳見第 **8～9** 頁說明。)

①**介副詞詞條**

內容架構是介副詞詞條——▶介副詞釋義——▶相關動詞片語的例句。

②**介副詞釋義**

介副詞在其章節中可能會有的釋義。

③**與介副詞連用的動詞片語**

以直接應用於例句的方式呈現。

④**動詞片語英漢對照釋義**

例句中的動詞片語與其中文釋義皆以不同字型呈現。

⑤**套色連線表示相同的動詞片語彼此比較。**

第一句的動詞片語釋義會完全符合本章主題,列出其他的例句則是為了方便讀者一併比較相同的動詞片語有哪些不同的用法或釋義,除第一句之外,其他句子的動詞片語釋義不一定會符合本章主題。

⑥**加底線表示此用法為慣用語或固定用法。**

如 <u>rub it in</u>「一再提起」、<u>throw a glance at</u>「瞥一眼,掃視」等,為慣用語或是固定用法。

⑦**斜體字表示經常與此動詞片語連用的字 (通常是介系詞)。**

⑧**對照解說欄 (用法詳見下頁說明。)**

與例句中的動詞片語相對照,進一步解說其釋義或用法等。

English Phrasal VerbsDr. English Phrasal VerbsDr. English Phrasal VerbsDr. English Phrasal Ver
English Phrasal VerbsDr. English Phrasal VerbsDr. English Phrasal VerbsDr. English Phrasal V
English Phrasal VerbsDr. English Phrasal VerbsDr. English Phrasal VerbsDr. English Phrasal
English Phrasal VerbsDr. English Phrasal VerbsDr. English Phrasal VerbsDr. English Phrasal
English Phrasal VerbsDr. English Phrasal VerbsDr. English
English Phrasal VerbsDr.

《對照解說欄》內容說明

　　對照解說欄的目的在於對例句中的動詞片語提供進一步的解說或比較。解說欄中提供的內容如下：

(1) 連線比較的句子，進一步對句中的動詞片語分別加註中文釋義。如：

　　Chapter 1

　　15 **Putting** his head **back**, he stared upwards.　　　　15 向後
　　　　 他將頭**往後仰**，向上凝望。

　　16 Fred **put back** quite a bit at the party last night.　　16 豪飲
　　　　 昨晚在派對上 Fred **喝**了很多**酒**。

(2) 連線比較的句子，進一步標示句中動詞片語的及物與不及物用法。
　　 如：

　　Chapter 1

　　70 A head **poked up** *from* behind the wall.　　　　70 *vi.*
　　　　 一顆頭從牆後**探**了**出來**。

　　71 We didn't notice him till he **poked up** his head.　71 *vt.*
　　　　 直到他**探出頭來**，我們才注意到他。

(3) 根據例句中加上底線處 (表慣用語或固定用法)，進一步標出其用法
　　 及中文釋義。如：

　　Chapter 1

　　75 The little fellow **drew** himself **up** and started　　75 draw oneself up
　　　　 speaking.　　　　　　　　　　　　　　　　　　　　 挺直身子
　　　　 這個小傢伙**挺直**了**身子**開始講話。

[39] A ghostly looking ship ***came into*** sight.
一艘鬼魅般的船**映入眼簾**。

³⁹ come into sight
映入眼簾

(4)進一步標示動詞片語用法上需要注意的地方。如：

[22] My mother ***went around*** the room, looking for dust.
我媽媽在房裡**走來走去，**看看有沒有灰塵。

²² *vt.* go around a place
在…到處走動

[23] Do you think you can ***go around*** being rude to people?
你以為你能**到處**對人無禮嗎？

²³ go around V-ing
到處(做)…

[75] You have ***buggered*** me ***around*** for far too long.
你已經**煩**我夠久了。

⁷⁵【英】俚 bugger sb around
煩擾某人

(5)美式、英式用法及鄙語、俚語等皆於解說欄中標示，以提醒讀者使用時要特別注意。

(6)Passive、Progressive 的標示表示動詞片語常用的語態是「被動式」或是「進行式」。如：

Chapter 6

[47] Some evil ***has been loosed upon*** the world.
邪惡的勢力已**影響**了世界。

⁴⁷ Passive

[34] I couldn't understand what you ***were driving at***.
我不知道你想**表達**什麼。

³⁴ Progressive

English Phrasal VerbsDr. English Phrasal VerbsDr. English Phrasal VerbsDr. English Phrasal Verbs

English Phrasal VerbsDr. English Phrasal VerbsDr. English Phrasal VerbsDr. English Phrasal Verb

English Phrasal VerbsDr. English Phrasal VerbsDr. English Phrasal VerbsDr. English Phrasal Verb

English Phrasal VerbsDr. English Phrasal Verb

English Phrasal VerbsDr. English

English Phrasal VerbsDr.

索引 II、III 體例說明

1. **vt., vi**: 及物與不及物用法。

2. **<Passsive>**、**<Progressive>**: 表示此動詞片語常用的語態是「被動式」或「進行式」。

3. 〈**in**〉、〈**with**〉、〈**can**〉: 〈 〉中單個字詞表示經常與此動詞片語連用的字 (通常是介系詞)。

4. 〈**...laughing**〉、〈**...it...**〉: 表示慣用語或固定用法的存在,"**...**"表示動詞片語的省略。見下例:

〈...laughing〉→還原用法: *fall about* laughing「捧腹大笑」

〈...it...〉→還原用法: *brazen* it *out*「表現得若無其事」

5. 【英】、【美】、俚、鄙: 表示英式用法、美式用法、俚語、鄙語。

索引 I

======= 介副詞詞條的對照索引 ======
以字母順序排序

介副詞	中文含意	出現章次
aback	驚訝	32 形式或狀況的變化
about	① 轉到相反的方向	01 動作 I
	② 四處…	02 動作 II
	③ 發生；引發	20 產生、散發
	④ 開始著手	23 起始、開始著手
above	處於較高的地位	16 由下至上
across	① 橫越，穿過	02 動作 II
	② 發現；偶然遇見	06 接觸、發現、鄰近
	③ (跨越隔閡而順利)傳達	27 瞄準、投注心力、因果關係
after	① 追趕	02 動作 II
	② 渴望 ③ 把注意力放在…	27 瞄準、投注心力、因果關係
	④ 相似；以…為某人命名	33 屬性、性質、分類
against	① 背叛；以言語攻擊；對抗，反對，對立；違反；妨礙；以法律攻擊	07 攻擊
	② 防備	11 防止、防禦、抗衡
	③ 以不好或反對的態度對待…	27 瞄準、投注心力、因果關係
	④ 比較；(比較後)對…不利	28 計量、分配
ahead	① 出現在前方	03 接近、抵達、到訪
	② 維持優勢的位置	05 位置、(不)存在
	③ (順利地)前進；使前進；領先；在眼前；事先	25 繼續、進行
along	① 到來，出現	03 接近、抵達、到訪
	② 離開(繼續向前)	04 出發、離去、送出
	③ (為了達到某種目的而)催促；說服；假意順從	10 說服、激勵、強制
	④ 進步；進行，進展；繼續前進	25 繼續、進行
	⑤ (帶…)一起去 ⑥ 相處	30 同行、和睦相處、進入

among	歸類為…；排名	33 屬性、性質、分類
apart	(使)分離；漸行漸遠；崩解；辨出異同	31 分離、除去、孤立化
around	① 轉而面對完全相反的方向 ②(不斷地、持續性地)轉動身體	01 動作 I
	③ 四處走動，移動 ④(為了找到某物或某人而)四處… ⑤ 做沒意義的事；虛度光陰、胡鬧 ⑥ 四處移動(物或人)；四處散布 ⑦ 環繞	02 動作 II
	⑧ 到訪	03 接近、抵達、到訪
	⑨(沒秩序地)擺放；(漫無目的地)逗留在某處	05 位置、(不)存在
	⑩ 避開，迴避	09 避開、逃避、擺脫
	⑪ 使改變心意	10 說服、激勵、強制
	⑫ 把焦點放在…；圍繞著	27 瞄準、投注心力、因果關係
	⑬ 分配，分送	28 計量、分配
	⑭ 改善 ⑮ 改變意見；恢復意識	32 形式或狀況的變化
around to	終於可以做	23 起始、開始著手
around with	與…來往，有關係	30 同行、和睦相處、進入
as	① 以(某種特質、稱呼或打扮)為人所知 ② 充當成…	33 屬性、性質、分類
aside	① 向旁邊	01 動作 I
	② 往旁邊移動	02 動作 II
	③ 無視於…；放在旁邊不理會；把…排拒在外	09 避開、逃避、擺脫
	④ 中止	24 結束、中斷
	⑤ 為了以後要用而儲備	29 收集、儲備
	⑥ 拉到一旁	31 分離、除去、孤立化
at	①(瞄準目標)攻擊	07 攻擊
	② 猶豫	09 避開、逃避、擺脫
	③ 停留在…；持續	25 繼續、進行
	④ 瞄準；表達；對…表示注意或關心；專心做；猜測；把握	27 瞄準、投注心力、因果關係

at	⑤ 朝（某方向）戳刺，拉扯或輕撫 ⑥ 一點一點地擷取	27 瞄準、投注心力、因果關係
away	① 離去，離開 ②（祕密）逃離	04 出發、離去、送出
	③ 除去，擺脫	09 避開、逃避、擺脫
	④ 慢慢地減少，變弱；（一點一滴地）削減，扣除，失去	18 力量、數量等的減少
	⑤ 洩漏	19 外觀、可見性
	⑥（浪費時間地）繼續下去 ⑦（努力地、堅毅地）持續下去 ⑧ 持續不斷地做某事 ⑨ 持續機械性或規律性的行為	25 繼續、進行
	⑩ 收藏，安置好；（與外界隔開地）置身於… ⑪（祕密地）儲存；藏匿（使之不見）	29 收集、儲備
	⑫ 分送；捨棄；除去 ⑬ 收拾；除去（不利、不便的東西）；侵蝕 ⑭（使）離開；脫落	31 分離、除去、孤立化
	⑮ 被情緒影響	32 形式或狀況的變化
away from	① 逃避；避開（而沒有做…）；不接近	09 避開、逃避、擺脫
	②（因想法、習慣等的不同而）疏離；擺脫	31 分離、除去、孤立化
away with	① 帶著…離開；在…狀況下離去	04 出發、離去、送出
	② 除去使消失	31 分離、除去、孤立化
	③ 被情緒所控制	32 形式或狀況的變化
back	① 向後 ② 靠著後面	01 動作 I
	③ 向後	02 動作 II
	④ 留下；停在原點	05 位置、（不）存在
	⑤ 反擊；報復	07 攻擊
	⑥ 壓抑	08 壓制、戰勝、屈服
	⑦ 退卻 ⑧（為了逃避而）延遲，延後	09 避開、逃避、擺脫
	⑨ 減少；恢復為原本的力量或數量；花費（大筆金錢）	18 力量、數量等的減少
	⑩ 回來（去）	26 回歸、反覆

back	⑪ 退後；向後方 ⑫ 回到原先的地方；取回；歸還；倒轉 ⑬ 回想起；（精神上）回到某個時候；回溯 ⑭ 恢復（原狀）；復合；重播 ⑮ 回覆；（非）溝通的回應	26 回歸、反覆
	⑯ 保留；隱瞞	29 收集、儲備
back into	回復	26 回歸、反覆
back on	①（別無他法時）轉而依靠… ② 不履行（諾言）	26 回歸、反覆
back over	回頭檢查	26 回歸、反覆
back to	回到之前的話題或行為	26 回歸、反覆
before	① 在前面	05 位置、（不）存在
	② 向…提出；被提交給…處理	19 外觀、可見性
behind	留下；落後；使不存在	05 位置、（不）存在
below	往下	15 由上至下
between	① 介入以隔開…	09 避開、逃避、擺脫
	② 彼此之間	30 同行、和睦相處、進入
beyond	超過	17 力量、數量等的增加
by	① 經過…的旁邊	02 動作 II
	② 順道拜訪	03 接近、抵達、到訪
	③（時間、機會等）流逝	04 出發、離去、送出
	④ 採取某種姿態站在一旁	05 位置、（不）存在
	⑤ 發現；偶然遇見	06 接觸、發現、鄰近
	⑥（視而不見地）從旁邊經過，通過	09 避開、逃避、擺脫
	⑦ 困難地度過（一個時期）	25 繼續、進行
	⑧ 遵從；深具信心	27 瞄準、投注心力、因果關係
	⑨ 為了以後要用而儲備	29 收集、儲備
down	①（身體）向下	01 動作 I
	② 四處搜尋以找到	06 接觸、發現、鄰近
	③ 壓制；鎮壓；反對；使平息 ④ 壓制使（氣勢、體力、心情等）衰退 ⑤（用言語）壓制或貶低他人	08 壓制、戰勝、屈服
	⑥ 使回答或意見變得明確 ⑦ 使接受某種想法或意見	10 說服、激勵、強制

	⑧ 使（表面）平坦滑順 ⑨ 使表面乾淨	12 表面
down	⑩ 往下；往南；從古至今；負擔（責任、工作等） ⑪ 寫下，記錄，記載；規定 ⑫ 一口氣吃（喝、吞）下（食物、飲料等） ⑬ 故障；（身體狀況等）變壞；使倒下；毀壞；拆除；砍伐 ⑭ 躺下（睡覺等）；蜷縮；蹲下 ⑮ 降落於（地面或水面）；放下；丟下或摔下 ⑯ 以在上位的立場給予指示，建議	15 由上至下
	⑰（價格、程度、音量、數量、規模、範圍）減少，減小，減緩；貶低；降級 ⑱（人）平靜下來，使心情低落 ⑲ 使水分變少；使味道變淡；使緩和 ⑳ 拆開；分解 ㉑（速度、溫度、能量、緊繃感等）減少	18 力量、數量等的減少
	㉒ 固定住；壓住	21 附著、固定、裹住
	㉓ 開始著手認真做…	23 起始、開始著手
	㉔ 停止（說話、營業、動作、工作等） ㉕ 工作或任務結束 ㉖ 放棄不再堅持己見	24 結束、中斷
	㉗ 確定	27 瞄準、投注心力、因果關係
	㉘ 熔化	32 形式或狀況的變化
down as	視為…	33 屬性、性質、分類
down on	① 迫近，靠近	03 接近、抵達、到訪
	② 以壓制的姿勢對待他人	08 壓制、戰勝、屈服
down to	① 擺高姿態地說話	15 由上至下
	② 歸納出（原因等） ③ 專心於…	27 瞄準、投注心力、因果關係
down with	生病	15 由上至下
for	① 徹底地結束	24 結束、中斷
	② 強烈希望（得到某物或達成某事）；想念	27 瞄準、投注心力、因果關係

for	③ 朝向（目標等）；打算取得…，選擇，攻讀；參加；為了…前往帶走	
	④ 預期；預做準備或安排；用於	27 瞄準、投注心力、因果關係
	⑤ 支持，認同，喜歡；忍受	
	⑥ 要求，索取，尋找；為了…而活	
	⑦ 代表，代替；（以言語）支持；有利於	
	⑧ 解釋；有…價值	
	⑨ 付出代價；作為代價；值得	
	⑩ 某種功效可充當…；表示；具有（同樣的情形）；為某地命名	33 屬性、性質、分類
forth	① 出發	04 出發、離去、送出
	② 提出；引起；產生	20 產生、散發
forward	① 往前；提早	02 動作 II
	② 提出	20 產生、散發
	③ 繼續進行	25 繼續、進行
forward to	期待	27 瞄準、投注心力、因果關係
from	① 逃避，迴避	09 避開、逃避、擺脫
	② 阻止；禁止	10 說服、激勵、強制
	③ 起源於；從…而來	20 產生、散發
	④ 分離；違背；躲開；斷絕關係；使無法；使有距離	31 分離、除去、孤立化
in	①（未事先通知）前去拜訪	
	②（經由正式手續等）入住飯店；進入正式場合	03 接近、抵達、到訪
	③ 抵達；調整至…	
	④ 接近	
	⑤ 在家裡，室內	05 位置、（不）存在
	⑥ 抑制	08 壓制、戰勝、屈服
	⑦ 屈服於（權力、權威）	
	⑧ 致電通知；以文字或色彩等輸入（描繪）	
	⑨ 由外向內進入（空間）；加入	
	⑩（刻意或強行使）由外往內移動；收回；投入（於）；插入，加入；理解；嵌入；繳交	14 由外到內
	⑪（感官、生理方面）由外而內	

in	⑫ 加入，參雜 (物體、語言等); 包含在內; 使協調 ⑬ (藉由破壞而) 進入裡面; 凹陷	14 由外到內
	⑭ 固定好; 舒適地安置好; 正確地連接或裝設	21 附著、固定、裹住
	⑮ (開始後) 變得普及或持續下去 ⑯ (很快地) 進行，加入並開始做… ⑰ 引領，開啟; 啟用	23 起始、開始著手
	⑱ 投以注意或感情等 ⑲ 相信，信任; (因信任而願意) 吐露心事 ⑳ 以…為樂，埋首於…; 從事… ㉑ 導致…	27 瞄準、投注心力、因果關係
	㉒ (為了要之後使用而) 收集，儲存，引入	29 收集、儲備
	㉓ 參與，加入; 成為團體的一員; 介入	30 同行、和睦相處、進入
	㉔ 圍起來使 (空間) 區隔開來; 限制; 禁足 ㉕ 除去 (生命)	31 分離、除去、孤立化
	㉖ 欺騙; 使疲累 ㉗ 轉變為不同的形態或狀態	32 形式或狀況的變化
	㉘ 屬於，在於; (看出人或事物) 具有某種特質 ㉙ 代替並達成某種功效	33 屬性、性質、分類
in for	① 正式申請; 接受 ② 對…感興趣 ③ 參加，捲入其中	27 瞄準、投注心力、因果關係
in on	① (以打擾他人的方式) 強行進入，介入	14 由外到內
	② 接近目標，使更接近焦點 ③ 由…得到	27 瞄準、投注心力、因果關係
	④ 分享; 讓…知道; 參與	30 同行、和睦相處、進入
in with	和…一致; 適合; 合作; 接近	30 同行、和睦相處、進入
into	① 前往，進入 (某地點或區域)	03 接近、抵達、到訪
	② 撞上	06 接觸、發現、鄰近
	③ 以肢體或言語 (猛烈地) 攻擊	07 攻擊
	④ (溫和或激烈地) 說服某人做… ⑤ 矇蔽，欺騙使某人做…	10 說服、激勵、強制
	⑥ 進入; 變得合身	14 由外到內

索引 I　⑰

into	⑦ 置於…之內；加入；使進入；理解；灌輸；進入…取走某物	14 由外到內
	⑧ 冒然開始做某事；投入	23 起始、開始著手
	⑨ 將 (注意力等) 投入…	27 瞄準、投注心力、因果關係
	⑩ 分成；分配	28 計量、分配
	⑪ 成為團體或構造的一部分；進入 (使有關係、分享使知道) ⑫ (因有興趣而) 投入，深入了解 (而沉迷)	30 同行、和睦相處、進入
	⑬ (精神、情感) 進入某種狀態；融入，變為不同的形態或狀態	32 形式或狀況的變化
of	① 來自於；發生	20 產生、散發
	② 傳達資訊 ③ 產生，得到… (結果)；針對…	27 瞄準、投注心力、因果關係
	④ 放棄；除去；剝奪	31 分離、除去、孤立化
	⑤ 帶有某種特性；對…抱持某種意見或想法 ⑥ 容許	33 屬性、性質、分類
off	① 快速離開；出發 ② 離開消失於某人眼前 ③ (祕密) 離去 ④ 送走；帶走	04 出發、離去、送出
	⑤ 離開工作崗位	05 位置、(不)存在
	⑥ (以言語) 攻擊，責備	07 攻擊
	⑦ 擺脫；趕走；帶過；避開 ⑧ 延後；中止；規避 ⑨ 逃脫	09 避開、逃避、擺脫
	⑩ 使離去；不讓…靠近；抵擋；避開	11 防止、防禦、抗衡
	⑪ (包含清掃的動作自表面) 除去，落下；摔落；擦過；揩去，切除，修剪；剝落；擦乾 ⑫ 從身上脫下 (衣物或配件)	12 表面
	⑬ 減少；變弱；趨緩；(藉…) 消除	18 力量、數量等的減少
	⑭ 炫耀；引人注目	19 外觀、可見性
	⑮ (使炸彈、子彈、煙火等) 爆發	20 產生、散發

	⑯ (一股腦地) 說；散發 ⑰ (迅速) 完成，產生	20 產生、散發
	⑱ 成為起因，觸發 (引起後續一連串事件 或動作)	23 起始、開始著手
	⑲ 完成；圓滿達成；使完備；停止 ⑳ 中途停頓；結束 (工作)；掛斷電話；中 止；打斷；戒除 ㉑ 按掉機械或電器的開關 ㉒ 結束生命；取消	24 結束、中斷
	㉓ 進行	25 繼續、進行
	㉔ 以…為食；利用…，以…為憑藉	27 瞄準、投注心力、因果關係
off	㉕ (用做記號的方式) 使從考慮中除去；遺 漏 ㉖ (以切除、破壞的方式) 除去；掉落 ㉗ 去蕪存菁地篩選出；取走 ㉘ 帶走；(運) 送到…；偷取 ㉙ 除去，送走 (令人不快的人或品質不佳 的物) ㉚ 讓…下車；送別 ㉛ (從某團體) 脫離；(由某人身上) 取走 ㉜ (自主要或原先的路徑、位置) 偏離；登 出電腦 ㉝ 隔開；隔絕；獨立出來	31 分離、除去、孤立化
	㉞ 入睡；(精神、感情) 進入某種狀態	32 形式或狀況的變化
	㉟ 裝扮成擁有某種特性的模樣	33 屬性、性質、分類
off as	冒充	33 屬性、性質、分類
off on	使具備某種特性	33 屬性、性質、分類
off with	① 帶著…離去	04 出發、離去、送出
	② 脫下	31 分離、除去、孤立化
on	① (未事先通知) 前去拜訪 ② 緊追在後；到來	03 接近、抵達、到訪
	③ 留在原處	05 位置、(不)存在
	④ 發現 ⑤ 鄰接；侵入 (並剝奪、影響)；介入 (打 擾)	06 接觸、發現、鄰近

on	⑥（以身體的行動）突然攻擊 ⑦ 以言語攻擊；欺負他人 ⑧ 出其不意地突然攻擊	07 攻擊	
	⑨ 打壓	08 壓制、戰勝、屈服	
	⑩ 不想開始做…	09 避開、逃避、擺脫	
	⑪ 激勵；（糾纏不休地）說服；欺騙；施壓於某人使其接受…	10 說服、激勵、強制	
	⑫ 在表面上移動；置於表面之上；加諸…之上	12 表面	
	⑬（金額、速度、數值、內容、距離等）增加	17 力量、數量等的增加	
	⑭ 展現出；產生；引發	20 產生、散發	
	⑮（衣物等的）附著（穿、戴等） ⑯ 附加	21 附著、固定、裹住	
	⑰ 開始一連串的行動或某種行為；承接 ⑱（雙方）開始溝通 ⑲（使機械、電力等）開始運作	23 起始、開始著手	
	⑳ 往前行進；持續進行；一直說；掌握；稍候（以待繼續）	25 繼續、進行	
	㉑ 朝向（目標、方向、對象等）；針對…考慮；在…方面；加諸於… ㉒ 食用；節省；利用 ㉓ 憑藉、依靠；取決於… ㉔ 指望；預期；下賭注；使苦惱 ㉕ 依據…行動 ㉖ 背叛；告發	27 瞄準、投注心力、因果關係	
	㉗ 轉送；繼續傳下去	28 計量、分配	
	㉘ 加入，（報名而）成為一員	30 同行、和睦相處、進入	
	㉙ 對某事物理解；情感上強度的增加	32 形式或狀況的變化	
	㉚ 基於某種特性；仿照	33 屬性、性質、分類	
on at	（以焦躁不安的方式）不斷地責備	07 攻擊	
on for	達到	17 力量、數量等的增加	
onto/on to	（使）注意到，察覺；提到	27 瞄準、投注心力、因果關係	
onto	鄰接；朝向	06 接觸、發現、鄰近	
out	① 身體（向外）伸展；伸出援手	01 動作 I	

	② 離去，離開；出發；寄送出	04 出發、離去、送出
	③ 在外面；外出中	05 位置、(不)存在
	④ (猛烈地) 攻擊 ⑤ 以攻擊或對立的方式處理…	07 攻擊
	⑥ 壓抑；戰勝；壓制使退縮或屈服	08 壓制、戰勝、屈服
	⑦ 退出；逃避 ⑧ 拒絕；避而不談；戒除	09 避開、逃避、擺脫
	⑨ 勸說使某人解除防備；勸說某人使說出…	10 說服、激勵、強制
	⑩ 使表面平坦；梳理；切割，雕刻 ⑪ 使表面乾淨	12 表面
out	⑫ 從內部空間移出；移植；與…外出；派遣；拔除 ⑬ (辦理手續之後) 取走；離開 ⑭ 逃脫；(不滿地) 離開；(遭到) 強制驅離 ⑮ (液體等) 流出，溢出；窟出；自…而出；說出；吐出 ⑯ (以清掃的方式) 從裡面除去 ⑰ 使 (由內向外) 而出 ⑱ (自內部) 伸出，突出	13 由內到外
	⑲ 向四方擴展；展開；開拓 ⑳ (體積、外觀等) 膨脹；(內容) 擴充；擠滿；(衣物) 放寬	17 力量、數量等的增加
	㉑ 減少，下滑 (到幾乎消失或結束的地步)；(發展、速度等) 趨緩；(體力) 耗損	18 力量、數量等的減少
	㉒ (突然地) 出現；表現出來；引人注目；辨視；打扮；裝飾 ㉓ 標示出，描繪出…的外形	19 外觀、可見性
	㉔ 產生 (共識)；出現 ㉕ (向外) 發出聲音；發聲 (傳達別人某事) ㉖ (以樂器) 奏出樂聲；發出 (有節奏的) 聲音 ㉗ 放射出 (光線等)	20 產生、散發

out	㉘ 播放（節目）；生產製造；出版，發表；演出 ㉙ 以書面文字的方式輸出或呈現；填寫 ㉚（事件等）結果呈現；發展	20 產生、散發
	㉛ 著手做；開始	23 起始、開始著手
	㉜ 關掉；熄滅；停止正在進行的事 ㉝（機械）熄火，故障；停止 ㉞ 了解；想出；解決；成功完成，結束；實踐 ㉟ 過時；取消或中斷；（長期使用過後）故障停止運作 ㊱ 處理好某事	24 結束、中斷
	㊲（慢慢地、特意地）繼續下去 ㊳（忍受艱困或處於某種狀況下）繼續下去；證明；試用	25 繼續、進行
	㊴ 探尋；戒備 ㊵ 向…伸出（手）	27 瞄準、投注心力、因果關係
	㊶ 分發；外借；出租；外包；花（錢）；給予 ㊷（思考計算後）分配，規劃，安排；（經過安排地）擺出；測量，計算；（不情願地）支付（金錢） ㊸ 使平均；抵消；緩和，弭平（差異）；解決 ㊹ 延著…分布	28 計量、分配
	㊺ 為了準備某事而收集必要的材料	29 收集、儲備
	㊻ 除去；刪除；被迫離開；篩選後挑出或取走 ㊼ 買賣（以排除…） ㊽ 使排除在團隊之外；使脫臼；躲藏；錯過 ㊾ 除去（髒汙等） ㊿（以摩擦、暴力等方式）除去 51 把…排除在外，隔絕於外界；掩蓋住	31 分離、除去、孤立化
	52 失去意識；使震驚；意識因麻醉藥而受到影響 53 給…添麻煩	32 形式或狀況的變化

out against	（公開且強烈地）反對	07 攻擊
out at	顯而易見	19 外觀、可見性
out for	① 堅持	25 繼續、進行
	② 設法取得	27 瞄準、投注心力、因果關係
out in	（使）冒出	20 產生、散發
out of	① 不進入…	09 避開、逃避、擺脫
	② 規避	
	③ 勸說使某人不要做…	10 說服、激勵、強制
	④ 勸說某人以獲得…	
	⑤ 起源於；產生	20 產生、散發
	⑥ 停止習慣等	24 結束、中斷
	⑦ 除去；無法使用	31 分離、除去、孤立化
	⑧ 改變心情	32 形式或狀況的變化
out on	① （背叛地）離開	04 出發、離去、送出
	② 強加於…	27 瞄準、投注心力、因果關係
out with	提出	20 產生、散發
over	① 倒下；翻轉過來	01 動作 I
	② （由上往下）靠近…；緊盯著	
	③ （橫向）移動，越過	02 動作 II
	④ 遍及	
	⑤ 接近、停留；拜訪；邀約前來	03 接近、抵達、到訪
	⑥ 剩餘	05 位置、（不）存在
	⑦ 在外過夜	
	⑧ 以權威凌駕	08 壓制、戰勝、屈服
	⑨ 勸說使某人同意	10 說服、激勵、強制
	⑩ 溢出	12 表面
	⑪ （使）覆蓋於表面；掩飾	
	⑫ 從表面移動而過	
	⑬ 高聳突出	16 由下至上
	⑭ 繼續，延續下去；延後	25 繼續、進行
	⑮ 克服；度過	
	⑯ 重複，再一次	26 回歸、反覆
	⑰ 傳達（消息、想法等）	27 瞄準、投注心力、因果關係
	⑱ 反覆想；自始至終，從頭到尾	

over	⑲ 交出，讓出；接手		28 計量、分配
	⑳ 受心情或情緒等影響；某種情緒的出現		32 形式或狀況的變化
	㉑ 改變狀態，機能，位置		
over to	規劃時間		28 計量、分配
over with	(使)終止		24 結束、中斷
overboard	過度		17 力量、數量等的增加
past	通過…		02 動作Ⅱ
round	① 順便繞去；邀約前往		03 接近、抵達、到訪
	② 恢復健康		32 形式或狀況的變化
through	① 通過，穿過；貫穿		02 動作Ⅱ
	② 從後面出現；穿透…而出現；看穿；視而不見		19 外觀、可見性
	③ (一步步地)完成；通過；結果失敗		24 結束、中斷
	④ (按照程序)進行，經歷		25 繼續、進行
	⑤ (帶有搜查之意地)翻找；(隨意、快速地)進行，完成某事		
	⑥ (一鼓作氣地)完成；用完		
	⑦ 通過、度過，經歷；(強調經歷困難之後)完成；穿透		
	⑧ 仔細地做某事；完全，從頭到尾		
to	① 抵達；朝向		03 接近、抵達、到訪
	② 向…逃去		04 出發、離去、送出
	③ 逗留		05 位置、(不)存在
	④ 屈服於(權力、權威)；習慣屈服於(困難的處境)		08 壓制、戰勝、屈服
	⑤ 達到某種程度的量或水準		17 力量、數量等的增加
	⑥ (緊緊地)附著；執著		21 附著、固定、裹住
	⑦ 開始某種行為		23 起始、開始著手
	⑧ (注意力等)朝向…；與…一致		27 瞄準、投注心力、因果關係
	⑨ 迎合，使遭受；給予		
	⑩ 遵從(某種想法或意見而行動)		
	⑪ 恢復意識		32 形式或狀況的變化
	⑫ 開始喜歡		
	⑬ 屬於；(使)有關聯；有相似點；傾向於		33 屬性、性質、分類

together	① 湊出，收集；合併；組合；在一起；整合	29 收集、儲備
	② 相伴；集合；一起… ③ 團結合作	30 同行、和睦相處、進入
	④ 駕馭自己的感情	32 形式或狀況的變化
toward	① 朝向…（目的、方向等）	27 瞄準、投注心力、因果關係
	② （為了分擔…之用而預先）存放，算入	29 收集、儲備
under	① 屈服於（權力、權威）；為困境所迫	08 壓制、戰勝、屈服
	② 到表面（正）下方	12 表面
	③ 列於…下	33 屬性、性質、分類
up	① 往（在）上方；起身 ② 蜷曲身體	01 動作 I
	③ 靠近；往（某個方向）移動 ④ 出現；拜訪	03 接近、抵達、到訪
	⑤ （使）緊密相連	06 接觸、發現、鄰近
	⑥ 毆打 ⑦ 批評；陷害	07 攻擊
	⑧ 用好聽的話說服使相信 ⑨ 激勵；支持	10 說服、激勵、強制
	⑩ 抵抗；支撐	11 防止、防禦、抗衡
	⑪ （位置）由下至上移動 ⑫ 處在更高的位置；自低位而上；出現；冒出；提出 ⑬ （因晃動）而揚起，激起 ⑭ 立起；舉起；拿起；（使由低往高）移動；撐起	16 由下至上
	⑮ 增強（體力、肌肉等）；鞏固 ⑯ 充氣；增加（產量、重量、體積等）；腫脹 ⑰ 加強，引發，激起（某種情緒或感覺） ⑱ （火焰）燃燒；（情況等）升溫；（亮度、音量、熱度等）增加 ⑲ 增加速度或引擎馬力 ⑳ 使更好，更有朝氣，更有趣；做好準備；渲染	17 力量、數量等的增加

up	㉑ 盡情地享受;（使）精神振奮 ㉒（價格、成就）達到更高一級;（數字等）累積,總計;（數字、程度）由少至多,增加 ㉓（在某件事情上）提升能力 ㉔ 養育;成長;達到更高的水準;持續深入	17 力量、數量等的增加
	㉕ 強度變弱;（緊繃感）減少;（速度、發展等）變慢	18 力量、數量等的減少
	㉖（使）顯現;使露面;承認 ㉗ 精心打扮,注重穿著	19 外觀、可見性
	㉘ 提出 ㉙ 想出;挖掘（新聞等）	20 產生、散發
	㉚ 包紮;綁緊;縫合;拉好,扣好（衣物的拉鍊、鈕扣等） ㉛（向上）捲起,改短;（體積、長度縮小）摺疊,打摺,盤繞 ㉜（為整理而）捆綁,包裝;（為了使溫暖而）裹住 ㉝ 黏貼,釘上,掛上（使附著於高處）	21 附著、固定、裹住
	㉞ 弄亂;混亂;搞砸 ㉟ 切片（塊）;（破壞）使成碎片 ㊱（迅速地）做某事;動作的完成 ㊲（梳妝）使看起來更漂亮或整齊;整理乾淨 ㊳ 強調動作的效果;完成動作以達到負面效果 ㊴ 動不了;充滿 ㊵（表面）被霧氣、濕氣等完全覆蓋 ㊶（為了打掃）擦乾,吸乾;舐乾;吸收;耗盡 ㊷（突然地、猛烈地）燃燒,爆炸 ㊸ 提高音量 ㊹ 使鬆軟	22 動作的完成、強度、快速
	㊺ 開始某種行為或行動	23 起、開始著手
	㊻（工作、比賽等）完成,結束 ㊼ 放棄（工作等）;關閉,倒閉	24 結束、中斷

up	㊽（有做完這件事後所有工作皆結束之意的）總結，完成 ㊾ 沒有預期地抵達（某處）；發展成為；成功；停止說話 ㊿ 完全用盡	24 結束、中斷
	(51) 持續醒著 (52) 臥床休息	25 繼續、進行
	(53)（注意力等）朝向…	27 瞄準、投注心力、因果關係
	(54) 將…讓與…；將食物裝盤端出 (55)（計算之後）分配 (56) 占據空間；構成…的一部分 (57) 補足；評估；（使）平衡；結清（債款）	28 計量、分配
	(58)（為了利益或將來會用到而）收集；收拾；招攬；圍捕 (59) 收集後置於某空間內 (60)（為了排列或堆集成堆而）集攏	29 收集、儲備
	(61) 會合；合作（一起…）；結合；同居 (62) 加入；介入	30 同行、和睦相處、進入
	(63) 分割，（使）離散 (64) 解除關係；分離 (65) 與外界隔絕；阻擋；封住；塞住 (66) 消除，（加以覆蓋）使消失	31 分離、除去、孤立化
	(67) 進入某種精神、感情或認知上的狀態 (68) 改變外觀 (69) 鬆弛；枯萎；皺成一團 (70) 和好，重建良好關係	32 形式或狀況的變化
	(71) 符合	33 屬性、性質、分類
up against	遇見	06 接觸、發現、鄰近
up as	視為	33 屬性、性質、分類
up behind	支持	30 同行、和睦相處、進入
up for	支持；保護	30 同行、和睦相處、進入
up in	① 投注心力	27 瞄準、投注心力、因果關係
	② 捲入	30 同行、和睦相處、進入
up on	① 指責；欺負他人	07 攻擊
	② 提升能力或理解力 ③ 追上（進度）	17 力量、數量等的增加

up on	④ 死心；掛斷電話	24 結束、中斷
	⑤ 接受	30 同行、和睦相處、進入
up to	① 接近；帶往…	03 接近、抵達、到訪
	② 唆使 ③ 說好聽的話說服使相信	10 說服、激勵、強制
	④ 勇於面對	11 防止、防禦、抗衡
	⑤（數量、能力等）達到 ⑥ 強烈地懷有某種想法	17 力量、數量等的增加
up with	① 前往逮捕	03 接近、抵達、到訪
	② 忍受	08 壓制、戰勝、屈服
	③ 以…結束；想出	24 結束、中斷
	④ 來往；熟識	30 同行、和睦相處、進入
upon	① 偶遇；介入	06 接觸、發現、鄰近
	② 強迫接受	10 說服、激勵、強制
with	① 存在（於） ②（使）處於不愉快的狀況	05 位置、（不）存在
	③ 見面	06 接觸、發現、鄰近
	④ 斷絕關係	24 結束、中斷
	⑤ 持續（努力解決），堅持某事	25 繼續、進行
	⑥ 思考；玩弄；修理	27 瞄準、投注心力、因果關係
	⑦ 提供	28 計量、分配
	⑧ 有相同立場；在一起（做…） ⑨ 運用自如；介入；相爭；打交道；有關係；伴隨著，跟隨 ⑩（說理使）意見（不）一致；坦承相對	30 同行、和睦相處、進入
	⑪（不）適合；具有某種屬性或特性	33 屬性、性質、分類
without	沒有…	05 位置、（不）存在

索引 II

以動詞片語中關鍵的介系詞或副詞，再對照本索引找出完整的動詞片語，進一步查詢其釋義及例句所在的章次及句數。

ahead

along

away with

away from

back

down as

forth

forward

in for

in on

of

off

without

動作 I

(小範圍：動作小的；暫時性的)

about, around, aside, back, **down**, out, **over**, **up**

本章要介紹關於〈小範圍內的動作〉的概念，在這裡包含目的明確而且單一的動作，如下例：

◆ She *turned around* and spoke to the person behind.

她**轉身**與後面的人交談。

而也有動作是目的不明確，並且持續一段短時間的，如下例：

◆ The fish *flopped around* on the deck for a few minutes, and then lay still.

魚在甲板上**翻跳**幾分鐘之後就靜止不動了。

此外，本章還一併介紹了「改變方向、伸展四肢、伸直身體、蜷縮身體、跌倒」等有關各種改變姿勢的動詞片語。在下列的兩個例子中，〈動作〉意味著「人體姿勢的改變」：

◆ We all *doubled up* with laughter at his joke.

我們都因為他的笑話而笑**彎了腰**。

◆ We literally *threw* ourselves *down* on the ground.

我們真的是**伸展全身躺**在地板上。

本章與下一章都介紹與〈動作〉相關的動詞片語，但第 2 章著重於「大範圍動作」的介紹，與本章的「小範圍動作」還是有明顯差異。

about [轉到相反的方向]

1 At the order, the soldiers *faced* smartly *about*.

命令一下，士兵們都俐落地原地向後轉。

⇨ do a complete about-face on welfare policy

＝福利政策走向完全相反的方向

around

① [轉而面對完全相反的方向]

2 Don't *look around* like that. There's a man following us.

別這樣東張西望，有個男的在跟蹤我們。

3 She *turned around* and spoke to the person behind.

她轉身與後面的人交談。

4 The horsemen *swung around* and disappeared.

騎士們將馬掉頭之後就不見了。

5 On hearing her name called, she *wheeled around*.

一聽到有人叫她，她就轉身。

6 The loud bang made us all *spin around* in surprise.

這聲巨響讓我們驚訝地立刻轉過身去。

7 The teacher *swiveled around* to see who had walked into her office.

這位老師轉過身去看是誰走進辦公室。

② [(不斷地、持續性地) 轉動身體]

8 The dog was *rolling around* on the ground.

這隻狗在地上打滾。

9 All last night I *tossed around* in bed.

昨天一整晚我在床上輾轉反側。

9 *vi.* 輾轉反側

10 We stayed up, *tossing* ideas *around* all night.

我們熬夜，一整晚都在絞盡腦汁想點子。

10 *vt.* 絞盡腦汁

11 The fish *flopped around* on the deck for a few minutes, and then lay still.

魚在甲板上翻跳幾分鐘之後就靜止不動了。

12 He *floundered around* when we tried to get a clear answer from him.

我們想從他身上得到明確的答案時，他卻**張惶失措**。

aside [向旁邊]

13 I *turned aside* to hide my laughter when I saw them coming towards me.

看見他們朝我走來，我**撇過頭**去隱藏笑意。

back

① [向後]

14 My neck is so stiff that I can't even *look back*.

我的頸部僵硬到連**往後看**都沒有辦法。

15 *Putting* his head *back*, he stared upwards.

他將頭**往後仰**，向上凝望。

15 向後

16 Fred *put back* quite a bit at the party last night.

昨晚在派對上 Fred **喝**了很多**酒**。

16 豪飲

17 She *tossed back* her head to get the hair out of her eyes.

她將頭**向後甩**，讓頭髮不會擋住視線。

18 If you *tie back* your hair, you will look younger.

要是你把頭髮**往後綁**，就會看起來更年輕。

19 She *threw back* her head and laughed coarsely.

她頭**向後仰**，粗俗地笑著。

19 向後

20 I have never seen anyone *throw back* alcohol like her.

我從來沒有看過像她這樣**狂飲**的人。

20 狂飲

② [靠著後面]

21 Let's all *sit back* and enjoy the performance.

我們**靠著椅背坐好**來欣賞這場表演吧!

22 I would love to be able to *lie back* for five minutes.

我真希望能夠**靠著休息**五分鐘。

23 He rose weakly, and then slowly ***sank back*** *onto* the bed.

他虛弱地起身，然後又慢慢地**躺**回床上。

down [(身體) 向下]

24 He ***looked down*** *at* the gold coin on the ground.

他**向下看**著地上的金幣。

25 Can you ***bend down*** and tie your shoelaces?

你可以**彎下腰**來綁鞋帶嗎?

26 Can you ***reach down*** and touch your toes?

你能**伸手向下**摸到腳趾嗎?

27 We ***got down*** as soon as the enemy started shooting.

敵人一開始射擊，我們就**仆倒**。

28 ***Falling down*** to the ground, he begged for his life.

他**倒**在地上乞求饒命。

29 He ***went down*** *on* his hands and knees and apologized.

他**四肢跪地**向人道歉。

30 Not knowing what else to do, I ***knelt down*** and prayed.

我無能為力，只好**跪下來**祈禱。

31 Each time the warrior tried to stand, he ***sank down***.

這名戰士每當試著要站起來時就又**倒了下去**。

32 He grasped my arm, but still continued ***slipping down***.

他雖然緊握我的手臂，卻還是繼續**往下滑**。

33 If we ***crouch down*** here, no one will notice us.

如果我們**蹲**在這裡，沒有人會注意到我們。

34 ***Keep down***. Otherwise the enemy will shoot you.   34 *vi.*

臥倒，不然敵人會擊中你。

35 ***Keep*** your heads ***down*** when going through this low   35 *vt.*
doorway.

穿過這個低矮的出入口時，要**把**你們的頭**低下來**。

36 Do elephants sleep ***lying down*** or standing up?

大象是**躺著**睡還是站著睡?

⇨ have a nice lie-down after lunch = 午餐之後悠閒地躺下來休息

37 Just *sit down* here and be quiet.
在這裡安靜地坐下。
⇨ have a quick sit-down = 坐下休息一會
⇨ stage a sit-down strike = 靜坐罷工

37 vi.

38 No sooner had we come in than the teacher *sat us down*.
我們一進去,老師就叫我們坐下。

38 vt.

39 He *laid* himself *down* on the grass and looked up at the sky.
他在草地上躺下來,仰望著天空。

40 He *plunked* himself *down* on the dirty old sofa.
他砰地一聲坐進那張骯髒的舊沙發。

40 plunk oneself down
砰地一聲坐下

41 Meg *plumped* herself *down* on the grass and smiled.
Meg 一屁股坐在草地上,面帶微笑。

41 plump oneself down
砰地一聲坐下

42 We literally *threw* ourselves *down* on the ground.
我們真的是伸展全身躺在地板上。

43 We refuse to *bow down* before bullying and injustice.
我們絕不屈服於恃強凌弱和不正義的行為。

43 屈服

44 The trees were *bowed down* under the heavy snow.
這些樹因為雪的重壓而下垂。

44 下垂

out [身體 (向外) 伸展; 伸出援手]

45 It is immodest for a young lady to *sprawl out* like that.
一個女孩子那樣攤開四肢坐著,實在不夠端莊。

46 You cannot *stretch out* when traveling second class.
坐二等艙旅行時,你沒有辦法伸直身體。

46 vi.

47 Our cat likes to *stretch* herself *out* on that rug.
我們的貓喜歡在那件小毛毯上伸展四肢。

47 vt.

48 He lay down on the beach and *spread out* his legs.
他躺在沙灘上,並且伸長他的腳。

48 vt. 伸展

49 The oil slowly *spread out* on the surface of the water.
油緩緩在水面上散開。

49 vi. 散布,普及

50 I have *spread* my payments *out* over ten years.
我把要付的款項分十年期攤還。

50 vt. 分期攤還

51 A good Christian always *reaches out* to others.
一位虔誠的基督徒總是**伸手幫助**其他人。

over

① [倒下；翻轉過來]

52 Proceed carefully and try not to *fall over*.
前進的時候要小心，不要**跌倒**了。

52 跌倒

53 The Smith family were *falling over* themselves to make me feel welcome in their home.
Smith 一家人**竭力地**讓我有備受款待的感覺。

原義 匆忙地快要跌倒似地熱中於…。

53 fall over oneself to
竭盡心力去做…

54 I *tripped over* a large stone and fell on my face.
我被一塊大石頭**絆倒**，跌了一跤。

55 He started running, but *tumbled over* and fell heavily.
他起跑時不慎**摔了一跤**，而且還摔得不輕。

56 Our garden fence was *blown over* by the gale.
我們花園的柵欄被強風**吹倒**了。

57 A cupboard like that could *tip over* in an earthquake.
像那樣的櫥櫃在地震時可能會**倒下來**。

58 The pain hit him in the chest and he *toppled over*.
他的胸口一陣痛楚，接著就**倒了下去**。

59 The sailing ships were *heeling over* in the strong wind.
帆船在強風中**傾斜**了。

60 When I walked over to her bedside, she *rolled over* and smiled at me.
當我走到她床邊時，她**轉過身**對著我笑。

61 The baby *turned over*, but continued sleeping deeply.
小嬰兒**翻個身**繼續沉睡。

62 Several ships *keeled over* in the typhoon.
有幾艘船在颱風中**翻覆**。

② [(由上往下) 靠近…; 緊盯著]

63 He **doubled over** in pain and vomited.

他痛苦地**彎下腰**嘔吐。

64 I saw him **bend over** and pick up the money from the desk.

我看見他**彎下身子**,把錢從桌上拿起來。

65 She rather rudely **leant over** me and grabbed the salt.

她很粗魯地往我這邊**靠過來**,然後很快就拿了鹽巴。

66 Andrew is a fellow that you always have to **stand over**.

Andrew 是個你隨時都得**密切注意**的傢伙。

up

① [往 (在) 上方; 起身]

67 He **jumped up** from the chair in astonishment.

他驚訝地從椅子上**跳起來**。

68 As the toy moles **popped up**, I banged them on the head.

當玩具鼴鼠**探出頭**時,我朝牠們的頭用力打下去。

⇨ a children's book with pop-up pictures

= 給小朋友看的「立體圖片書」

69 The ball fell into the water and then **bobbed up**.

球掉進水裡,接著又**浮上來**。

70 A head **poked up from** behind the wall.

一顆頭從牆後**探了出來**。

70 *vi.*

71 We didn't notice him till he **poked up** his head.

直到他**探出頭來**,我們才注意到他。

71 *vt.*

72 The deer **sprang up** and disappeared into the bushes.

這頭鹿**跳了起來**,接著消失在灌木叢中。

73 You should at least **look up** when you are spoken to.

別人跟你說話時,你起碼要**抬起頭來**。

74 The nightmare caused him to **start up** and let out a cry.

惡夢使他**驚跳起來**,發出一聲驚叫。

75 The little fellow **drew** himself **up** and started speaking.

這個小傢伙**挺直了身子**開始講話。

75 draw oneself up

挺直身子

76 She *straightened up* before entering the interview room.

她挺起身子後才進入面試間。

77 The horse *reared up* in triumph.

這匹馬勝利地用後腿直立。

78 Stop slouching in your chair. *Sit up* properly.

不要懶洋洋地坐在椅子上，好好坐正。

⇨ do a hundred sit-ups = 做 100 次的仰臥起坐

79 Please help me. I can't *get up* by myself.

請幫我一下，我沒辦法自己起身。

79 起立

80 Did you *get up* early this morning?

你今天早上很早起床嗎?

80 起床

81 You should *stand up* when the President enters the room.

總統進來房間時，你應該要起立。

⇨ a stand-up comedy show = 單人表演的喜劇 (單口相聲)

⇨ a stand-up fight = 激烈的爭辯

82 After rehabilitation, he could *lift* himself *up*.

復健之後，他能自己起身。

83 A fall is no big deal. Stop crying and *pick* yourself *up*.

跌倒沒什麼大不了的。別哭了，站起來吧!

⇨ a pick-me-up = 提神飲料

83 pick oneself up
   (跌倒後重新) 站
   起來

② [蜷曲身體]

84 We all *doubled up with* laughter at his joke.

我們都因為他的笑話而笑彎了腰。

85 We all *creased up* when we heard the joke.

聽到這個笑話時，我們都笑得直不起腰。

85【英】vi.

86 Peter's stories always *crease* me *up*.

Peter 的故事總是讓我笑得直不起腰。

86【英】vt.

87 The cat *curled up* under the bed and fell asleep.

貓在床下蜷曲著身子睡著了。

88 What is the name of that animal that *rolls up*?

那個捲成一團的動物是什麼?

動作 II

(大範圍：動作大的；連續性的)

about, across, after, **around**, aside, back,
by, forward, over, past, **through**

　　本章介紹關於〈大範圍內的動作〉的概念，顧名思義，本章所介紹的〈動作〉範圍比前章大。下列的例子為「人在相當大的範圍內到處走動」的概念：

◆ I spent the whole morning *running around*.
　我一整個早上都在**四處奔波辦事**。

　　本章所介紹的動詞片語可以是具有明顯目的、連續性的大動作，舉例如下：

◆ I *ran after* the man who had snatched my handbag.
　我**追趕**那個搶走我手提包的男子。

　　也可以是不具明顯目的、連續性的大動作，如下例：

◆ I plan to *bum around* Canada during the summer vacation.
　這次暑假我計畫**到加拿大四處走走**。

about [四處…]

1 Because of my injured leg, I cannot **go about** freely.
因為腳受傷，我沒有辦法任意**走動**。

2 Grandmother cannot **get about** as well as she used to.
祖母無法像從前一樣**行動自如**。

2【英】

3 We spent the whole day just **larking about** in the garden.
我們一整天都在庭院裡**玩耍**。

3【英】

4 I can't sleep because someone is **banging about** upstairs.
我沒有辦法入睡，因為有人在樓上**乒乒作響**。

5 On hearing the joke, we **fell about** laughing.
一聽到這個笑話，我們都**笑得東倒西歪**。

5【英】fall about
laughing
捧腹大笑

across [橫越，穿過]

6 She **ran across** the street, straight toward me.
她**穿越**馬路，直直地向我跑過來。

7 You can't **cut across** someone's front yard like that.
你不能像那樣**穿越**別人家的前院。

8 The President **came across** the room and shook my hand.
總統從房間那頭**走過來**跟我握手。

after [追趕]

9 My God! The dogs are **coming after** me.
天啊！ 那些狗在**追我**。

10 It's too late to **go after** him now.
現在要**追**他也來不及了。

11 I **ran after** the man who had snatched my handbag.
我**追趕**那個搶走我手提包的男子。

12 He jumped on his bike and **made after** his son.
他跳上腳踏車，**追趕**他的兒子。

13 Tim is always **chasing after** pretty women.
Tim 老是**追求**漂亮的小姐。

around

① [四處走動，移動]

14 I know you're nervous, but don't **move around** like that.
　我知道你很緊張，但也不要那樣**四處走動**。

14 四處走動

15 The maid always **moves** my ornaments **around**.
　女傭總是**移動**我的擺飾。

15 移動某物

16 The company **moves** my husband **around** a lot.
　這家公司經常**調派**我的丈夫到不同的地方工作。

16 使某人 (因工作)
　到處旅行

17 When the fire broke out, everyone started **running around**.
　火災發生時，大家開始**四處逃竄**。

17 四處奔跑

18 I spent the whole morning **running around**.
　我一整個早上都在**四處奔波辦事**。

18 四處奔波辦事

19 It's a good idea to **get around** a bit when you are in your
　early twenties.
　二十歲出頭時能稍微**四處看看**也很不錯。

19 到處走動

20 Word soon **got around** that the two superstars were going to
　get married.
　這兩位超級巨星要結婚的流言很快地就**傳開**了。

20 (謠言等) 傳開

21 It's not a good idea to **go around** barefoot.
　打赤腳**到處走動**不是個好主意。

21 *vi.* 到處走動

22 My mother **went around** the room, looking for dust.
　我媽媽在房裡**走來走去**，看看有沒有灰塵。

22 *vt.* go around a place
　在…到處走動

23 Do you think you can **go around** being rude to people?
　你以為你能**到處**對人無禮嗎?

23 go around V-ing
　到處 (做)…

24 There is a nasty strain of flu **going around**.
　有一種嚴重的流感正**四處散播**。

24 *vi., vt.* (謠言、疾病
　等) 流傳

25 Let's spend an hour or so **looking around** the museum.
　我們用大約一個小時的時間**四處看看**這座博物館。

25 四處逛逛，參觀

26 You're sure to find your wallet if you **look around**.
　如果你**四處找找**，一定可以找到你的錢包。

26 四處尋找

27 My granfather **showed** me **around** his old house.
　我的祖父帶我到他的老房子**四處參觀**。

28 Our boss spread the rumor that James was ***sleeping around***.
我們的老闆散播謠言說 James 到處與人發生關係。

29 The bee ***buzzing around*** the room was very annoying.
那隻在房間裡飛來飛去的蜜蜂很惹人厭。

30 The butterflies ***fluttering around*** the garden was a pretty sight.
那些在花園裡翩翩起舞的蝴蝶真是好看。

31 There was a yellow ball ***bobbing around*** in the lake.
有顆黃球在湖裡載浮載沉。

32 There are rumors ***floating around*** about Dr. Jones.
有些關於 Jones 博士的流言甚囂塵上。

33 The leaves ***blew around*** the garden.
樹葉在花園中被風吹得四處飛舞。

34 You have just been ***drifting around*** for a whole year.
你已經漫無目的地遊蕩一整年了。

35 I ***knocked around*** this country quite a bit in my day.
我這一生遊歷過這個國家的許多地方。

36 I plan to ***bum around*** Canada during the summer vacation.
這次暑假我計畫到加拿大四處走走。

37 I now regret that I wasted my youth just ***gadding around***.
我現在後悔年輕時浪費了太多時間在閒晃。

38 I ***blundered around***, not knowing what to do.
我手足無措地走來走去，不知道該怎麼做。

39 Granny has been ***bustling around*** the house all day.
奶奶一整天都在家裡忙進忙出。

40 Why are you all ***milling around*** in the street?   40 *vi.*
你們怎麼都在街上遊蕩？

41 The crowd was ***milling around*** the streets.   41 *vt.*
大批群眾在街上遊走。

42 I wish you would stop ***puttering around*** in the home and do some work.   42【美】
我希望你在家不要這麼懶散，去找點事做。

43 The old man likes *pottering around* his garden. 43【英】

這名老翁喜歡在自家花園中**消磨時光**。

44 We all heard her *crashing around* in the upstairs room.

我們都聽到她在樓上的房間裡**乒乓作響地四處走動**。

45 Losing control of his legs, he *floundered around* in the

28
—
55

water.

由於雙腳不聽使喚，他在水中**移動困難**。

46 The children were *splashing around* in the puddles of rain.

小孩們在雨水坑裡**四處潑水**。

47 There were a group of young men *hanging around* in the 47 *vi.*

hotel lobby.

有一群年輕男子在旅館大廳中**閒晃**。

48 Why are you fellows *hanging around* the doorway? 48 *vt.*

你們這些人為什麼在門口**徘徊**？

② [(為了找到某物或某人而) 四處⋯]

49 The salesman was *touting around* for customers.

這個推銷員在**四處招攬**顧客。

50 I bent down and *scrabbled around* for my contact lenses.

我彎下腰，**用手摸索**我的隱形眼鏡。

51 The would-be author *hawked* his novel *around* to different

publishers.

這位想要成為作家的人**四處推薦**他的小說給不同的出版社。

52 Today I *rang around* to several different plumbers.

今天我**打電話**給幾個不同的水管工人。

53 My job is *phoning around* to people, asking questions.

我的工作是**打電話**給別人作問卷調查。

54 If you *shop around*, you can get really good bargains.

如果你**貨比三家**就可以買到真正划算的東西。

55 There is a suspicious man *nosing around* the area.

有個可疑男子在這一區**四處探聽消息**。

56 Let's *scout around* and try to find a nice place to eat.
我們不妨**四處找找**，看哪裡有吃東西的好地方。

57 I found the monkey *rooting around* the kitchen.
我發現這隻猴子在廚房裡**翻箱倒櫃**。

58 If you *poke around*, you will find your lighter.
若你**四處翻找**，就會找到你的打火機。

59 Our dog was *scratching around* in the empty lot.
我們的狗在空地上**翻找東西**。

60 Try *asking around* town. Someone is sure to know.
試著向城裡的人**四處打聽**，一定會有人知道。

61 Jim is well-known for *playing around* with women.
Jim 因**周旋**於女人堆中而出名。

61 與(異性)鬼混

62 The way scientists are *playing around* with genes, and DNA, and so on, is likely to lead to some kind of terrible disaster.
科學家用**不同方法測試**基因、DNA 等的作法，可能會造成某些可怕的災難。

62 思考不同的可能方式

③ [做沒意義的事；虛度光陰；胡鬧]

63 The girls were *fooling around* when the teacher came in.
老師進來時，這些女孩正**無所**事事。

63 閒蕩

64 That's an unexploded bomb! Stop *fooling around* with it!
那是顆未爆彈！不要隨便**玩弄**它。

64 玩弄…

65 Stop *fiddling around* in the kitchen and come and help me.
別在廚房裡**磨蹭**，快過來幫我。

66 Stop *mucking around* and get down to some serious work!
不要再**鬧混**了，找點正經事來做！

66【英】閒蕩

67 The tax office really *mucked* me *around*.
稅捐處真是**耍得**我**團團轉**。

67【英】muck sb around 耍弄某人

68 He was *mucking around* with some books on my desk.
他正**翻弄**我桌上的一些書。

68【英】muck around with sth 翻弄

69 The boys rushed outside and started *horsing around*.
男孩們衝到外面，開始**到處胡鬧**。

70 When you **mess around** all day, you really make it untidy.

你整天**胡鬧**，就會把家裡弄得亂七八糟。

70 胡鬧

71 I need those papers for my work. Stop **messing around** with them.

我工作上需要那些文件，別再**弄亂**他們了。

71 mess around with
弄亂

72 Stop **frigging around**. Come and help us finish this work.

別淨**幹些無聊事**，過來幫我們把工作做完。

72【英】俚

73 The members of the committee just **farted around** without making any proper decisions.

委員會的成員只是在**胡搞**，並沒有做出什麼適切的決定。

73 鄙

74 Why are you **buggering around** like that?

你為什麼要這樣**胡來**?

74【英】俚
做蠢事

75 You have **buggered** me **around** for far too long.

你已經**煩**我夠久了。

75【英】俚 bugger sb
around 煩擾某人

76 You do nothing but **fuck around** when you come to work.

你來工作時什麼都沒做，只是在**到處鬼混**。

76 鄙 到處鬼混

77 I won't tolerate an idiot like you **fucking** me **around**.

我不會忍受像你這樣的白痴**耍得我團團轉**。

77 鄙 fuck sb around
耍弄某人

78 Be serious and stop **pissing around**.

認真點，別再**搞亂**了。

78【英】俚

79 David has a way of **poncing around** that irritates me.

David **遊手好閒**的模樣讓我看了就火大。

79【英】俚

④ [四處移動 (物或人)；四處散布]

80 Why have you **switched around** all the furniture in the room?

你怎麼把房裡的家具全都**移位**了呢?

81 She started **throwing** things **around** in a fit of rage.

盛怒之下，她**到處扔**東西。

82 I am not the kind of man people can **push around**.

我不是那種會任他人**呼來喚去**的人。

83 I hate people *bandying* the stories about my past *around*.

我討厭**到處亂講**我過去那些事情的人。

⑤ [環繞]

84 The car *went around* the bend on two wheels.   84 *vt.*

這部汽車以兩個輪胎**繞著**彎道**行駛**。

85 The skater *went around* and around in circles.   85 *vi.*

溜冰的人不停地繞著圈圈**打轉**。

aside [往旁邊移動]

86 She didn't *stand aside* for the handicapped man.   86 站到旁邊，讓路

她沒有**站到旁邊讓路**給這位行動不便的人。

87 Why don't you *stand aside from* our quarrel?   87 站開，旁觀

我們爭吵時，你為什麼不**閃到一旁**呢？

88 Please *step aside* and let me pass through.

請**站到一旁**讓我通過。

back [向後]

89 Excuse me, but could you please *move back* a bit?

不好意思，可不可以請你**退後**一點？

90 We all *stood back* to let His Majesty pass by.

我們都**往後站**，讓陛下通過。

91 When the man in front *stepped back*, he stood on my toe.

前面的人**往後退**時，一腳踩在我的腳上。

92 Don't come any nearer to me. If you don't *get back*, I'll scream.

別再靠近我。如果你**不往後退**，我就要大叫了。

93 She *reeled back* in surprise.

她因驚嚇而**突然往後退**。

94 Why did you *start back* when I called your name?

我叫你的時候，你為什麼**嚇得往後退**？

95 She *drew back* as he leaned over to kiss her.

他彎下身想要吻她時，她卻**往後退縮**。

96 He *pulled back* *from* the window as he saw me approaching.

他看見我靠近時就從窗戶邊**往後退**。

97 At the signal, everyone *fell back*.

一聽見信號，大夥兒都**往後退**。

⇨ a fall-back position = 撤退地點

by [經過…的旁邊]

98 As that man *brushed by* he tried to touch my bottom.

那個男人**擦身而過**時，想要摸我的臀部。

99 This car certainly can't *get by* that obstacle.

這部車絕對沒有辦法從那道障礙的旁邊**穿越**。

100 How clever she was to *slip by* him without being noticed!

她**從**他**身邊溜走**而沒被發覺，真是太機靈了!

101 It wasn't necessary to *push by* like that!

沒有必要這樣**推擠**吧!

forward [往前；提早]

102 Matthew was the only one to *step forward* to help her.

Matthew 是唯一**挺身向前**幫助她的人。

103 I felt a hand in the back and someone *pushed* me *forward*.

我覺得背後有一隻手**將我往前推**。

103 push sb forward
將…往前推

104 She is a woman who likes to *push* herself *forward*.

她是一個**好出鋒頭**的女人。

104 push oneself
forward 引人注目

105 The soldiers stood and *went forward* as one man.

這些士兵起立，動作一致地**往前走**。

over

① [(橫向) 移動，越過]

106 *Move over* and let this old gentleman have a seat.

過去一點，讓出一個位置給這個老人。

107 Just **pull over** here. Let's get out and watch the sunset.
把車**靠邊停**吧！我們下車去觀賞日落。

108 The only way to **cross over** this river is by ferry.
橫渡這條河的唯一方法就是搭乘渡輪。

② [遍及]

109 Thanks for **showing** me **over** everything I wanted to see.
謝謝你讓我**看遍**我想看的每樣東西。

110 We have **seen over** several houses in this district.
我們已經**參觀**過本區內的幾間房子。

past [通過…]

111 That man **pushed past** us without even an "excuse me."
那個男人從我們身邊**推擠而過**，連一聲「借過」都沒說。

112 I felt something **brush past** me in the dark.
黑暗之中，我覺得有東西與我**擦身而過**。

through [通過，穿過；貫穿]

113 To get to the toilet, you have to **go through** that room.
要到廁所的話，得先**穿過**那個房間。

114 Do you think we can **push through** the onlookers?
你覺得我們能**穿越**這些旁觀的人嗎？

115 She has grown too fat to **squeeze through** the door.
她長得太胖了，沒有辦法**擠過**那扇門。

116 Using his broad shoulders, he **barged through** the crowd.
他利用寬闊的肩膀來**推擠**穿越群眾。

117 With my foot down, I **broke through** the roadblock.
我腳踩油門，**強行穿過**這個路障。

118 The car **shot through** the barrier and disappeared.
這部車**衝過**障礙物之後就不見了。

119 The old steamer stubbornly **plowed through** the water.
這艘老舊的汽船困難重重地**開過**水面。

120 There was a very narrow path that *cut through* the forest.

有條很狹窄的小徑**穿過**這片森林。

121 The explorers laboriously *hacked through* the jungle.

探險家辛苦地在叢林中**開路前進**。

122 The police refused to *let* the press *through* the cordon.

警方不**讓**媒體**通過**封鎖線。

123 The guard *waved* me *through* when he saw me pull out my ID.

警衛見我拿出證件，揮手示意**讓**我**通過**。

124 The explosion *ripped through* the rooms.

爆炸**強而有力地穿透**這些房間。

3

接近、抵達、到訪

　　本章介紹關於〈接近、抵達、到訪〉的概念，也就是包含了所有有關「靠近、抵達、前往某處或拜訪某人」的情況。下列的例子即為典型的代表：

◆ The minute she saw me, she ***ran over** to* me.
　她一看見我就向我**跑過來**。

　　本章有少數的動詞片語概念是引申自「靠近」，如「朝向 (某人) 求助」或是「追趕以靠近某人」等，都在本章中一併介紹。

　　另外，「抵達」的「目的地」未必一定是實際的場所，可以是比喻的場所，也可以是時間上的一點，就如下例中的 market (市場)，隱約有「出現」的含意：

◆ Our company's new product will ***come on** the market* early next week.
　我們公司的新產品下個禮拜開始就會上市。

　　在這個主題裡，也要介紹有關「需要簽名或是辦理手續，才能正式進出、接近某個場所」的動詞片語。其例如下：

◆ My boss is very strict when I ***clock in** to* work.
　我的老闆對於**打卡上班**的時間要求相當嚴格。

ahead [出現在前方]

1. I start to get nervous when final exams *loom ahead*.
   期末考**迫在眉睫**，我開始緊張起來。

along [到來，出現]

2. A strange but interesting fellow *happened along*.
   一個奇怪但也挺有趣的人**恰巧經過**。

3. An old man with a rucksack *came along* the road.
   路上**出現**一位背著帆布背包的老人。

around [到訪]

4. I would like to *drop around* and have a word with you sometime today.
   今天我想找個時間**拜訪**你，順便和你談談。

5. Why not *come around* and see my parents this weekend?　　5 隨興到訪
   這個週末來**拜訪**一下我的父母吧?

6. I wish Christmas *came around* more than once a year.　　6 (節日) 到來
   我真希望聖誕節一年不只**來**一次。

7. What about *going around* to Sally's tonight?
   今晚要不要去 Sally 家**拜訪**?

by [順道拜訪]

8. We *came by* just to say good luck.
   我們只是**順道過來**祝你好運。

9. I will *call by* if I have the time.
   若有時間我會**順道拜訪**。

10. It is not polite to *drop by* without phoning.
    若不事先打電話就前往**拜訪**是不禮貌的。

11. We were in the area so we *stopped by* for a chat.
    我們恰好在這附近，所以就**過來拜訪**，聊聊天。

down on [迫近，靠近]

12 The wildly careening truck **bore down on** us.
這部搖晃得很厲害的卡車**逼近**我們。

in

① [(未事先通知) 前去拜訪]

13 **Stop in** after work and have a drink if you have time.
你下班後如果有時間，就過來**拜訪**一下，並喝杯飲料。

14 I hope you don't mind us **calling in** without any notice.　14【英】
我們未通知就**拜訪**，希望你別在意。

15 On our way home, Dr. Brown **looked in** on a patient.
在我們回家的路上，Brown 醫生**順道探望**一位病患。

16 Please forgive me for **popping in** on you like this.
我這樣前來**叨擾**，還請你多包涵。

17 Please don't **drop in** on me without telephoning.
請不要沒打電話就**突然拜訪**。

② [(經由正式手續等) 入住飯店；進入正式場合]

18 You can't **book in** at this hotel before midday.　18【英】*vi.*
中午前沒有辦法向這家旅館**辦理住房登記**。

19 Why don't you go on ahead and **book** us **in** at the hotel?　19【英】*vt.* book sb in
你為什麼不先去幫我們向這家旅館**訂房**?

20 We are a bit early, but is it okay if we **check in** now?　20 *vi.*
我們來得有點早，但可以讓我們現在就**登記住進來**嗎?
⇨ the check-in time = 登記住入的時間

21 The man at the reception desk **checked** us **in**.　21 *vt.* check sb in
接待處的那名男子幫我們**辦理住宿手續**。

22 Every evening, when we return to the youth hostel, we have
to **sign in**.　22 簽到
每天傍晚我們回到青年旅館時都得**簽到**。

23 If you want to join my tennis club, I can **sign** you **in**.　23 sign sb in
假如你想加入我的網球俱樂部，我可以讓你**簽名進入**。　簽名讓他人進入

24 My boss is very strict when I **clock in** to work.

我的老闆對於**打卡上班**的時間要求相當嚴格。

24【英】

③ [抵達；調整至⋯]

25 You are late again today. Try to **come in** before ten.

你今天又遲到了，希望今後你能設法在十點以前**到達**。

26 What time will your husband **get in** from work?

你的丈夫下班後幾點會**回到家**?

27 The doors opened after the train **pulled in** at the platform.

列車**停靠**月臺後，車門打開了。

28 The luxury liner **put in** at New York for repairs.

這艘豪華客輪**停靠**在紐約進行維修。

29 Every night, millions **tune in** to his program.

每天晚上有幾百萬聽眾**收聽** (調整至⋯的頻道) 他的節目。

⇨ be tuned in to what is happening around one

= 了解周圍正在發生的事

④ [接近]

30 The gang of bullies **moved in** on Henry.

那群惡霸向 Henry 逼近。

31 Hurry up! The train is now **drawing in** at the station.

快一點! 列車正在**進站**。

31 (列車) 進站

32 It is now autumn, and the days are **drawing in**.

現在是秋天，白天開始**變短**了。

32【英】白晝變短

33 Shivers ran down my spine as the snake **closed in** on me.

當這條蛇**逼近**我的時候，我的背脊發涼。

33 逼近

34 It's September now, and the days are **closing in**.

現在是九月，白天慢慢**變短**了。

34 白晝變短

into [前往，進入 (某地點或區域)]

35 The gunmen **rolled into** town as if they owned the place.

持槍歹徒**湧進**城裡，彷彿這裡是他們的地盤。

36 The bikers *roared into* town at the dead of night.

飆車族在死寂的夜裡**呼嘯進入**城裡。

37 Let's *pull into* that parking place over there.

我們**開進**那邊的停車場**停車**吧。

38 I fear we are *heading into* dangerous waters.

我擔心我們正**進入**危險的水域。

39 A ghostly looking ship *came into* sight.

一艘鬼魅般的船**映入眼簾**。

39 come into sight
映入眼簾

24
|
46

on

① [(未事先通知) 前去拜訪]

40 It was rather rude of us to *descend on* him like that.

我們那樣**突然拜訪**他，實在是太無禮了。

41 We *called on* several neighbors over the New Year.

新年期間，我們**拜訪**了幾戶鄰居。

② [緊追在後；到來]

42 Morning Sun *gained on* Arazi, and finally won by a nose.

Morning Sun (馬名) **超越** Arazi，最終以一鼻之差險勝。

43 At this stage we have no chance of *closing on* them.

目前這個階段，我們沒有機會**趕上**他們。

44 Look at the trees. Winter is definitely *coming on*.

你看看這些樹就會知道冬天真的**快要來臨**了。

44 (季節) 來臨

45 If you feel a cold *coming on*, you should take some vitamin C.

如果你覺得**快要**感冒了，就應該吃點維他命 C。

45 (疾病) 來襲

46 Our company's new product will *come on* the market early next week.

我們公司的新產品下個禮拜開始就會**上市**。

46 come on the market 上市

over [接近；停留；拜訪；邀約前來]

47 The minute she saw me, she *ran over* to me.

她一看見我就向我**跑過來**。

48 I would like to *bring* my friend *over* and introduce to you next Monday.

我下星期一想要帶我的朋友**過來**介紹給你認識。

49 We *got over* to England yesterday.

我們昨天**到**英國。

50 Will you *stop over* anywhere on the way back to Japan?

你在回日本的路上會在哪裡**中途停留**嗎?

⇨ a one-day stopover in New York = 中途在紐約停留一天

51 Well, we'll *call over* if we have time.　　　　　　　　　　51 拜訪

若有時間我們會**前去拜訪**的。

52 Can you *call* the waiter *over*?　　　　　　　　　　　　　52 叫…過來

你可以叫服務生**過來**嗎?

53 If it is convenient, can we *come over* now?　　　　　　　　53 順道來訪

方便的話,我們可以**過去拜訪**嗎?

54 Holding out his hand, an old tramp *came over* to us.　　　　54 走過來,靠近

一個年老的流浪漢伸出手,朝我們**走過來**。

55 I am too shy to *ask* her *over* for a coffee.

我太害羞了,不敢**邀請**她**來**家裡喝杯咖啡。

56 We have *invited* the Halls *over* to have a drink.

我們已經**邀請** Halls 一家人**來**家裡喝飲料。

round [順便繞去；邀約前往]

57 Jane *called round* to say hello a couple of hours ago.　　　57【英】

Jane 幾個小時前**順道過來**打了聲招呼。

58 Would you like to *ask* Billy *round* to play?

你想要叫 Billy **過來**家裡玩嗎?

to [抵達；朝向]

59 We ***got to*** the summit at sunrise.

我們在日出時**抵達**山頂。

60 Every time I scold you, you ***run to*** your mother.

每次我罵你的時候，你都**向**你的媽媽**求助**。

up

① [靠近；往 (某個方向) 移動]

61 I boldly ***went up to*** the man and introduced myself.

我大膽地**走向**那個男人並自我介紹。

62 A strange fellow ***came up to*** me and said hello.

一個奇怪的人**靠近**我，跟我打招呼。

63 The woman ***sidled up to*** me.

那名女子**側身走近**我。

64 He ***stole up*** on his enemy and hit him on the head.

他**悄悄接近**他的敵人，再從他的頭上敲下去。

65 The game is to ***creep up*** on "it" without being seen.

這個遊戲是要**偷偷接近**「鬼」，而且不能被「鬼」看到。

66 Try as we could, we could not ***catch up*** with the leaders.   66 *vi.*

不管我們怎麼努力還是沒辦法**趕上**領先的人。

67 If you don't walk faster, the people behind will ***catch*** us ***up***.   67【英】*vt.* catch sb up

如果你不走快一點，後頭的人就會**趕上**我們了。

68 My fans ***ran up to*** me and asked for my autograph.

我的歌迷**跑來**向我要簽名。

69 ***Pull up*** next to that convenience store over there.

開到那家便利商店旁邊**停下來**。

70 A taxi ***drew up*** in front of the hotel, and a well-dressed man   70 停住
got out.

一輛計程車在旅館前面**停下**，有一位穿著體面的男子從車上
下來。

71 I asked an experienced lawyer to ***draw up*** this contract.   71 擬定

我請一位經驗豐富的律師來**擬定**契約書。

72 The riot police *moved up* at hearing the sergeant's order. 72【英】

聽到警官一聲令下，鎮暴警察就**挪動**了位置。

73 Be careful when *backing up*.

倒車的時候要小心。

② [出現；拜訪]

74 There is absolutely no telling when Jill will *roll up*.

根本沒有辦法知道 Jill 什麼時候會**出現**。

75 We plan to *show up* at the party at around eight.

我們打算八點左右**出席**派對。

76 We invited Bob, but I don't think he will *turn up*.

我們邀請了 Bob，不過我覺得他不會**露面**。

77 If you are in Paris, please *look* us *up*.

若你到了巴黎，請來**拜訪**我們。

up to [接近；帶往…]

78 Jim will soon be *coming up to* his retirement age.

Jim 即將**屆臨**退休的年紀。

⇨ the upcoming general election = 即將到來的大選

79 You've been *leading up to* that topic all evening. 79 導入 (話題)

你一整晚都在**設法導入**那個話題。

80 Please tell us about the events *leading up to* his death. 80 導致…

請你告訴我們**造成**他死亡的事件。

up with [前往逮捕]

81 The police finally *caught up with* the blackmailer. 81 逮捕

警方最後**逮捕**到了那個勒索的人。

82 I'm worried that someday my past wrongdoing will *catch up* 82 以前做過的事開
with me. 　　始對某人產生壞
我擔心有天我會因過去做的那些壞事而**遭到報應**。 　　的影響

出發、離去、送出

along, **away**, away with, by, forth, **off**,

off with, out, out on, to

本章介紹關於〈出發、離去、送出〉的概念，是有關「人或物從某個出發點離去或消失」的描述方式。

下面的例子即為典型的情況，句中雖未明確說明，但可以知道 Martin 從出發點離去了：

◆ Martin ***ran away*** *with* Sarah, and they later got married.

Martin 和 Sarah **私奔**，兩人後來就結婚了。

「出發點」未必一定是實際上的場所，也可以是比喻的事或物。在下面的例子中，the old ways of thinking (舊的思考模式) 是本句中所要「離去的出發點」：

◆ The only way to make a new discovery is to ***get away*** *from* the old ways of thinking.

要發現新事物的唯一方法就是從舊的思考模式中**跳脫**出來。

本章中〈離去〉的概念隱約有「失去，流逝」的含意，見下列例子：

◆ Our uncle ***passed away*** last night.

我們的叔叔昨晚**過世**了。

◆ The years ***went by*** so quickly that I hardly noticed.

歲月飛快地**流逝**以致於我幾乎沒有注意到。

另外，需注意的是本章的主題與第 9 章〈拒絕、迴避〉中談到的「與 away 連用的動詞片語」密切相關，但是，出現於第 9 章中的「與 away 連用的動詞片語」大多可以自然地替換成 get rid of (除去)、ignore (忽視)、avoid (避免) 等字，而本章所介紹的「與 away 連用的動詞片語」則大多可以以 leave (離開) 或 disappear (消失) 等字替換。

along [離開 (繼續向前)]

1 Well, I must now be *getting along*.

嗯，我現在必須**離開**了。

away

① [離去，離開]

2 At the sight of me she *ran away*. 2 逃跑

一看到我，她就**跑走**了。

3 Martin *ran away* with Sarah, and they later got married. 3 run away with sb 與某人私奔

Martin 和 Sarah **私奔**，兩人後來就結婚了。

4 The old man *walked away*, dragging his left foot. 4 離開

老人拖著左腳**走開**了。

5 She tried hard to *walk away* from the unhappy marriage. 5 脫離

她努力想**逃離**這段不幸的婚姻。

6 Why do you always try to *move away* when I come near you? 6 *vi.* 離開

為什麼我每次靠近你的時候，你都想要**離開**？

7 Tommy no longer lives here. He *moved away* last year. 7 *vi.* 搬離

Tommy 不住在這裡了。他去年**搬走**了。

8 I reluctantly *moved* my hand *away from* the cake. 8 *vt.* 把…移開

我不情願地把手從蛋糕上**移開**。

9 Spike jumped into the car and *drove away* at great speed.

Spike 跳進車裡，以高速**駛離**。

10 Why don't you *go away* and leave me alone? 10 (人) 離開

你為什麼不**走開**讓我靜一靜？

11 The pain in my arm still hasn't *gone away*. 11 (感覺) 消失

我手臂上的疼痛還沒**消失**。

12 I *came away* from the party loaded down with presents.

我帶著許多禮物**離開**派對。

13 She wants to *get away* to Greece this summer. 13 離開 (去度假)

她今年夏天想**離開**去希臘**度假**。

14 I was lucky to **get away** *from* the disaster.   14 逃脫

    我很幸運地**逃過**這場災難。

15 The only way to make a new discovery is to **get away** *from*   15 跳脫 (舊有的模式
    the old ways of thinking.   等)

    要發現新事物的唯一方法就是從舊的思考模式中**跳脫**出來。

16 The juggler finished and the onlookers **melted away**.   16 (人群) 逐漸散去

    賣藝的人結束表演，圍觀的人們也**逐漸散去**。

17 As I listened to him, my objections **melted away**.   17 感覺等漸漸消失

    聽他說著說著，我原本反對的理由也**逐漸消失**了。

18 The ship **faded away** below the horizon.

    船**逐漸消失**在地平線之下。

19 The napkin on the table **blew away** in thc brccze.

    桌上的餐巾被風**吹走**了。

20 I **backed away** step by step.

    我一步一步**退離**。

21 She gave me a look of disgust and **pulled away** *from* me.   21 (人) 逃離

    她以嫌惡的眼神看了我一眼，然後就**逃開**了。

22 As the car **pulled away**, a cloud of dust rose up.   22 (車) 開走

    車子**離開**時揚起一片灰塵。

23 As I approached, she **waved** me **away**.

    我接近時，她**揮手叫我走開**。

24 If you associate with those kinds of people, they will **lead**
    you **away** *from* the true path.

    假如你與那類的人為伍，他們會帶你**偏離**正道。

25 Our parents **sent** us **away** *to* our aunt's at an early age.

    我們還小的時候，父母就把我們**送去**阿姨家。

26 There is a rumor that aliens **spirited** them **away**.

    有傳言說外星人將他們**偷偷帶走**了。

27 The negative news about this securities firm **scared away**
    investors.

    有關這家證券公司的負面報導**嚇跑**了投資人。

4

1
—
27

28 The old man's expression *frightened* the young child *away*.
這個老人的表情把年幼的小孩嚇跑了。

29 Tom *shooed away* the cat so he could sit in his chair.
Tom 用「噓」聲趕走貓，這樣他才能坐在自己的椅子上。

30 Couldn't you see the signs *warning* people *away*?
你沒有看到這些警告人們離開的告示嗎?

31 This mosquito coil will *keep* all kinds of insects *away*.
這種蚊香能驅離各種昆蟲。

32 Our uncle *passed away* last night.
我們的叔叔昨晚過世了。

32 逝世

33 Her expression of disgust soon *passed away*.
她嫌惡的表情一閃即逝。

33 消失，結束

② [(祕密) 逃離]

34 There is no way we can *sneak away* from here.
我們沒有辦法逃離這裡。

35 She tried to *slip away*, but we all saw her.
她想要溜走，不過我們都看見她了。

36 The young lovers *stole away* in the middle of the night.
這對年輕的戀人在半夜時偷溜出去。

away with [帶著…離開；在…狀況下離去]

37 The thief tried to *get away with* three Picassos.
小偷想要偷走三幅畢卡索的作品。

37 帶走 (物)

38 It is not possible to *get away with* such behavior.
這樣的行為想逃過懲罰是不可能的。

38 逃避懲罰

39 The burglar *made away with* our silver candlesticks.
竊賊偷走我們的銀製燭臺。

40 The two athletes *walked away with* all the prizes.
這兩位選手輕鬆贏走所有的獎項。

41 What kind of impression did you *come away with*?
你離開時留有怎樣的印象?

by [(時間、機會等) 流逝]

42 The years **went by** so quickly that I hardly noticed.
歲月飛快地**流逝**以致於我幾乎沒有注意到。

43 Hurry up! The seconds are **ticking by**.
快一點! 時間一分一秒地**流逝**。

44 The vacation **slipped by** before I had done my homework.
我功課都還沒做，假期就**一溜煙過去**了。

45 You would be foolish to let such a great chance **pass by**.
你如果讓這個大好機會**溜走**就太笨了。

forth [出發]

46 Prepare properly before **setting forth** on your journey.
旅行**出發**之前要準備妥善。

47 The brave men **ventured forth**, but were fated to die.
勇士們**冒險前往**，但卻難逃一死。

48 The missionaries **went forth** and spread the word of God.
傳教士們**出外**傳播上帝的福音。

off

① [快速離開；出發]

49 The helicopter stopped moving and then **zoomed off**.
直升機一度在空中停留，接著就**快速地離開**。

50 We're not busy so you can **pop off** and have lunch now.
我們現在不忙，所以你可以**趕緊離開**去吃個午餐。

51 Why did you **take off** without a single word?
你為什麼沒有留下隻字片語就**匆匆離去**?

52 The jet rapidly gathered speed and then **took off**.
噴射機瞬間加速後**升空起飛**。
⤳ get ready for takeoff = 準備起飛

53 I put my foot on the accelerator and the car **shot off**.
我踩下油門，車子便**衝**了出去。

54 The motorbike *pulled off* with a screeching of tires.
摩托車**離開**時，輪胎發出了尖銳的聲音。

55 "...3, 2, 1," and the rocket *blasted off*.
「…三、二、一」之後，火箭**發射**升空。

⇨ a blast-off right on schedule = 按照預定行程的發射

56 The engines ignited and the rocket *lifted off*.
引擎點燃後火箭就**升空**了。

⇨ the countdown for (a) lift-off = 發射前的倒數計時

57 He didn't mean to insult you. You didn't have to *storm off*.
他無意侮辱你，你不需要**憤而離去**。

58 The President got in his car and the motorcade *moved off*.
總統進入座車後，整個車隊就**出發**了。

59 Instead of *setting off* now, we should wait a while.
我們應該等一等而不是現在就**出發**。

60 We had folded our tents and *started off* before sunrise.
我們已經摺好帳篷，在日出前就**動身**了。

61 He picked up his bag and *headed off*.
他抱起自己的袋子就**出發**了。

62 The sailor turned on the engine and the boat *pushed off*.
水手發動引擎後，船便**駛離岸邊**。

62 (船) 離岸

② [離開消失於某人眼前]

63 "*Push off*," he said in a voice full of anger and shame.
他用惱羞成怒的聲音說：「**滾開**」。

63【英】俚 (用於叫人) 滾開

64 The bully told me to *clear off*.
那個惡霸叫我**滾開**。

65 You are just a nuisance. *Shove off*!
你實在是個討厭鬼，**走開**!

66 Why don't you just *buzz off*?
你為什麼不**滾開**呢?

67 *Fuck off* and mind your own business!
滾開，管好你自己的事吧!

67 鄙

68 You are a big bore. Why don't you *piss off*? 68 俚
你真的很令人討厭，為什麼不快**滾開**？

69 I would be very grateful if you *sodded off*. 69【英】俚
你如果**滾遠一點**，我會感激不盡。

70 *Bugger off*! Leave me alone! 70【英】俚
走開！不要煩我！

③ [(祕密) 離去]

71 I managed to *make off* when no one was looking.
我趁沒人看到時設法**逃走**。

72 Do you think it's possible to *sneak off* now?
你認為現在有機會**偷溜**嗎？

73 We got the chance and *sloped off* without being noticed. 73【英】
我們一有機會，就趁別人不注意時**悄悄溜走**。

74 Judy *went off* with a man twenty years younger.
Judy 和一個小她二十歲的男子**私奔**了。

75 She *ran off* with a man ten years younger than herself.
她和一個小她十歲的男子**私奔**了。

④ [送走；帶走]

76 Every morning it's a battle to *get* the kids *off to* school.
每天早上要把孩子們**送去**上學都是一場惡戰。

77 Dad *bundled* us *off to* boarding school at an early age.
父親在我們還小的時候就把我們**送往**寄宿學校。

78 Don't *send* him *off* without listening to him properly. 78 送別
不要沒聽他好好解釋就**送他走**。

79 The referee *sent* the player *off* for committing five fouls. 79【英】命令選手退場
裁判因為這名球員五次犯規而**判他離場**。

80 The only explanation is that someone *spirited* David *off*.
唯一的解釋就是有人把 David **拐走**了。

81 With this temperature, mom will *pack* you *off to* bed.
你發燒到這麼高的溫度，媽媽一定會**趕**你去睡覺。

off with [帶著…離去]

82 Someone seems to have *gone off with* my pen.
　似乎有人**擅自拿走**我的筆。

83 He *walked off with* my book.
　他**擅自拿走**我的書。

84 One athlete *walked off with* most of the gold medals.
　一位選手**輕鬆贏走**大多數的金牌。

85 Who's *waltzed off with* my watch?
　誰**拿走**了我的手錶?

86 The wily thief *made off with* the jewels.
　狡猾的小偷將珠寶**偷走**。

87 The thief grabbed my camera and *ran off with* it.
　小偷一把抓了我的相機**帶著**它**逃跑**了。

83 擅自拿走，偷

84 輕易獲勝

out [離去，離開; 出發; 寄送出]

88 A steam train *pulling out* of a station is a romantic sight.
　駛離車站的蒸汽火車是一幅浪漫的景象。

89 The general decided to *pull* our division *out of* the battle.
　將軍決定讓我們這一師從戰役中**撤離**。
　⇨ a pullout of soldiers = 撤軍

90 The Prime Minister *pulled* the country *out of* recession.
　首相**帶領**國家**走出**經濟衰退。

91 Our ship can't get into harbor. The tide has *gone out*.
　我們的船無法進港。潮水已經**退去**。

92 When the police car arrived, Steve *lit out*.
　警車一到，Steve 便**迅速離去**。

93 She likes to *get out of* New York at the weekends.
　週末時她喜歡**離開**紐約。

94 We had a hard time *getting* him *out of* the country.
　我們**將**他從這個國家**搭救出來**時遭遇不少困難。

95 The police cadets *passed out from* the Academy.
　這些警校學生從學校**畢業**了。

88 (車) 駛離

89 撤離，退出

90 擺脫 (困難)

93 離開

94 get sb out
　救出某人

95【英】

96 The schedule says we will *start out* at eight o'clock.
行程表上寫著我們將於八點**出發**。

97 He *set out on* his journey with a light heart.
他帶著愉快的心情**出發**踏上旅途。

98 The ship *put out to* sea as the sun sank down.
船隻在日落時分**啟航**出海。

99 Putting our faith in God, we *struck out to* the north.
我們堅信著上帝，朝向北方**前進**。

100 We *shipped out* your order last week.
我們上禮拜就已**寄出**你訂的貨。

out on [(背叛地) 離開]

101 She *ran out on* him the very day of the wedding.
就在婚禮當天，她**背棄**了他。

102 She was furious when Bud *walked out on* her.
Bud **拋**下她時，她大發雷霆。

to [向…逃去]

103 The bandits have *taken to* the hills.
搶匪已經**逃往**山裡。   103【英】

5

位置、（不）存在

ahead, **around**, back, before, **behind**, by, in,
off, on, out, over, to, up, with, without

本章介紹關於〈位置、(不) 存在〉的概念，用以描述「某人或某物位於某個場所」，本章所介紹的情況也包含場所中某種程度的移動，但是更著重於「位在某場所」的概念，如下列句子：

◆ Many young people like to **hang out** at that café.
許多年輕人喜歡在那家咖啡店**消磨時間**。

上面的動詞片語中的 hang，在意義上來說無關於〈移動〉，該人〈存在〉於該場所中 (咖啡店裡) 才是本句重點。

與〈位置〉概念相關的引申含意有「處於某種狀態」，本章亦有相對應的例句做介紹：

◆ Mr. Rodgers has **saddled** himself **with** a huge mortgage.
Rodgers 先生使自己**擔負**了龐大的抵押借款。

有關於〈不存在〉的動詞片語，如下面的例子所示，指 Jones 不在他平常會在的場所，也就是〈不存在〉：

◆ Jones **stayed off** work for two whole weeks.
Jones 整整**休息**了兩個禮拜沒來工作。

ahead [維持優勢的位置]

[1] My salary does not help me ***stay ahead*** *of* inflation.

我的薪水無法幫我**領先於**通貨膨脹。

[2] If you want to make money, you have to ***keep ahead*** *of*
movements in the stock market.

如果你想要賺錢，就得**領先於**股票市場的變動。

around [(沒秩序地) 擺放；(漫無目的地) 逗留在某處]

[3] You always seem to ***scatter*** your books ***around*** your
bedroom.

你好像總是**把**書**散落**在臥室裡**一地**。

[4] Did I leave a wallet ***lying around*** somewhere?

我是不是把皮夾**隨便亂放**在某處？   4 隨意亂放

[5] Don't ***lie around***. Go and get a job!

不要**無所事事**，快去找份工作！   5 無所事事

[6] Have you seen my sweater ***kicking around*** anywhere?

你有沒有看到我的毛衣**遺落**在什麼地方？

[7] I hope the gold pen I lost is ***floating around*** here
somewhere.

我希望我遺失的金筆**還在這附近**某處。

[8] I have now been ***waiting around*** for two hours. I hate it.

到目前為止，我已經**空等**兩個小時了，真討厭。

[9] You're not working. You are ***sitting around*** the office doing
nothing!

你根本沒在工作，你只是在辦公室裡**閒坐**著，什麼事也沒做！

[10] I am sure that Andy is ***knocking around*** the building.

我確定 Andy 正**待**在這棟建築物裡的某處。

[11] The children were ***playing around*** in the classroom.

孩子們在教室裡**到處搗蛋**。

[12] The way you ***laze around*** gets on my nerves.

你**懶散**的樣子真讓我心煩。

13 Do you intend to *idle around* the house all day?
你打算一整天都在家裡**晃來晃去**嗎?

14 My son is lazy. He just *lounges around* his room.　　　14【英】
我兒子很懶,他只會在自己房裡**打混**。

15 Ah, how comfortable it is to *loll around* on the beach.
啊! 在沙灘上**懶洋洋地躺著**好舒服喔!

16 Tim *loafs around* the tennis club on weekends.
Tim 週末時都在網球俱樂部**閒蕩**。

17 I *mooched around* the house, bored to death.　　　17【英】
我在家裡**無所事事地閒晃**,無聊死了。

18 Absolutely depressed, she *moped around* all day.
她異常消沉,整天**無精打采地晃來晃去**。

19 She is *mooning around* because Peter jilted her.　　　19【英】
因為遭到 Peter 拋棄,她**漫無目的地閒晃**。

back [留下; 停在原點]

20 I wanted to go, but someone had to *stay back*.
我想走了,不過得有人**留下來**。

21 Our teacher *held* us *back* for an hour because we didn't do our homework.
因為我們沒寫作業,老師把我們**留下來**一個小時。

22 The teacher *kept* Ted *back* for an hour after the class was over.　　　22【英】
下課後,老師把 Ted **留下來**一個小時。

23 I *hung back* from speaking to him.
我**猶豫**著不願跟他說話。

before [在前面]

24 We must do our best, no matter what *lies before* us.
無論**位在前方**的是什麼,我們都必須盡全力。

behind [留下; 落後; 使不存在]

25 I *waited behind* and helped our teacher clean the classroom.
我留下來幫老師打掃教室。

26 Please *stay behind*. I want to have a word with you.
請留下來，我有話想跟你說。

27 I'm afraid you'll have to *stop behind* and finish this.
恐怕你得留下來完成這項工作。

28 Oh dear, I seem to have *left* my purse *behind*.　28 忘了帶
噢! 親愛的，我好像忘記帶錢包出門了。

29 With his death, many questions were *left behind*.　29 留下
他一死，留下許多疑問。

30 It is now time for you to *leave* your childhood memories　30 拋開
behind.
現在是你拋開童年回憶的時候了。

31 It was because you didn't study that others *left* you *behind*.　31 超越
就是因為你沒念書，所以別人才會超越你。

32 Try not to *get behind* with your homework.　32 落後
試著別讓功課落後。

33 The whole country *got behind* the young Olympic runner.　33【美】支持
全國都支持這位奧林匹克的田徑小將。

34 The Opposition seems to be *lagging behind* us in the polls.
反對黨在民調方面似乎落後我們。

35 Once you *fall behind*, catching up is tough.
一旦你落後，要再追上就很困難了。

36 Those unpleasant events now *lie behind* us.
我們現在已經將那些不愉快的事情拋諸腦後了。

37 That experience is one thing I cannot *put behind* me.
那次的經驗我無法拋諸腦後。

by [採取某種姿態站在一旁]

38 The man **stood by** and watched the old lady being attacked.　　38 *vi.* 旁觀
　　這個男的**袖手旁觀**，眼睜睜看著老婦人遭受攻擊。

　　⇨ a group of curious bystanders = 一群好奇圍觀的人

39 I will **stand by** you whenever you are in trouble.　　39 *vt.* 支持
　　你有困難時我一定都會**支持**你。

40 The rescue team is **standing by**, ready to go into action.　　40 *vi.* 準備行動
　　搜救小組正在**待命**，隨時都可以出動。

　　⇨ a rescue team on standby = 待命中的救難隊

41 Do not worry. I will **stick by** you through thick and thin.
　　別擔心，不管怎樣我都會**支持**你的。

in [在家裡，室內]

42 I was expecting a phone call, so I **waited in** all day.
　　我在等一通電話，所以整天都**在家等候**。

43 It's raining heavily. Let's **stay in** today.
　　雨下得好大，我們今天就**待在家裡**吧。

44 Do you plan to go out? Or are you **stopping in**?　　44【英】
　　你打算出門嗎? 還是要**待在家裡**?

45 What's wrong with **eating in** once in a while?
　　偶爾**在家吃飯**有什麼不好?

46 We have a very good maid who **lives in**.
　　我們有一個很棒的女傭，她**住進**我們**的家裡**工作。

47 When I was a student, I often **slept in** till midday.
　　我還是學生的時候常常**晚起**，睡到中午。

48 It would be nice if we could **lie in** this Sunday.　　48【英】
　　要是這禮拜日我們能夠**賴床**的話就太好了。

　　⇨ a lie-in on Sunday morning = 星期天早上的賴床

off [離開工作崗位]

49 Jones **stayed off** work for two whole weeks.　　49【英】
　　Jones 整整休息了兩個禮拜**沒來工作**。

50 I would really like to *have* a couple of weeks *off* from my job.

我真的很想拋下工作，**休**幾個禮拜的**假**。

51 Please wait a bit. I'll *get off* in an hour.

請等一下，我再一個小時就要**下班**了。

52 We are not so busy these days, so you can *take* Monday *off* from the office.

我們最近不是很忙，所以你禮拜一可以**休假**不用到辦公室來。

on [留在原處]

53 Do you plan to *keep* both of them *on* at the job?

你打算讓他們兩個都**留任**嗎？

54 *Hang on*. We are coming right now.

撐著點，我們現在馬上過去。

55 During the busy season, we have to *stay on* late at work.

忙碌的時候，我們得**留下來**工作到很晚。

out [在外面；外出中]

56 We were worried when our daughter *stayed out* all night.

我們的女兒整夜都**待在外頭**，我們很擔心。

57 We *eat out* only very occasionally.

我們極少**外出用餐**。

58 We are *dining out* with some friends this evening.

今天傍晚我們要跟幾個朋友**到外面吃飯**。

59 You are still too young to be *sleeping out* like that.

你還太年輕，不能像那樣**外宿**。

60 I need a bath. We have been *camping out* for a week.

我得洗個澡。我們已經**在外露宿**一個星期了。

61 Many young people like to *hang out* at that café.

許多年輕人喜歡在那家咖啡店**消磨時間**。

⇨ a favorite hangout of the younger crowd

　＝年輕人喜歡聚在一起消磨時間的場所

62. My parents *boarded* my cat *out* with my grandmother.
我的父母把我的貓**寄放**在我外婆那裡。

over

① [剩餘]

63. Please make sure some rice *is left over* for lunch tomorrow.   ^{63 Passive}
請確定有**剩**下一些飯留到明天當午餐。

⇨ a lunch of leftovers = 剩飯剩菜做的午餐

② [在外過夜]

64. Dad, can we *stay over* at Mary's tonight?
爸，我們今晚可以在 Mary 家**過夜**嗎?

65. If you wish, you can *sleep over*.
如果你要的話，可以**留下來過夜**。

⇨ be invited to a sleepover at a friend's house

= 被邀請到朋友家聚會過夜

to [逗留]

66. After the spanking, the boy *kept to* his room all day.
小男孩被打屁股之後，整天都**待在房裡不出來**。

with

① [存在 (於)]

67. It is quite clear that the responsibility *rests with* him.
很明顯地，責任**在於**他。

68. The responsibility may well *lie with* you.
責任很可能**在於**你。

69. The memory is one that will be hard to *live with*.
這段回憶是很難**接受**的。

70. I could *do with* a good night's sleep now.   ^{70 could do with sth}
我現在**需要**的是一夜好眠。   需要 (某事物)

② [(使) 處於不愉快的狀況]

71 I *was stuck with* that boring man all evening.　　71 Passive
我整晚都被那名無聊男子給纏著。

72 She *has been plagued with* a bad back all her life.　72 Passive
她這一生受背痛所苦。　　　　　　　　　　　　　　　受苦

73 Stop *plaguing* me *with* your stupid requests!　　73 煩擾
別再用無理的要求來煩我。

74 Harry didn't go to the movies with us; he *was lumbered*　74 Passive
with the job.
Harry 沒有和我們去看電影，他被工作拖住了。

75 You always *land* me *with* the unpleasant jobs.
你老是把討人厭的工作丟給我。

76 Mr. Rodgers has *saddled* himself *with* a huge mortgage.
Rodgers 先生使自己擔負了龐大的抵押借款。

without [沒有…]

77 It's reached the stage where she *can't do without* alcohol.
她已經到了沒有酒不能過活的地步了。

78 Man cannot *go without* water.
人沒水不能生存。

79 I *reckoned without* his behaving like that.
我沒有想到他會有這樣的行為。

接觸、發現、鄰近

across, by, down, **into**, **on**, onto,

up, up against, upon, with

本章介紹關於〈接觸、發現、鄰近〉的概念,並網羅了「接近」、「相撞」、「偶然遇見」、「找到」、「鄰接」及「介入」的語意。

與人「接觸」則衍生出「相遇、碰面」的含意;與物「接觸」則衍生出「相撞」的含意:

◆ Yesterday at the Hilton Hotel I **bumped into** an old friend.

　昨天我在希爾頓飯店**巧遇**一位老友。

　動詞片語 bump into 本來是「撞上」之意,而在上面的例子中,其原義以比喻的方式擴大成了「巧遇」。

用以表示〈接觸〉及〈發現〉之意的例句中,通常帶有某種程度的「動作」,但是表〈鄰近〉之意的例句中通常幾乎不帶有、甚至完全沒有「動作」的含意:

◆ This area **borders on** an industrial zone.

　這一帶**緊鄰**工業區。

「心理狀態」或「行為模式」也可與〈鄰近〉的概念有關,在下列的例子中,即比喻性地描述 the passengers (乘客)「處在或瀕臨某種心理狀態」:

◆ The passengers were **verging on** panic.

　這些乘客**瀕臨**恐慌的狀態。

across [發現；偶然遇見]

1. The farmer dreams of *coming across* gold in his field.
   這名農夫夢想能在自己的農田裡**發現**黃金。

2. I *stumbled across* the solution to our conflict.
   我**偶然發現**解決我們衝突的方法。

3. I *ran across* an old friend in the middle of town today.
   我今天在市中心**偶然遇見**一位老朋友。

by [發現；偶然遇見]

4. You were lucky to *come by* such a find.
   你**得到**這樣的珍品真是幸運。

down [四處搜尋以找到]

5. Don't worry. Our bloodhounds will soon *track* him *down*.
   別擔心，我們的獵犬很快就會**找到**他。

6. I finally *ran* the book *down* in an old bookshop.
   我最後**好不容易**在一家舊書店**找到**這本書。

7. You can't hide. We will *hunt* you *down* in the end.
   你躲不掉的，我們最後一定會**逮到**你。

into [撞上]

8. I was running to catch my train when I *banged into* her.
   我正跑著去趕火車時**撞上**了她。

9. In town, people always seem to be *barging into* me.
   在城裡，人們似乎總是會**撞到**我。

10. Our car *plowed into* the side of the house.
    我們的車子**猛力撞上**了這間房子的側面。

11. They lost control of the boat and it *rammed into* the dock.
    這艘船失去控制而**猛力撞上**了碼頭。

12. I was driving my car when I *crashed into* the wall.
    我**撞上**牆時，開的正是我的車。

13 I was driving carelessly and **bumped into** a big black Cadillac.

我開車不小心，**撞上**一輛大型的黑色凱迪拉克。

13 撞到…

14 Yesterday at the Hilton Hotel I **bumped into** an old friend.

昨天我在希爾頓飯店**巧遇**一位老友。

14 偶然遇見

15 Luckily, it was only a hedge that our car **ran into**.

所幸我們的車子**撞上**的只是籬笆而已。

15 撞到…

16 Wait here for a couple of hours; you may **run into** him.

在這裡等幾個小時你就可能會**遇到**他。

16 偶然遇見

17 Plan before starting. If not, you'll **run into** trouble.

在開始前要計畫一下，不然你會**碰**上麻煩。

17 碰上 (麻煩)

6

1
|
25

on

① [發現]

18 The explorers **chanced on** the hidden valley.

這群探險家**偶然發現**這個隱蔽的山谷。

19 It was not an invention; we just **happened on** it.

這算不上是一種發明，我們只是**碰巧發現**罷了。

20 I **came on** the old photos while cleaning out the drawer.

我在清理抽屜時**偶然發現**這些舊相片。

21 I **stumbled on** these photos taken at my aunt's wedding.

我**偶然發現**這些在我阿姨婚禮上拍的照片。

22 I **hit on** this idea while I was walking on my way home.

我在走回家的路上**忽然想到**這個主意。

23 We **lighted on** this article in a book.

我們**偶然**在一本書裡**發現**這篇文章。

24 It took a long time, but I at last **struck on** the solution.

雖然花了很長一段時間，但我最後終於**想到**解決的方法。

② [鄰接; 侵入 (並剝奪、影響); 介入 (打擾)]

25 This area **borders on** an industrial zone.

這一帶**緊鄰**工業區。

26 The passengers were **verging on** panic.

這些乘客**瀕臨**恐慌的狀態。

27 Your actions **infringe on** the sovereignty of our nation.

你的行為**侵犯**我國的主權。

28 You are **encroaching on** the rights of a sovereign nation.

你正在**侵占**一個主權國家的權利。

29 That is Farmer Terry's land. Don't **trespass on** it.

那是農夫 Terry 的土地，不要**擅自進入**。

29 擅入

30 Don't feel that you are **trespassing on** his generosity.

你不要覺得你在趁機**利用**他的寬宏大量。

30 利用 (他人的好意)

31 Go away! You are **intruding on** us.

走開！你**打擾**到我們了。

32 I'd better leave earlier. I really don't want to **impose on** you.

我還是早點離開好了。我不想**打擾**到你們。

33 Such a thought never **impinged on** my consciousness.

這樣的想法從來不會**影響**我的意念。

onto [鄰接；朝向]

34 This room **opens onto** the rose garden.

這個房間**通往**玫瑰園。

35 Our living room **gives** right **onto** the park.

我們的客廳剛好**面對**著公園。

36 Our house **backs onto** a beautiful river.

我們家**背對**一條美麗的河流。

up [(使) 緊密相連]

37 I would love to **cuddle up** to my mother.

我很想**依偎著**母親。

38 Let's **snuggle up** on this sofa and watch television.

讓我們**相互依偎**在沙發上看電視吧！

39 The couple **huddled up** in a corner talking politics.

這對情侶**緊靠**在角落談論政治。

40. If you all *close up*, there will be space for everyone.
如果你們**彼此靠緊一點**，那麼所有的人就都有位置了。

41. I *was jammed up* in a corner of the train.
我**被擠到**火車的一個角落。

41 Passive

42. Please *pull up* a chair and join our discussion.
請**拉**一張椅子**過來**加入我們的討論。

up against [遇見]

43. I have *bumped up against* many interesting people in my life.
我一生當中**遇過**許多有趣的人。

44. Don't be surprised if you *run up against* problems.
若**遇到**問題，不要感到意外。

45. We *came up against* many problems, but overcame them all.
我們**遇到**許多的問題，但都一一克服了。

upon [偶遇; 介入]

46. You will never guess who I *came upon* yesterday.
你一定猜不到我昨天**遇見**誰。

47. Some evil *has been loosed upon* the world.
邪惡的勢力已**影響**了世界。

47 Passive

with [見面]

48. I am *meeting with* the boss later on.
我稍後要和老闆**見面**。

48 與…會面

49. The Minister of Finance *met with* strong opposition.
財政部長**面臨**強烈的反對意見。

49 遭遇

攻擊

(以言語或實際行動)

against, at, back, into, off, **on**, on at,

out, out against, up, up on

本章介紹關於〈攻擊〉的概念，包含了「直接訴諸武力的〈攻擊〉」、「揚言要報復，但並非直接訴諸武力的攻擊」、「伴隨著對人的批判，以言語攻擊」等情況。

下列的例句便是直接化為實際行動的〈攻擊〉：

◆ I saw the dog *coming at* me, so I jumped up into a tree.
  我看見這隻狗**向我衝來**，所以我跳到一棵樹上。

下例則是以言語〈攻擊〉的例子：

◆ Everyone *leveled* bitter criticism *against* me.
  每個人都用惡毒的批評來**指責我**。

接下來的例句則除了表示〈攻擊〉的概念，還同時帶有「報復」的意味：

◆ You wait! I will *get back* at you one day.
  你等著好了！我有天一定會對你**報復**。

此外，〈攻擊〉的概念也可以延伸為「對立」或「對抗」。如下例便可詮釋成其行為與善良風俗之標準 (good manners) 的「對立」或「對抗」：

◆ Your behavior *offends against* good manners.
  你的行為**違反善良風俗**。

against [背叛; 以言語攻擊; 對抗, 反對, 對立; 違反; 妨礙; 以法律攻擊]

1. Whatever happens, I will never *go against* you.
   不管發生什麼事, 我都不會**背叛**你。

   1 背叛

2. Bide your time. *Going against* the enemy now is unwise.
   等待時機吧, 現在與敵人**對抗**是不智的。

   2 對抗

3. I was shocked when the judgment *went against* me.
   我很訝異判決竟然**不利於**我。

   3 對…不利

4. I am sure my son is *plotting against* me. He wants to take over my company.
   我很確定我兒子正**暗中計畫反叛**我, 他想要接管我的公司。

5. Tom is always *railing against* something or other.
   Tom 總是**生氣地抱怨**這抱怨那的。

6. Everyone *leveled* bitter criticism *against* me.
   每個人都用惡毒的批評來**指責**我。

7. People cannot always *inveigh against* every wrong which they come across.
   對於所見的不法行為, 人們通常無法一一**抨擊**。

8. *Kicking against* the system never leads to a solution.
   反抗體制絕對無濟於事。

9. The Opposition *was ranged against* the new law strongly.
   在野黨**公開反對**新法。

   9 Passive

10. It takes courage to *side against* him in front of the boss.
    要在老闆面前**公開反對**他是需要勇氣的。

11. It was you who *set* my sons *against* me.
    就是你**造成**我和我兒子之間的**對立**。

12. Relax; I *have* nothing *against* you.
    輕鬆點, 我**沒有討厭你的理由**。

    12 have nothing against sb 沒有討厭…的理由

13. It's not her fault. Don't *rage against* her.
    不是她的錯, 不要**對**她**發怒**。

14 Your behavior *offends against* good manners.

你的行為**違反**善良風俗。

15 The rigid education system *militates against* real learning.

僵化的教育制度**妨礙**真正的學習。

16 That kind of attitude will eventually *tell against* you.　　　16【英】

那種態度最後會**害**了你。

17 The judge is likely to *find against* you.

法官可能會**判**你有罪。

18 We have no choice but to legally *proceed against* you.

我們除了依法**起訴**你之外別無選擇。

at [(瞄準目標) 攻擊]

19 I saw the dog *coming at* me, so I jumped up into a tree.

我看見這隻狗**向**我**衝來**，所以我跳到一棵樹上。

20 No sooner were the words out of my mouth than he *flew at* me.

我話才一說出口，他馬上**撲向**我。

21 You're *leveling* your criticism *at* the woman.

你的批評**針對**著那個女人。

22 Why are you always *getting at* me? I've never harmed you.　　　22【英】

你為什麼老是**一再批評**我？我從來沒傷害過你。

23 She blushed when we *laughed at* her.

我們**嘲笑**她時，她臉都紅了。

24 Our army *struck at* the center of the enemy's operations.

我軍**攻擊**敵方軍事作戰的指揮中樞。

25 The dog was *worrying at* one of my old brown shoes.

這隻狗正**啃咬**著我的一隻棕色舊鞋。

26 My face was scratched when a cat *clawed at* it.

有隻貓用**爪子抓傷**了我的臉。

27 The two girls were fighting, *tearing at* each other's hair and clothes.

那兩個女孩打了起來，用力**撕扯**著彼此的頭髮和衣服。

back [反擊；報復]

28 We **beat back** our attackers.

我們向攻擊者**反擊**。

29 I am waiting my chance to **strike back** at them.

我正等待機會向他們**反擊**。

30 The enemy attacked, but we **fought back** vigorously.

敵人進攻，但我們也猛烈**還擊**。

31 Reply logically. Don't **hit back** at them in anger.

理性回應，不要憤怒地向他們**報復**。

32 You wait! I will **get back** at you one day.

你等著好了！我有天一定會**對**你**報復**。

32 get back at sb

33 She plans to **get** him **back for** his insults.

她因為受侮辱而打算向他**討回公道**。

33 get sb back

34 Don't worry. I will **pay** you **back for** your rudeness.

你放心好了，我會**回報**你的無禮。

into [以肢體或言語 (猛烈地) 攻擊]

35 The riot police vigorously **laid into** the demonstrators.

鎮暴警察**憤怒地攻擊**示威群眾。

35 憤怒地攻擊

36 He **laid into** me with a string of insults.

他以一連串羞辱的話**痛罵**我。

36 痛罵

37 After the lecture, the audience **tore into** the speaker.

演講過後，聽眾**痛罵**演講者。

off [(以言語) 攻擊，責備]

38 You mustn't **slag** your friends **off** when they are not around.

你不可以趁你的朋友不在就**批評**他們。

38【英】

39 What I hate about our teacher is that he likes to **score off** the students.

我討厭我們老師的一點就是他喜歡**發表高論駁倒**學生。

39【英】

40 Instead of *telling* me *off* roughly, give me some advice.

與其嚴厲地斥責我，還不如給我一些建議。

⇨ give sb a telling-off = 責罵某人

41 The teacher *ticked* me *off* for coming to class late.　　41【英】

老師因為我上課遲到而斥責我。

⇨ give sb a good ticking-off = 好好地訓斥某人一頓

on

① [(以身體的行動) 突然攻擊]

42 Lions *prey on* many animals on the savanna.

獅子在大草原上獵食許多動物。

43 When the escaped prisoner continued to resist, the police *set*　　43 set sb/sth on sb
the dogs *on* him.

那名越獄的犯人持續抵抗，警方叫狗攻擊他。

44 The cat was just waiting to *pounce on* the mouse.　　44 撲向…

這隻貓正等著撲向老鼠。

② [以言語攻擊；欺負他人]

45 When my wife forgot to lock the door at night again, I　　45 立即指責
pounced on her negligence.

當我妻子晚上又忘記鎖門時，我立即指責她的疏忽。

46 I can never say anything. You are always *jumping on* me.

我從來沒有開口的機會，你只是一味地責罵我。

47 You are always *dumping on* our teachers. But they try very
hard.

你老是嚴詞批評我們的老師，但他們已經十分盡力了。

48 No sooner did she speak than he *rounded on* her.

她才剛開口，他就對她疾言厲色。

49 I warn you, don't *start on* me. I won't tolerate it.

我警告你別批評我，我可不會忍受。

50 You shouldn't *pick on* those who are smaller than you.

你不應該欺負那些比你弱小的人。

③ [出其不意地突然攻擊]

[51] I didn't expect you to **_turn on_** me in front of everyone.
我沒預料到你會在大家面前**抨擊**我。

[52] It is impossible to know who the terrorists will **_fall on_** next.
我們無從得知恐怖分子下一步會**攻擊**誰。

on at [(以焦躁不安的方式) 不斷地責備]

[53] Stop **_keeping on at_** me! It's not all my fault.
不要再一**直嘮叨**，那不全是我的錯。

out

① [(猛烈地) 攻擊]

[54] The police **_struck out_** vigorously _at_ the robbers.
警方向盜匪展開猛烈**攻擊**。

[55] **_Lashing out_** _at_ him with clenched fists solves nothing.
握緊拳頭**猛打**他是解決不了事情的。

55 猛打

[56] I wanted to **_lash out_** _against_ those who criticized me, but I kept quiet.
我很想要**駁斥**那些批評我的人，不過我默不作聲。

56 駁斥

[57] It is natural to **_hit out_** _at_ what one can't understand.
一個人會**猛烈抨擊**自己不了解的事情也是人之常情。

② [以攻擊或對立的方式處理…]

[58] Let me deal with Harry. I'll **_sort_** him **_out_**.
讓我來對付 Harry 吧，我會**懲治**他的。

58【英】

[59] Now it's time for us to **_have_** the matter **_out_** with those nasty bullies.
現在是我們跟那些卑鄙的惡霸**做個了斷**的時候了。

[60] I have been looking for a chance to **_catch_** Kevin **_out_**.
我一直在找機會**揭穿** Kevin 的謊言。

out against [(公開且強烈地) 反對]

61【英】

61 If he is wrong, you should *stand out against* him.

如果他錯了，你應該公開反對他。

62 Everyone *came out against* me in the meeting.

大家在會議中公然反對我。

63 I *kicked out against* their abuse of privilege.

我大力反對特權的濫用。

up

① [毆打]

64 Rudolf always *beats up* his children after drinking.

Rudolf 總是在酒後毆打他的小孩。

65 The gangsters *roughed* us *up* and took our wallets away.

這些歹徒痛毆了我們，又把我們的皮夾搶走。

66 The thief was *bashed up* by the crowd because he stole the lady's purse.

小偷因為偷了這位小姐的錢包而被群眾毆打。

② [批評；陷害]

67 You have no right to *pull* me *up* like that.

你沒有批評我的權利。

68 She likes to *trip* her co-workers *up*.

她喜歡陷害同事。

69 The criminal claimed that it was the police that had *set* him *up*.

這名犯人宣稱是警方誣陷他的。

up on [指責；欺負他人]

70【美】

70 It's not my fault. Why are you *beating up on* me?

又不是我的錯，你為什麼要指責我？

71 I did not hesitate to *pick* George *up on* his sexist comment.

我毫不猶豫地指責 George 帶有性別歧視的言論。

72 It's unjust of the three of you to **_gang up on_** her.

你們三個人**聯手欺負**她真是太不公平了。

8 壓制、戰勝、屈服

back, **down**, down on, in, on, out, over,
to, under, up with

本章介紹關於〈壓制、戰勝、屈服〉的概念，〈壓制〉的部分包含「對於具體動作或情緒反應加以抑制」。本章中許多例句，尤其是與 back 連用的動詞片語，皆有「壓抑於內心，不知何時會爆發出來」的含意。見下例：

◆ She *choked back* her sobs with difficulty.

她勉強忍住了啜泣。

本句中，主詞 she (她)「想要抑制啜泣聲這樣的動作，同時也想抑制住造成這項行為的情感」，因此，上述這個例子的壓抑既是具體行動上的，也是情感上的。相較於此，下列的例子則是單一地關於「行為動作的抑制」：

◆ We need four men to *hold down* the lunatic.

我們需要四個人來架住這個瘋子。

〈戰勝〉的概念通常帶有「不輸他人、克服困難、贏得勝利」的含意，成功地壓制對方，從另一角度想，即為戰勝對方之意。下例即具有〈壓制〉、〈戰勝〉兩方面的含意：

◆ Young Frank *faced down* the bully.

年輕的 Frank 壓制了這個惡霸。

每個概念都會有其一體多面的含意。例如，對我而言是「戰勝」，但對於對方而言則是「被迫服輸或屈服」，因此本章也將「屈服」的概念納入討論：

◆ Whatever you say, I will never *give in* to you.

不管你說什麼，我都不會屈服於你。

back [壓抑]

1 He found it difficult to *force back* the urge to kiss her.
他覺得很難**壓抑**想吻她的衝動。

2 Samuel couldn't *hold back* the tears welling up in his eyes.　　2 抑制 (情緒)
Samuel 無法**抑制**眼中湧出的淚水。

3 My dog wanted to attack, but I *held* him *back*.　　3 拉住，制止
我的狗想要攻擊，不過我把牠**拉住**了。

4 Despite a desire to help, I *held back*.　　4 退縮不做了
儘管想伸出援手，但我**退縮**了。

5 I had to *bite back* what I really wanted to say.
我必須**忍住**我真正想說的話。

6 She *choked back* her sobs with difficulty.
她勉強**忍住**了啜泣。

7 It was impossible to *keep back* a sigh of relief.
要**忍住**而不鬆口氣是不可能的。

8 I *fought back* the desire to scream.
我**強忍**想要尖叫的欲望。

down

① [壓制; 鎮壓; 反對; 使平息]

9 Young Frank *faced down* the bully.
年輕的 Frank **壓制**了這個惡霸。

10 The rich *held down* the poorer classes.　　10 壓制
有錢人**壓制**較貧窮的階級。

11 We need four men to *hold down* the lunatic.　　11 架住
我們需要四個人來**架住**這個瘋子。

12 Lawrence proved that being a person with disabilities won't　　12 阻礙…的發展
hold him *down*.
Lawrence 證明了身為一個行動不便的人並不會**阻礙**他的**發展**。

13 He found it difficult to *hold down* a job.　　13 保有 (工作等)
他發現要**保有**一份工作是件難事。

14 You can't **keep down** other people just because you are rich. 14 壓制
不能因為你有錢就**壓制**其他人。

15 These days I can't **keep down** solid food. 15 吞嚥
我最近無法**下嚥**固態的食物。

16 I **fought down** a desire to stand up and leave the room.
我**克制**想要站起來離開房間的渴望。

17 The government used force to **put down** the uprising.
政府使用武力來**鎮壓**暴動。

18 The dictatorship **clamped down** on all opposition.
這個獨裁政府**鎮壓**一切的反對勢力。

19 The police are **cracking down** on gangs.
警方正在**取締**幫派。

20 We **went down** 5-3 *to* the Hawk.
我們以五比三的比數**敗給**老鷹隊。

21 The majority **voted down** the proposal.
多數人**投票反對**這項提案。

22 I put forward a proposal but everyone **shot** it **down**.
我提出一個建議，不過大夥都**堅決反對**。

23 The circumstances caused me to **turn down** his request.
情勢使然，我只好**拒絕**他的要求。

24 To be frank, he will not be able to **live down** his terrible blunder.
坦白說，他將無法**使人們隨時間逐漸遺忘**他嚴重的錯誤。

② [壓制使 (氣勢、體力、心情等) 衰退]

25 His tactic is to **grind** his opponents **down**.
他的戰術就是壓制**折磨**敵手。

26 I realized how angry he was when he tried to **stare** me **down**. 26【美】
當他**直瞪著我，使我移開視線**時，我了解到他有多麼生氣。

27 The President's four-hour speech **wore down** the government officials.
總統長達四小時的演說**累壞**了政府官員。

28 There are so many heavy responsibilities *weighing* me *down*.

這麼多沉重的責任**壓得我喘不過氣來**。

29 The unkindness of the others is *pulling* me *down*.

其他人的無情**讓我心寒**。

③ [(用言語) 壓制或貶低他人]

30 The unruly audience *hooted down* the speaker.

失序的聽眾把演講者**轟下臺**。

31 We *howled down* the crooked politician.

我們把這位不老實的政客**轟下臺**。

32 The audience *shouted down* the speaker.

聽眾們對著演講者**謾罵叫囂**。

33 The President *dressed* the Vice-President *down* in public.

總統在公開場合**斥責**副總統。

↳ give sb a dressing-down in front of everyone = 當眾責罵某人

34 He is the type of man one has to sometimes *slap down*.

他是那種偶爾需要別人**嚴厲斥責**的人。

35 You didn't have to *put* me *down* in front of everyone.

你大可不必在眾人面前**數落**我。

35 數落 (某人)

36 Our section chief always *puts down* my ideas.

我們部門的主任老是**駁斥**我的想法。

36 駁斥 (意見)

↳ a rude put-down = 無禮的責難

37 I hate those who try to *do* their colleagues *down*.

我不喜歡那些**批評**同事的人。

37【英】

38 Be positive! Don't always *run* yourself *down*.

積極點！不要老是**貶低**你自己。

down on [以壓制的姿勢對待他人]

39 My boss *came down on* me very harshly.

我的老闆非常嚴厲地**斥責**我。

40 His silly behavior causes others to *look down on* him.

他愚蠢的行為讓別人**瞧不起**他。

in

① [抑制]

41 抑制

41 I could no longer ***hold in*** my rage.
我再也無法**抑制**我的怒氣。

42 縮起

42 She breathed deeply to ***hold in*** her stomach.
為了**縮**小腹，她深深地吸氣。

43 You must ***rein in*** the men who are out of reason.
你必須**控制**那些失去理智的人。

② [屈服於 (權力、權威)]

44 Whatever you say, I will never ***give in*** to you.
不管你說什麼，我都不會**屈服**於你。

45 During the negotiations we had no choice but to ***cave in*** to the other side's demands.
談判過程中我們別無選擇，只能**順從**對方的要求。

8

28
|
51

on [打壓]

46 You ***stamp on*** everyone who disagrees with you.
誰與你意見不合你就**用權力打壓**他們。

47 The government is ***trampling on*** our rights.
政府在**踐踏**我們的權利。

out [壓抑；戰勝；壓制使退縮或屈服]

48 I ***blocked out*** all feelings of anger I had.
我**壓抑**所有憤怒的感覺。

49 I ***shut out*** the feeling of fear that rose up within me.
我**抑制**內心升起的恐懼感。

50 Suddenly rage ***won out*** over reason and I punched him in the face.
一時之間憤怒**戰勝**了理性，我朝他的臉揮了一拳。

51 The police were asked to ***snuff out*** the rebellion.
警方被要求**鎮壓**叛亂。

52 The President *stamped out* all opposition to him.

總統**打壓**所有反對他的勢力。

53 Are you trying to *stare* me *out*?

53【英】

你在**瞪**我使我**移開視線**嗎?

54 It won't be too difficult to *psych out* the enemy.

要**打擊**敵軍士氣並不難。

55 The general said, "I will *starve* them *out* if they don't leave the village."

將軍說:「如果他們不離開村子,我就讓他們**斷糧**。」

over [以權威凌駕]

56 You can't *hold* such a small mistake *over* me forever.

你不能老是拿一個這麼小的錯誤**威脅**我。

57 George thinks he can <u>*lord* it *over*</u> everyone in the office.

57 lord it over sb
對某人頤指氣使

George 認為他能**對**辦公室裡的每個人**發號施令**。

58 Don't try to <u>*queen* it *over*</u> me.

58 queen it over sb
(女性) 對某人頤指氣使

別想**像女王般命令**我。

59 We must stand up for our rights and not let the government officials *walk* all *over* us.

我們必須起身捍衛我們的權利,不能讓政府官員**漠視**我們。

60 Mr. Grimes *presided over* the meeting.

Grimes 先生主**導**本次的會議。

to [屈服於 (權力、權威);習慣屈服於 (困難的處境)]

61 The government will have to *bow to* pressure from the Opposition.

政府將必須**屈服於**反對黨的勢力。

62 The Chairman's position was so weak that he had to *yield to* other members' proposals.

62 屈服

會長的聲勢薄弱,所以他得**屈從於**其他會員的提議。

63 I think it is true to say that radio has more or less *yielded to* television.

63 被取代

收音機已經或多或少**被電視機取代**了，我覺得這的確是事實。

64 It seems that in this company we will have to *resign* ourselves *to* never getting promoted.

64 resign oneself to sth/V-ing
順從 (⋯的命運)

在這家公司，我們似乎得**接受**永遠無法升遷**的命運**。

65 Don't worry. I have been completely *inured to* her insults.

65 sb be inured to sth
(自身) 習慣於⋯

別擔心，我已經完全**習慣**她的侮辱了。

66 I sought to *inure* myself *to* hardship from an early age.

66 inure sb to sth
使某人習慣於⋯

我從年少時就試著讓自己**適應**苦難。

under [屈服於 (權力、權威)；為困境所迫]

67 I refuse to *knuckle under to* you.

我不會**屈服**於你。

68 He will not *buckle under to* authority.

他不會向權威**屈服**。

69 The Prime Minister is likely to *come under* criticism because of the recent scandal.

首相有可能因為最近的醜聞而**遭受批評**。

70 Our company is *laboring under* a very heavy burden of debt.

70 為⋯而苦惱

我們公司正在**為**一筆龐大的債務負擔**而苦惱**。

71 You seem to be *laboring under* the rumor that Jack and I are on intimate terms with each other.

71 誤信

你似乎**誤信**了 Jack 和我關係密切的謠言。

72 We tried to save the company, but it finally *went under*.

我們想盡辦法挽救，但公司最後還是**破產**了。

up with [忍受]

73 I had no choice but to *put up with* his rude behavior.

我別無選擇，只能**容忍**他無禮的行為。

避開、逃避、擺脫

around, aside, at, away, away from, back,

between, by, from, **off**, on, **out**, out of

本章介紹關於〈避開、逃避、擺脫〉的概念，包含「逃避」、「無視於…」、「躊躇不前」、「退卻」、「擺脫」、「除去」、「拒絕」等各種意義。下面所舉的第一個例子是〈避開〉的概念，第二個例子是〈擺脫〉的概念：

◆ We haven't much time, so stop *skirting around* the subject.

我們時間不多，所以別**避而不談**這個話題了。

◆ It can be difficult to *cast aside* bad habits.

要**戒掉**壞習慣或許很困難。

本章主題與第 4 章〈出發、離去、寄出〉中介紹的「與 away 連用的動詞片語」含意相近，但是，第 4 章中介紹的「與 away 連用的動詞片語」大多可以自然地替換成 leave (離去) 或 disappear (消失)，其例如下：

◆ The juggler finished and the onlookers *melted away*.

賣藝者結束表演，圍觀的人們也**逐漸散去**。

◆ As I listened to him, my objections *melted away*.

聽他說著說著，我原本反對的理由也**逐漸消失**了。

但是，本章要介紹的「與 away 連用的動詞片語」則大多可以自然地替換成 get rid of (擺脫) 或 ignore/avoid (忽略、迴避)，其例如下：

◆ You should try to *drive* such thoughts *away*.

你應該試著**打消**這樣的想法。

◆ *Running away from* a problem seldom solves it.

逃避不大可能解決問題。

around [避開，迴避]

1. It was impossible to ***get around*** the restrictions.
   要**避開**這些限制是不可能的。

2. I succeeded in ***going around*** all the obstacles.
   我成功地**繞道避開**所有的障礙物。

3. We haven't much time, so stop ***skirting around*** the subject.　　3 避而不談
   我們時間不多，所以別**避而不談**這個話題了。

4. We kept to the fields, ***skirting around*** the town.　　4 沿著周圍移動
   我們一直待在野外，**沿著城市周圍移動**。

5. We spent all afternoon ***talking around*** the main point.
   我們一整個下午都**沒直接談到**重點。

6. Stop ***skating around*** the topic. Come to the point.
   別再**迴避談論**這個話題，直接說重點。

aside [無視於…；放在旁邊不理會；把…排拒在外]

7. Don't just ***brush aside*** my suggestions like that.
   別那樣**無視於**我的建議。

8. The chairman ***waved aside*** all objections.
   主席對所有的反對意見都**置之不理**。

9. I would like to ***put*** your objection ***aside*** for a moment.
   我想暫時把你的反對先**攔在一邊**。

10. I just could not ***lay aside*** my feelings toward him.
    我就是無法把我對他的感情**放在一邊**。

11. You cannot ***set aside*** religious beliefs so easily.
    你不能這麼輕易就將宗教信仰**丟在一邊**。

12. Can we ***leave aside*** that matter until later?
    我們能將那件事**留待**稍後再談嗎？

13. She ***swept aside*** the obstacles that lay in front of her.
    她將眼前的障礙**排除**。

14. It can be difficult to ***cast aside*** bad habits.
    要**戒掉**壞習慣或許很困難。

15 He *pushed* his first son *aside* in favor of his second.
他偏愛次子，排斥長子。

16 You should *throw aside* your attitude of indifference.
你應該停止那漠不關心的態度。

at [猶豫]

17 It was natural to *balk at* such a ridiculous suggestion.
面對這麼荒唐的建議會猶豫也是人之常情。

away [除去，擺脫]

18 You should try to *drive* such thoughts *away*.
你應該試著打消這樣的想法。

19 Even you cannot *magic away* a problem as grave as this one.
就算是你也無法施魔法使如此重大的問題消失。

20 Does it hurt? Come here. I will *kiss* the pain *away*.
會痛嗎？ 過來這邊，我來親一下把疼痛趕走。

21 I could not *brush away* that horrible thought.
我無法忽略那個可怕的念頭。

22 I *wish away* all my misfortune.
我希望擺脫我所有的厄運。

23 He held me tight. Try as I could, I couldn't *break away*.   23 掙脫，脫逃
他緊抓住我。無論我怎麼嘗試，都無法掙脫。

24 We must try to *break away* from meaningless traditions.   24 中斷
我們必須試著中止無意義的傳統習俗。

25 The security guards *turned* the crowds *away* from the hall.
保全人員拒絕讓群眾進入大廳。

away from [逃避；避開 (而沒有做⋯)；不接近]

26 *Running away from* a problem seldom solves it.
逃避不大可能解決問題。

27 Don't *look away from* me when I'm talking. It's rude!
我說話的時候不要轉過頭去，這樣很沒禮貌！

28 The teacher **backed away from** criticizing the headmaster.
那名老師**害怕退縮**了而沒有繼續批評校長。

29 It is unmanly to **shrink away from** danger.
遇到危險就**退縮**不是男子漢的行為。

30 Anthony **shies away from** making any difficult decision.
Anthony **羞怯地逃開**；以免要做出任何為難的決定。

31 If I were you, I'd **stay away from** a bar like that.　　　31 避開某場所
我要是你的話，我會**避開**那種酒吧。

32 The court ordered him to **stay away from** his former wife.　　　32 不准接近某人
法院命令他**不准接近**他的前妻。

33 He is a man who creates problems and **walks away from** them.
他是那種會製造問題又**放任不管**的人。

34 She **steered** the conversation **away from** delicate matters.
她將話題**帶開**，不談敏感的問題。

35 You seem to be **keeping away from** me these days.
你最近似乎在**躲**著我。

36 It is not so easy to **turn away from** temptation.
要**拒絕**誘惑不是那麼簡單。

back

① [退卻]

37 We involuntarily **drew back** at the sight of the blood.
一看見血，我們不由自主地**退縮**。

38 You were very wise to **stand back** from that situation.
你在那種情況下**置身事外**是十分明智的做法。

39 He just **sat back** and ignored what I said.
他只是**袖手旁觀**，不理會我說的話。

② [(為了逃避而) 延遲，延後]

40 The other party has **put back** the meeting a whole week.
對方已經將會議**延期**一整個禮拜了。

41. The bad weather **set back** our plans (*by*) a whole week.
    惡劣的天候使我們的計畫**延遲**了整整一個禮拜。
    ⇨ suffer a serious setback for one's plans = 苦於計畫的嚴重落後

between [介入以隔開…]

42. I hate you for **coming between** the two of us.
    我不喜歡你**介入**我們兩個人之間。

43. Jim **stands between** me and the job of my dreams.
    我想投入我夢想中的工作，但 Jim **從中作梗**。

by [(視而不見地) 從旁邊經過，通過]

44. The old man lay on the road, but everyone **passed** him **by**.
    這個老人躺在路上，但大家只是從他身旁**走過**(而沒有注意他)。

    44 視而不見地經過

45. It is a golden opportunity. Do not let it **pass** you **by**.
    這是個絕佳的好機會，不要**錯過**它。

    45 錯過

46. It's far wiser to let that kind of remark **go by**.
    對那種議論**充耳不聞**是較為明智的作法。

from [逃避，迴避]

47. Why do you **shrink from** telling me the truth?
    為什麼你**逃避**不告訴我真相?

    47 shrink from V-ing

48. My son, never **shrink from** your responsibilities.
    兒子啊，絕對不要**逃避**責任。

    48 shrink from sth

49. I thought it was wiser to **refrain from** any comment.
    我認為**忍住**不評論是比較聰明的作法。

50. When I saw the old man being attacked, I could not **keep from** going to his defense.
    我看到這個老人受到攻擊時，我無法**忍住**不去救他。

    50 keep from V-ing

28
|
50

off

① [擺脫；趕走；帶過；避開]

51 I was so sad when Sally ***brushed*** me ***off***. We had been dating for a long time.
51 甩掉某人
Sally **甩掉**我時我十分難過，我們已經約會好長一段時間了。

52 Mary ***brushed*** me ***off***, even though I tried to be friendly.
52 不理會
雖然我試著表達善意，但 Mary 對我**置之不理**。

➪ give sb the brush-off = 對某人冷淡以對

53 His way of ***brushing off*** a question is to pretend he did not hear it.
53 避開
他**避開**問題的方式，就是假裝他沒聽見問題。

54 It was without regret that I ***sloughed off*** that friendship.
我**拋開**那段友誼，不帶有一絲遺憾。

55 We lit a fire to ***drive off*** the wolves.
我們點燃火焰來**驅趕**野狼。

56 The gunshot ***frightened*** the robber ***off***.
槍聲**嚇跑**強盜。

57 Her attempt to ***laugh off*** the blunder was itself comical.
她試圖要**用笑掩飾**所犯的大錯，但這整件事卻很可笑。

58 She casually ***shrugged off*** the criticism and continued.
她若無其事地**聳聳肩**將批評**帶過**，並繼續說下去。

59 The terrorist shouted, "***Back off***! ***Back off***!"
恐怖分子大聲嚷著：「**後退！後退！**」

60 The fleeing herd of antelopes ***veered off*** to the right.
這群逃竄的羚羊**轉向**，逃往右邊。

61 Please try to ***keep off*** political or religious topics.
61 *vt.* 避開
請盡量**不要提到**政治或宗教方面的話題。

② [延後；中止；規避]

62 With a bit of luck, the rain should ***keep off*** so that we can go on the picnic.
62 *vi.*(雨、雪等) 還沒開始下
運氣好的話，雨應該**不會下**，那我們就可以去野餐。

63. I was ordered to *keep off* alcohol for a whole month.
我被告誡要**遠離**酒類一整個月。

63 *vt.* 遠離

64. We are trying to *hold off* (making a decision) for a while.
我們正試著**拖延**一段時間(再做出決定)。

64 拖延

65. We are all hoping the rain will *hold off* a bit longer.
我們都希望這場雨**停**久一點。

65 (雨) 一直不下

66. Even if it rains, we will not *put off* the event.
就算下雨,我們也不會**延後**這件事。

67. You volunteered, so don't try to *cry off* now.
是你自願的,所以現在別**打退堂鼓**。

68. They told their children to *stay off* alcohol and drugs.
他們告訴孩子要**遠離**酒類和毒品。

69. Thanks for the invitation, but I shall have to *beg off*.
謝謝你們的邀請,但我不得不**推辭**。

③ [逃脫]

70. How lucky you were to *get off* with just a fine!
你只被罰這麼一點錢就可以**脫身**,真是太幸運了!

71. The escaped prisoner managed to *shake off* all pursuit.
脫逃的犯人設法**擺脫**了所有的追捕。

72. I hate my job. If I get a chance, I'll *goof off*.
我很不喜歡我的工作,有機會的話我一定**打混摸魚**。

72【美】

on [不想開始做…]

73. May has been *sitting on* that job for two whole weeks.
May 已經**擱置**那個工作整整兩個禮拜了。

out

① [退出; 逃避]

74. After the injury, the player decided to *pull out* of the game.
受傷後,這位球員決定**退出**比賽。

51
|
74

75. You've signed the contract, so there's no way to *let* you *out*.
你已經簽約了，所以不能**讓你退出**。

76. I *want out of* this plan. It's sure to land you in trouble.
我**想退出**這項計畫。那一定會給你製造麻煩。

77. Bob is not the type of person to *chicken out of* a dare.
Bob 不是那種**因害怕而退出**挑戰的人。

78. Two members of the expedition *ducked out* just before departure.
探險隊的兩名成員在就要出發之前**退出**了。

79. I want no more to do with your project. I'm *bowing out*.
我不想再和你們的計畫有所關連，我要**退出**。

80. This club is boring; I want to *get out of* it.
這個俱樂部很無趣，我想要**退出**。

81. I *dropped out of* the soccer team because I was so busy.
我實在很忙，所以**退出**了足球隊。

⇨ a high school dropout = 高中輟學生

82. We are all in this together. If you *back out*, you die!
我們都一起身陷其中，你要**退出**的話就是自尋死路!

83. You are always trying to *cop out of* your responsibilities.
你總是想盡辦法要**逃避**責任。

② [拒絕；避而不談；戒除]

84. We had little hesitation in *throwing out* Jeff's ideas.
我們幾乎毫不考慮就**否決** Jeff 的主意。

85. Tell me everything. Stop *holding out* on me.
把一切都跟我說吧，別再**瞞著**我了。

85 hold out on
瞞著…

86. The pop singer is trying to *dry out*.
這位流行歌手試著要**戒酒**。

out of

① [不進入…]

[87] We must *stay out of* that part of town at night.
　　我們晚上最好**不要進入**城裡的那個區域。

87 不要進入 (地方)

[88] Would you be kind enough to *stay out of* my business?
　　行行好吧，**不要干涉**我的事。

88 不要干涉 (事情)

[89] I make it a rule to *keep out of* bars like that.
　　我養成**不出入**那種酒吧的習慣。

② [規避]

[90] There is no way that you can *get out of* sports day.
　　你沒辦法**逃過**運動會那天的。

[91] He cunningly *wriggled out of* the promise he had made.
　　他狡猾地**逃避**他所做過的承諾。

9

75
|
91

10 說服、激勵、強制

along, around, down, forward, from, **into**, **on**,

out, out of, over, **up**, up to, upon

本章介紹關於〈說服、激勵、強制〉的概念，包含了「用不同的方法說服某人，使其做某事」。〈激勵〉的概念也在本章中以「勸說某人做…」，類似〈說服〉的形式呈現。其典型例句如下：

◆ I **talked** the committee **around** to my point of view.

我**說服**委員會**認同**我的觀點。

〈說服〉的行為可以是「溫和的」，也可以是「激烈的」，後者即屬於〈強制〉的概念。請見下列兩種不同情境的例句：

◆ We **coaxed** our baby **into** drinking his milk.

我們**哄**小嬰兒喝牛奶。(溫和)

◆ You can't **force** me **into** doing what I do not want to do.

你不能**強迫**我做我不想做的事情。(激烈)

本章也介紹了「加諸某人壓力，說服某人做某事」的動詞片語。其例如下：

◆ There is a way of **shocking** him **into** admitting the truth.

有一個辦法可以**嚇得**他承認這個事實。

此外，「藉由欺騙或矇蔽等方法使他人做某事」及「用好聽的話說服某人相信」都是「說服」的一種。其例如下：

◆ The spy **bluffed** the general **into** revealing the truth.

間諜**騙**將軍透露真相。

◆ Timmy is alway **sucking up** to the teacher.

Timmy 老是在**巴結**老師。

along [(為了達到某種目的而) 催促；說服；假意順從]

1. The U.S. President is *helping* the peace process *along*.
   美國總統正在促進和平會談。

2. *Come along*! We have no time to waste.
   快來! 我們不能再浪費時間了。

3. I had to *jolly* Harry *along*, but he finally finished the job.
   雖然我得**哄勸** Harry 工作，但他最終還是將工作完成了。

4. I realized his story was a lie, but *played along* *with* him.
   我意識到他說的是謊話，但我**假裝順從**他的話。

5. He won't marry you. He is just *stringing* you *along*.
   他不會娶你的，他只是在**騙**你。

around [使改變心意]

6. I *talked* the committee *around* to my point of view.   6【美】
   我**說服**委員會**認同**我的觀點。

7. A bit of sweet talk *brought* Meg *around* to my way of thinking.   7【美】
   一些甜言蜜語就**說服**了 Meg **認同**我的想法。

8. Peter seems to have the knack of *getting around* anyone.
   Peter 似乎知道**說服**任何人的訣竅。

9. No one was able to *win* the boss *around to* our side.
   沒有人能**贏得**老闆的**認同**加入到我們這一邊。

down

① [使回答或意見變得明確]

10. Tom is a slippery fellow; you can't *nail* him *down* to a clear answer.
    Tom 這個人很狡猾，你沒辦法要他**明確地**做出清楚的答覆。

11. It proved impossible to *pin* her *down* to a yes or a no.
    要她**明確說**出是或不是確實是不可能的。

② [使接受某種想法或意見]

12. He tried to **_ram_** his idea **_down_** my throat.
    他試圖**逼**我硬生生地**接受**他的想法。

12 ram sth down
one's throat
逼某人接受…

from [阻止；禁止]

13. We **_kept_** Robert **_from_** acting rashly.
    我們**阻止** Robert 莽撞行事。

14. There is nothing that can **_deter_** me **_from_** my goal.
    什麼事都無法**阻止**我完成目標。

15. No one can **_prevent_** me **_from_** fulfilling my ambitions.
    沒有人能**阻止**我實現我的抱負。

16. The law **_debars_** foreigners **_from_** working illegally.
    法律**禁止**外國人非法工作。

into

① [(溫和或激烈地) 說服某人做…]

17. The boss **_talked_** me **_into_** doing overtime on Friday evening.
    老闆**說服**我週五晚上加班。

18. We **_coaxed_** our baby **_into_** drinking his milk.
    我們**哄**小嬰兒喝牛奶。

19. You can't **_force_** me **_into_** doing what I do not want to do.
    你不能**強迫**我做我不想做的事情。

20. The local gangsters have **_frightened_** the local shopkeepers
    into paying protection money.
    地方上的流氓一直以來**恐嚇**本地商家交出保護費。

21. Hitler's speech **_goaded_** the crowd **_into_** a fury.
    希特勒的演說**煽動**群眾的怒火。

22. I hated it at school when I was **_pressed into_** playing sports.
    我討厭在學校時被**迫**做運動。

23. I **_pushed_** them **_into_** accepting the plan.
    我**強迫**他們接受這項計畫。

10

1
|
23

24 They finally *shamed* Mr. Willis *into* repaying the money.
他們最後使 Willis 先生**因慚愧而**還錢。

25 There is a way of *shocking* him *into* admitting the truth.
有一個辦法可以**嚇得**他承認這個事實。

② [矇蔽，欺騙使某人做…]

26 The conman *tricked* me *into* parting with two million dollars.
這個騙子**騙**了我兩百萬元。

27 The spy *bluffed* the general *into* revealing the truth.
間諜**騙**將軍透露真相。

28 She is rumoured to have *trapped* him *into* marrying her.
謠傳她**設計使**男方娶她進門。

on [激勵；(糾纏不休地) 說服；欺騙；施壓於某人使其接受…]

29 *Come on*! Try harder. Don't just give up like that.
來吧！ 認真點，別這樣就放棄。

30 *Go on*! You can make it if you set your mind on it.
加油！ 如果你下定決心，一定會成功的。

31 We *cheered on* our school team to final victory.
我們為校隊**打氣**，直到贏得最後勝利。

32 The general *spurred on* his troops with noble words.
這名將軍以崇高的言語來**激勵**他的軍隊。

33 Peter will succeed, provided we *goad* him *on*.
只要我們**鞭策** Peter，他會成功的。

34 We *prevailed on* the other party to accept that date.
我們**說服**對方接受那個日期。

35 I'm still *working on* my boyfriend, hoping that he will go out for a romantic dinner with me.
我還在**設法說服**我男友，希望他會和我出去享用一頓浪漫的晚餐。

36 The naughty boy *egged on* his friends to steal.
這個調皮的男孩**慫恿**他的朋友行竊。

37 You've been **urging** drinks **on** me all evening. Stop it!
你一整晚都在**勸**我喝酒，該停了！

38 Why are you trying to **push** those useless goods **on** me?
你為什麼一直想要**推銷**那些沒用的商品給我？

39 Please **impress on** Thomas that he mustn't be late tonight.
請叫 Thomas **牢記**今晚不准遲到。

40 It took me a long time to realize they were **leading** me **on**.
我花了很長一段時間才了解他們是在**欺騙**我。

41 Is that true? Or <u>are</u> you **having** me <u>**on**</u>?
是真的嗎？還是你在**跟我開玩笑**？

41【英】Progressive
be having sb on
跟…開玩笑

42 She said she didn't want the money, so I had to **force** it **on** her.
她說她不想要這筆錢，所以我得**硬逼**她收下。

43 I pretended to refuse the tip that she **pressed on** me.
我假裝拒收她**硬要**我**收**下的小費。

10

44 They **thrust** the responsibility **on** me.
他們把責任**強加**在我身上。

24
|
50

45 If you don't pay up, we'll have to **lean on** you.
你不把錢還清的話，我們就得對你**施加壓力**了。

out [勸說使某人解除防備；勸說某人使說出…]

46 It took a lot of cunning to **worm** the facts **out of** him.
費了好一番功夫才從他那**探聽**到真相。

47 The police **wrung** the information **out of** him under torture.
警方以拷問的方式從他那**打探出**消息。

48 We have no idea how to **draw** the stubborn man **out**.
我們不曉得怎樣才能**讓**這個固執的人**說出實情**。

48 使說出實情

49 It was not possible to **draw** anything **out of** him.
要從他那裡**套出**話來是不可能的。

49 套出

50 It was a question of **dragging** the facts **out of** him.
要怎麼從他那裡把事實**套出來**是個問題。

說服、激勵、強制 (181)

51 She refused to tell us anything about the secret; we had to
prize it *out* *of* her.

她拒絕跟我們討論這個秘密；我們必須**追問**她。

out of

① [勸說使某人不要做…]

52 He intends to climb the mountain in winter? You must *talk*
him *out of* it.

他打算冬天去爬這座山？你必須**勸阻**他。

53 I *argued* them *out of* investing in that company.

我**說服**他們**不要**投資那家公司。

54 He *frightened* the little girl *out of* playing at the beach.

他**嚇得**小女孩**不敢**在海灘玩耍。

② [勸說某人以獲得…]

55 The police could *get* nothing *out of* the gangsters.

警方無法從歹徒身上**問出**什麼事情。

56 The detective tried to *pump* the information *out of* him.

探員試著從他那**刺探出**消息。

57 *Squeeze* money *out of* him? That's an impossible task.

從他那邊**榨取**金錢？那是不可能的任務。

58 You have *screwed* me *out of* my inheritance. What do you
want now?

你已經從我身上**騙走**繼承的遺產了，現在還想怎樣？

over [勸說使某人同意]

59 Fred finally *won* his girlfriend *over to* his plan.

Fred 最後終於**說服**他女友**同意**自己的計畫。

up

① [用好聽的話說服使相信]

60 Are you trying to *sweeten* me *up*?

你是在試著**取悅**我嗎？

61 I want a pay rise. That's why I am **buttering up** Mr. Dobson.
我想要加薪，所以我才會**討好** Dobson 先生。

62 Timmy is always **sucking up** *to* the teacher.
Timmy 老是在**巴結**老師。

63 Perhaps some words of praise from you will **soften** her **up**.
也許你說一些讚美的話能**讓她心軟**。

② [激勵；支持]

64 The management is trying to **bolster up** our enthusiasm by giving us incentive bonuses.
經營團隊正試著以獎勵金的方式來**提高**我們的熱忱。

65 He **buoyed** us **up** when we started to feel depressed.   65 提振精神
當我們開始覺得沮喪時，他**提振**我們的**精神**。

66 The government **buoyed up** agricultural prices to preserve   66 拉抬 (價格等)
farmer's rights and interests.
政府**拉抬**農產品價格以維護農民權益。

67 The government is **shoring up** the property market.
政府在**振興**房地產市場。

68 The farming industry is **propped up** by the government.
農業目前靠政府在**支持**。

69 Whatever your decision is, I will **back** you **up**.   69 支持
不管你的決定是什麼，我都會**支持**你。

70 There is no one who will **back up** your alibi.   70 證實
沒有人能**證實**你的不在場證明。

⇨ give sb technical back-up = 給予某人技術上的支援

⇨ a spacecraft with many back-up systems
= 具備多種備用系統的太空船

up to

① [唆使]

71 The teacher found out who had **put** Kenny **up to** the trick.
老師已經發現是誰**慫恿** Kenny 惡作劇了。

② [說好聽的話說服使相信]

[72] I have no idea why a young woman like that was ***making***
up to me.

我想不通為什麼像那樣年輕的女子會巴結我。

upon [強迫接受]

[73] A very heavy responsibility has been ***thrust upon*** me.

我被迫承受非常重的責任。

防止、防禦、抗衡

against, **off**, up, up to

本章介紹關於〈防止、防禦、抗衡〉的概念，下列兩個例句即為最典型含有〈防止、防禦〉概念的例子：

◆ This is a magic food which **protects** you **against** disease.

這種食物很神奇，可以**保護**你**免於**生病。

◆ Buying gold can be a way to **hedge against** losses caused by inflation.

買進黃金會是個**防範**通貨膨脹造成損失的方法。

本章與第 7 章〈攻擊〉中的「與 off 連用的動詞片語」部分密切相關。下面的例子即是在〈防止、防禦〉中帶有「攻擊」的語意，但是，重點還是在〈防止、防禦〉：

◆ The crew of the ship **fought off** the pirates.

船員**擊退**海盜。

要將這種帶有「攻擊」語意的〈防止、防禦〉與單純的〈防止、防禦〉清楚地區分其實並不容易。下列的例子即為不帶有「攻擊」語意的〈防止、防禦〉，可藉由比較本句與上句間的差異，更進一步地認識兩者的含意：

◆ She **fended off** the punches with her handbag.

她用手提包**擋住**拳頭。

〈抗衡〉是指「不屈服，勇敢地面對或抵抗」，本章亦有收錄相關的動詞片語。

against [防備]

1. This is a magic food which *protects* you *against* disease.
   這種食物很神奇，可以**保護**你**免於**生病。

2. We are trying to *guard against* all possibilities.
   我們正在設法**預防**所有可能發生的事情。

3. Buying gold can be a way to *hedge against* losses caused by inflation.
   買進黃金會是個**防範**通貨膨脹造成損失的方法。

4. Every household should *provide against* natural disaster.
   每個家庭都應該為天然災害**作準備**。

5. We must *insure* (our business) *against* natural calamities.
   我們必須 (為我們的企業) **投保以防範**天然災害。

off [使離去；不讓…靠近；抵擋；避開]

6. There was no way to *beat off* the swarms of mosquitoes.
   沒辦法**擊退**這一群又一群的蚊子。

7. I *shooed* the cats *off*, but they soon came back.
   我用「噓」聲把貓**趕走**，但牠們沒多久又回來了。

8. The girl *scared off* the stranger who had been following by screaming.
   女孩以尖叫聲**嚇跑**一直在跟蹤她的陌生人。

9. The crew of the ship *fought off* the pirates.
   船員**擊退**海盜。

10. Our little poodle *chased* the robber *off*.
    我們的小貴賓狗將強盜**趕走**。

11. Richard is not the kind of man you can *fob off* *with* any old explanation.
    Richard 不是那種你用老套解釋就可以**打發**的人。

12. The flashing light was a signal to *warn* us *off* (this area).
    那閃爍的燈光是警告我們**不得靠近** (這個地區) 的信號。

13. We built a campfire to *keep off* wild animals.
    為了**不讓**野獸**靠近**，我們燃起營火。

14 She *fended off* the punches with her handbag.

她用手提包**擋住**拳頭。

14 擋住

15 The Minister skillfully *fended off* the press's persistent questions.

部長很有技巧地**避開**記者持續不停的質問。

15 避開

16 How long do you think we can *stave off* the attack?

你覺得我們能**抵擋**這波攻擊多久?

17 You two escape. I can *hold* them *off* for a minute or so.

你們兩個先逃,我還可以**抵擋**他們一下子。

18 The nuclear plant is going to explode! It is impossible to *head off* a disaster.

核能發電廠就要爆炸了! 災難無可**避免**。

18 避免

19 If we turn right at the corner, we can *head* them *off*.

我們在街角右轉的話就可以**攔截**他們。

19 攔截

20 The princess succeeded in *warding off* attacks.

公主成功地**避開**攻擊。

up [抵抗; 支撐]

21 The population *put up* no resistance to the occupiers.

居民對於占領者沒有**進行任何的抵抗**。

21 put up resistance

進行抵抗

22 The beams that were *holding up* the roof were rotten.

支撐屋頂的樑柱全都腐朽了。

up to [勇於面對]

23 You should learn to *face up to* your faults.

你應該學著**勇敢面對**自己的錯誤。

24 You were the only person to *stand up to* that big bully.

你是唯一**勇敢面對**那個大惡霸的人。

24 勇敢面對

25 This car can *stand up to* rough handling.

這輛車**經得起**粗魯的操作。

25 經得起…

11

1

|

25

26. The president of this company *squared up to* the financial difficulty.

這家公司的總裁**勇於面對**財政困境。

12

表面

down, **off**, on, out, **over**, under

　　本章介紹關於〈表面〉的概念，包含了「朝向表面的行為」，或是相對的「離開表面的行為」，也有使表面平順或滑順之意的「採用某種方法修正表面的行為」。

　　下列是「使表面改變或是修補表面」的例子：

◆ With love in her eyes, she *smoothed down* her son's hair.

　　她的眼中帶著關愛，幫她兒子**梳順**頭髮。

　　本章也有些動詞片語是關於「(去除塵埃或污垢等) 使表面變得乾淨」，其例如下：

◆ The boy was dirty so I *washed* all the mud *off* him.

　　這個男孩髒兮兮的，所以我幫他把身上的泥巴全都**洗乾淨**。

　　〈表面〉的解釋所涵蓋的範圍很廣，最顯而易見的是「從身上把衣服脫下來」的概念。這樣的動詞片語可以像下面的例子般將身體視同〈表面〉：

◆ Please go behind that curtain and *take off* your clothes.

　　請到簾子後面把衣服**脫下來**。

　　前面的例子都是具體的、實際的情形，可以看出與〈表面〉相互影響的人或物。但是，也有些動詞片語意指「掩飾某種狀況」，是種「比喻性地覆蓋或隱藏其表面」。下列例句中，embarrassing moment (令人尷尬的時刻) 即可視同為〈表面〉，而 TV interviewer (電視臺採訪人員) 則盡力想覆蓋、掩飾這樣的情況：

◆ The TV interviewer *glossed over* the embarrassing moment.

　　電視臺採訪人員**掩飾**這個令人尷尬的時刻。

down

① [使 (表面) 平坦滑順]

1. The elephants have *stamped* the grass *down* flat.
   這些大象已經把草地踏平了。

2. With love in her eyes, she *smoothed down* her son's hair.
   她的眼中帶著關愛，幫她兒子梳順頭髮。

3. He licked his fingers and *slicked down* his sideburns.
   他舔了舔手指頭，然後順了順他的鬢角。

4. Over the years, millions of feet *wore down* the steps.
   這些年來，成千上萬的腳步磨損了臺階。

5. After *sanding down* the plank, some rough spots remained.
   板子磨過之後仍有幾處不平坦。

6. The jeweler slowly *ground down* the precious stone.
   珠寶匠慢慢地琢磨這顆寶石。

② [使表面乾淨]

7. *Clean down* the wall and then sweep the floor, please.
   請徹底清洗這面牆之後再把地掃一掃。

8. *Rubbing down* the tabletop produced a beautiful finish.
   徹底擦拭桌面之後，桌面就變得亮晶晶。

9. Take this cloth and *sponge down* the tiles.
   拿這塊布去擦拭瓷磚。

10. This table is made of marble, so it's easy to *wipe down* the surface.
    這張桌子是大理石製的，所以很容易就能把表面擦乾淨。

11. Would you mind *dusting down* the bookshelves and my desk? 11【英】
    可以麻煩你撢去書架和書桌的灰塵嗎？

12. Take this brush and *brush down* my overcoat.
    拿這個刷子去把我的大衣刷乾淨。

13 Have you got enough time to *hose down* the garden path now?

你現在有足夠的時間用水管清洗庭院的走道嗎?

14 The captain made the sailors *swab down* the decks.

船長命令船員用拖把擦洗甲板。

off

① [(包含清掃的動作自表面) 除去, 落下; 摔落; 擦過; 揩去, 切除, 修剪; 剝落; 擦乾]

15 You should first of all *strip off* all the old varnish.

你應該先除去原本塗在上頭的亮光漆。

16 Why don't you just *burn off* the excess wax?

你為什麼不乾脆把多餘的蠟燒掉?

17 Unfortunately, none of the stains have been *soaked off*.

很不巧的, 沒有半個污點在浸泡時溶解。

18 With just a little soap, the mud *washed off* very easily.

只要一小塊肥皂, 泥巴就能輕鬆洗淨。

18 *vi.*

19 *Wash off* the dirt before coming into the room.

進房間前要將泥巴洗乾淨。

19 *vt.*

20 I took the child to the bathroom and *washed* him *off*.

我把這孩子帶到浴室去清洗乾淨。

20 *vt.* wash sb off
把某人洗淨

21 The boy was dirty so I *washed* all the mud *off* him.

這個男孩髒兮兮的, 所以我幫他把身上的泥巴全都洗乾淨。

21 *vt.* wash sth off sb
將…從某人身上洗淨

22 Would you mind *dusting off* the books in this bookcase?

可以請你幫忙撣掉書櫃上書本的灰塵嗎?

23 *Wipe* those ink marks *off* your forehead.

把你額頭上的墨水痕跡擦掉。

24 I cannot *rub* the ink *off* my fingers.

我沒辦法把我手指上的墨水擦掉。

24 *vt.*

25 The ink would not *rub off*, no matter what I did.

不管我怎麼弄, 這墨水就是沒辦法被擦掉。

25 *vi.*

26 I will try to *scrub* this mold *off* the tiles.
我會試著把瓷磚上的黴菌**擦掉**。

27 I *chipped* the bits of cement *off* the tiles.　　　　27 vt.
我**刮掉**瓷磚上的水泥塊。

28 Look. The paint has *chipped off* here and there.　　28 vi.
你看，油漆已經**剝落**得到處都是。

29 Let me just *scrape* the mud *off* the bottom of my shoes.
先讓我把鞋底的泥巴**刮掉**。

30 You are standing on my toe. *Get off* it!　　　　　30 移開
你踩到我的腳了，快**移開**！

31 We have to *get off* at the next stop.　　　　　　31 下車
我們得在下一站**下車**。

32 I saw Mary *coming off* the bicycle.
我看到 Mary 從腳踏車上**摔下**。

33 How funny it was to see the monkey *fall off* the tree deliberately!
看到猴子故意從樹上**跌下來**真是好笑！

34 The bullet *glanced off* the car.
子彈**掠過**那輛車。

35 I carefully *steamed* the stamps *off* the envelope.
我很小心地用蒸氣把郵票從信封上**取下**。

36 The wind *blew* my hat *off*.
風**吹掉**我的帽子。

37 *Skim* the fat *off* before you eat the soup.
把浮油**撈掉**之後就可以喝湯了。

38 Carefully *pare off* the skin with a sharp knife.
用一把銳利的刀小心地把果皮**削掉**。

39 The father *sliced off* a piece of meat and put it in between the bread.
父親**切下**一片肉，然後夾進麵包裡。

40 *Trim* some of the fat *off*.
把一些肥肉**切掉**。

41 **Cut off** the fatty parts and eat the rest.
切掉油膩的部分，吃剩下的部分就好。

42 I heard that Bill has recently **shaved off** his beard.
我聽說 Bill 最近**刮掉**他的鬍子。

43 The barber only **took** a bit of hair **off**.
理髮師只**修掉**一些頭髮。

44 The paint easily **peels off**.
這油漆容易**剝落**。

44 *vi.* 剝落

45 The little girl **peeled off** the wrapper of the box.
小女孩**拆開**盒子的包裝紙。

45 *vt.* 剝開 (包裝紙等)

46 He **peeled off** a few hundred-dollar bills *from* the wad.
他從一疊錢中**抽出**幾張一百元的鈔票。

46 *vt.* 從中抽出

47 There is paint **flaking off** just here.
就在這邊有油漆在**剝落**。

48 Is there a towel I can use to **dry** the dog **off**?
有沒有毛巾可以讓我把狗**擦乾**?

48 *vt.* 擦乾

49 The floor should soon **dry off** in this sunshine.
地板在陽光照射下應該很會就會**乾**了。

49 *vi.* 變乾

② [從身上脫下 (衣物或配件)]

50 These shoes are so tight that I can't **get** them **off**.
這些鞋子太緊了，我**脫不下來**。

26
|
54

51 He **tore** his clothes **off** and jumped into the pool.
他**脫下**衣服後就跳進池裡。

52 He **pulled off** his clothes and jumped into the river.
他**脫下**衣服後跳入河中。

52 脫下 (衣物)

53 The driver **pulled off** the road to answer the phone.
那名駕駛**把車開到路邊**接電話。

53 (把車) 開到路邊 (停下來)

54 Please go behind that curtain and **take off** your clothes.
請到簾子後面把衣服**脫下來**。

55 You are soaked to the skin! Come here and **peel off** your wet coat.

你渾身濕透了！ 過來這裡**脫掉**你那濕答答的外套。

56 The actress casually **threw off** her mink coat.

這名女演員隨性地**脫掉**她的貂皮大衣。

57 I do not like the way you **fling off** your clothes and throw them on the floor.

我不喜歡你**急忙脫掉**衣服後就丟到地板上。

58 The naughty boy **ripped off** his sweaty clothes and jumped into the river.

這個頑皮的小男孩**迅速脫掉**滿是汗臭的衣服，跳進河裡。

59 She **slipped off** her coat and sat down in a chair.

她**迅速脫下**大衣，然後坐在椅子上。

60 The nurse **eased** the shirt **off** the patient so that the doctor could look over the wound in his chest.

護士**解開**這名病患的襯衫，醫生才能仔細檢查他胸口上的傷。

61 Have you ever seen a snake **slough off** its skin?

你曾看過蛇**蛻皮**嗎？

62 It was with relief that I **kicked off** my shoes.

踢掉了鞋子讓我覺得心情很輕鬆。

on [在表面上移動；置於表面之上；加諸⋯之上]

63 The students **tramped on** the grass.

學生們**踐踏**草皮。

64 The sight of him **stamping on** the cockroach was revolting.

看他**踩踏**蟑螂的樣子真是令人討厭。

64 踩踏

65 Her smile was **stamped on** my memory.

她的笑容**深印**在我的記憶中。

65 銘刻 (印象)

66 I am going to **dab** this ointment **on** your cut. It might sting.

我要在你的傷口**塗抹**上這個藥膏，有可能會刺痛。

67 Some artists **slap** paint **on** a canvas and call it art.

有些藝術家用顏料在畫布上**塗鴉**後就稱之為藝術。

68 Please *put* this tablecloth *on* the table.

請把這塊桌布**鋪在**桌上。

69 He *jammed on* the brakes to avoid the old lady.

他**急踩**煞車閃避老婦人。

70 His figure *threw* a shadow *on* the road.

他的形影**映照**在街道上，留下一道影子。

71 A heavy responsibility *fell on* my shoulders.

沉重的責任**落在**我的肩上。

72 Please *impress* your seal *on* the contract.

請在合約上**蓋章**。

73 Our new teacher really *piles on* the homework.

我們的新老師真的一直**出**作業。

74 Do not *heap* praise *on* him. A word or two is enough.

不要一股腦地對他**大加讚賞**，一兩句話就夠了。

74 heap sth on sb

75 John deserved the scorn that you *poured on* him.

John 遭你**加以輕視**，這是他應得的。

76 He had a lover who he *lavished* money *on*.

他曾有個愛人，他不惜在她身上**揮霍**金錢。

out

① [使表面平坦；梳理；切割，雕刻]

77 I want to *flatten out* this area for a car park.

我想**鏟平**這個地方當作停車場。

77 *vt.*

78 The land *flattens out* after a few more miles.

再過幾哩之後，地面就會**變平坦**。

78 *vi.*

79 The bulldozers *leveled out* the field.

推土機將田地**夷平**。

80 I *smoothed out* the sheets on the bed.

我把床單**拉平**。

81 She sat in front of the mirror, *combing out* her hair.

她坐在鏡子前面**梳理**頭髮。

12

55 | 81

82 You must *tease out* the wool before you use it.

使用羊毛之前必須先加以**梳理**。

83 The sculptor *carved* a statue *out* of the marble.

那位雕刻家以大理石**刻**了一座雕像。

② [使表面乾淨]

84 See if you can *rub out* these marks on the desk.

看你能不能**擦掉**桌上的髒污。

over

① [溢出]

85 Turn off the taps. The bath is just about to *run over*.

把水龍頭關上，洗澡水就快要**滿出來**了。

86 The cup was full to the brim, so when I picked it up the coffee *spilt over*.

杯子已經滿到邊緣了，所以我端起來的時候，咖啡**溢了出來**。

_{86 溢出}

87 The civil war might well *spill over into* neighboring countries.

內戰有可能**蔓延**到鄰近的國家。

_{87 蔓延}

88 The wine in the glass *brimmed over* and dripped onto the tablecloth.

玻璃杯中的葡萄酒**溢出來**，滴到桌布上。

_{88 溢出}

89 The parents were *brimming over with* pride and joy at the birth of their child.

這對父母親對於孩子的出生**洋溢著**驕傲與喜悅。

_{89 洋溢著…}

90 Turn down the heat or the stew will *boil over*.

把火關小一點，不然燉煮的食物會**因沸騰而溢出**。

_{90 因煮沸而溢出}

91 The situation in the Middle East is likely to *boil over*.

中東情勢很可能**一觸即發**。

_{91 一觸即發}

② [(使) 覆蓋於表面；掩飾]

92 **Put** this cloth **over** the furniture in order to protect it.
把這塊布**覆蓋**在家具上，以達到保護的目的。

93 She **threw** a blanket **over** the sleeping figure of her husband.
她拿一條毛毯**蓋**在她睡著的老公身上。

94 The family **covered over** the garden path **with** concrete.
這戶人家用混凝土**鋪設**花園小徑。

95 Our backyard gets muddy so I want to **pave** it **over**.
我們的後院泥濘不堪，所以我想要把它**鋪起來**。

96 We are planning to **grass over** this area.   96【英】
我們正打算在這塊區域**種植草皮**。

97 You can easily get paint and **paint over** those scratches.   97 以油漆覆蓋
你可以很簡單地**拿油漆來覆蓋**這些刮痕。

98 You can simply **paint over** your mistakes.   98 粉飾 (過失等)
你大可以**粉飾**你的過失。

99 Her face **clouded over** when she heard the bad news.   99 (人) 滿佈愁雲
聽到這個壞消息時，她的臉上**頓生愁雲**。

100 The sky **clouded over** like this early in the morning.   100 (天空) 雲層密佈
清晨的時候，天空就是這樣**雲層密佈**。

101 The pond **iced over** last night.
池塘昨晚**結冰**了。

102 It is so cold that the river is likely to **freeze over** tonight.
天氣太冷了，河川今晚可能會**結冰**。

103 The windows of my car **frosted over**.
我的車窗**結霜**了。

104 The damaged part of the bark will soon **heal over**.
樹皮損傷的部分很快就會**癒合**。

105 Her eyes **filmed over** and then she started crying.
她的眼神**變得朦朧** (蒙上薄霧)，接著就哭了起來。

106 His eyes **misted over** but he tried not to shed tears in front of his daughter.
他的雙眼**泛淚**，但他試著不在女兒面前流淚。

12

82
|
106

107 Our beloved daughter's eyes *glazed over* and then shot, for good.

我們鍾愛的女兒雙眼**變**得呆滯，然後就永遠地闔上了。

108 His tact *varnished over* the awkwardness.

他的老練**掩飾**了尷尬的場面。

109 You cannot *paper over* a mistake as serious as that one.

像這麼嚴重的錯誤是你無法**掩飾**的。

110 The TV interviewer *glossed over* the embarrassing moment.

電視臺採訪人員**掩飾**這個令人尷尬的時刻。

111 It was not all that easy to *smooth over* the problem.

要**掩飾**這個問題也不全然這麼簡單。

112 You are always trying to *skate over* the important points.

你總是想要**敷衍帶過**重點。

③ [從表面移動而過]

113 The sailing ship slowly *moved over* the water like a swan.

帆船有如天鵝般緩緩地在水面上**移動**。

114 The airplane *passed over* with a thunderous noise.

飛機帶著轟隆的巨響**經過**上方。

114 (由上方) 經過

115 Let's *pass over* that topic if you have no objections.

你不反對的話，且讓我們**略過**這個話題。

115 略過

116 It is unbelievable that you *passed* him *over for* promotion.

真是難以置信，你竟然**不考慮讓**他升遷。

116 pass sb over for promotion 不考慮讓某人升遷

117 Our neighbor drove carelessly and *ran over* my dog.

我們鄰居開車一個不小心**輾過**我的狗。

under [到表面 (正) 下方]

118 I *went under* water for a couple of minutes.

我剛**潛下去**水面幾分鐘。

119 When you *pulled* me *under* water you almost drowned me.

你把我**拉下去**水裡時差點讓我溺水。

120 I *have been* completely *snowed under with* work.
工作多如積雪壓得我喘不過氣。

121 Our opponents *were snowed under* by our sudden attack.
我方突如其來的襲擊讓對手招架不住。

120 Passive
　(工作過重) 使喘
　不過氣

121 Passive
　使招架不住

12

13

由內到外

out

　　本章介紹關於〈由內到外〉的概念，多為具體的行為與概念，尤指該行為或事件 (或多或少) 是從被圍起來的內部空間向外部的另一個空間移動。讀者不妨與第 14 章〈由外到內〉的概念相互參照學習。下例即具有〈由內到外〉的含意：

◆ We are **moving out** of the house at the end of this month.

　　這個月底我們要**搬出**這棟房子。

　　下列的例子也被納入本章範圍，談論的是有關「從某個被圍起來的空間 (例如人的嘴巴)，向外部的另一個空間 (例如外面的世界) 傳播消息」的情形：

◆ The mayor **staked out** his opinions on the issue.

　　市長**陳述**他對這項議題的意見。

　　本章也會介紹與「把垃圾或灰塵清理掉的打掃行為」有關的動詞片語。在這類例句中，有時會提及垃圾或灰塵 (見下例①)，有時不會特別提及 (見下例②)：

◆ ① I am going to make my son **clean out** all the rubbish from his room.

　　我正要叫我的兒子**清出**他房裡全部的垃圾。

◆ ② **Cleaning out** Annie's room took all morning.

　　清掃 Annie 的房間花了一整個早上的時間。

　　接下來也是 clean out 這個動詞片語的例子。clean out 在下面的例子中雖是 steal (偷) 的意思，但整個動詞片語所表現出的語意卻是「把值錢的東西從某個密閉的空間 (例如本例的家)，全部搬移到其他場所」之意：

◆ When I got home, I found that thieves had **cleaned** me **out**.

　　我到家時，發現小偷已經將我**洗劫一空**。

out

① [從內部空間移出；移植；與…外出；派遣；拔除]

1. He didn't know that I had seen him ***coming out*** of the room.
   他不知道我已經看到他從房間裡**走出來**。

2. I ***went out*** of the room and answered the phone.
   我**走出**房間接電話。
   2 走出

3. If you don't mind, I'm ***going out*** to Kate's this evening.
   你不介意的話，我今天晚上要**出門**去 Kate 家。
   3 出門

4. My father never lets me ***go out*** with boys.
   我爸爸從來不讓我和男生**交往**。
   4 交往

5. Janet ***ran out*** of the room just a minute ago.
   Janet 一分鐘前剛**跑出**房間。

6. We are ***moving out*** of the house at the end of this month.
   這個月底我們要**搬出**這棟房子。

7. Near midnight people began ***spilling out*** of the bar into Time Square.
   接近午夜時，人們開始**蜂湧離開**酒吧前往時代廣場。
   7 蜂湧離開

8. The vase was so full that some water ***spilled out*** of it.
   花瓶的水太滿了，所以有一部分**溢出**瓶外。
   8 溢出

9. As soon as class finished we ***piled out*** of the classroom.
   才剛下課我們就一**窩蜂地離開**教室。

10. Timothy casually stood up and ***breezed out*** of the room.
    Timothy 漫不經心地站起來，**像陣風似地離開**房間。

11. We succeeded in ***slipping out*** of the meeting unnoticed.
    我們順利從會議中**溜走**，沒有人注意到。
    11 溜走

12. Do you remember that famous scene in the film, in which the actress ***slips out*** of a tight-fitting sweater?
    你記得那部影片中著名的一幕嗎? 那時女主角**匆匆脫下**緊身的毛衣。
    12 匆匆脫下

13. I didn't mean to tell Mike the truth, but it just ***slipped out***.
    我不是有意告訴 Mike 真相，我是**不小心說出來**的。
    13 不經意說出

14. The old man *popped out* of the room without any warning.
那名老人毫無預警地**突然離開**房間。

15. The deer *leaped out* of hiding and disappeared.
這頭鹿從藏身處**跳出**之後就不見了。

16. You are driving too fast. I want to *get out* of this car.
你開得太快了，我要**下車**。

16 (從交通工具) 下來

17. The tiger was able to *get out* of his cage in some way.
這隻老虎能以某種方法**離開**籠子。

17 離開

18. After the game, the fans *poured out* of the stadium.
比賽結束後，球迷從體育館**一湧而出**。

18 *vi.* 大量湧出

19. Excuse me, but could you *pour out* a drink for me?
不好意思，你可以**倒**一杯飲料給我嗎?

19 *vt.* 倒 (飲料)

20. I *shot out* of the room as soon as I felt the earthquake.
我一察覺有地震就立刻**衝出**房門。

20 衝出

21. The anteater's tongue *shot out* at lightning speed.
食蟻獸的舌頭以閃電般的速度**伸出**來。

21 伸出

22. The car *pulled out* without any signal.
這輛車沒打任何的方向燈就**闖出來**。

23. It's high time you *planted out* the seedlings.
該是你**移植**這些幼苗的時候了。註 移植為「由容器移出至土地」。

24. Do not forget to *bed out* young plants in spring.
春天的時候別忘了把這些幼苗**種植於花床**。

25. I'll call my secretary and have her *see* you *out*.
我會打電話給我的秘書，並請她**送你出去**。

26. This building is very confusing. Will you *show* me *out*?
這棟建築物令人搞不清方向，你可以**帶我出去**嗎?

27. I didn't have the courage to *ask* Mary *out*.
我沒有勇氣**約** Mary **出去**。

28. Once I plucked up courage, it was easy to *invite* him *out*.
一旦我鼓起勇氣，**邀請**他**外出**就很容易了。

29. I would really love to *take* you *out* to dinner one evening.
我真的很想找一天晚上**帶你出去**晚餐。

30 The mayor *called out* the police.

市長**派出**警力。

31 It is high time you *had* that tooth *out*.

你該去**拔除**那顆牙齒了。

31【英】

② [(辦理手續之後) 取走；離開]

32 If you want to use this book, you must *sign* it *out*.

假如你要用這本書的話，你必須**登記借出**。

32 *vt.* 登記借出

33 The prisoners here can *sign out* for the weekend.

這裡的犯人週末時可以**登記外出**。

33 *vi.* 登記外出

34 You can *check out* library books over there.

你可以在那邊**登記借出**圖書館的書。

34 *vt.* 登記借出

➪ a long line at the checkout counter = 結帳櫃檯前一長列的隊伍

35 Guests are requested to *check out* of their room by 12:00.

房客被要求在十二點以前**結帳並離開**他們的房間。

35 *vi.* 結帳離開

➪ the checkout time at a hotel = 飯店的退房時間

36 They *hire out* skis at that shop.

他們在那間店**租借**滑雪板。

36【英】

37 I'll need to *take* some money *out of* my account to pay for the telephone bills.

我需要從帳戶**提領**一些錢以支付電話費帳單。

38 The air force is *flying out* equipment that is needed in the rescue operation.

空軍正**空運**出救援行動所需要的裝備。

38 *vt.* 空運出

39 The UN representative is *flying out of* the country this evening.

聯合國代表今晚即將**搭機離開**這個國家。

39 *vi.* 搭機離開

40 What time did you *clock out* last night?

你昨天晚上是幾點**打卡下班**的?

41 According to the records, Mr. Smith didn't *punch out*.

根據紀錄看來，Smith 先生並沒有**打卡離開**。

41【美】

42 It cost him quite a bit of money to *buy* himself *out* of the army.

③ [逃脫; (不滿地) 離開; (遭到) 強制驅離]

43 The prisoners *broke out* of prison just before dawn.

⇨ a mass breakout from prison = 集體逃獄

44 The two inmates *busted out* of their cell.

45 It was a question of *walking out* or being insulted.

45 (會議中) 退席

⇨ a walkout by the whole delegation = 代表團全體離席

46 All union members are going to *walk out* at twelve noon.

46 罷工

⇨ a walkout planned by the union = 由工會計畫的罷工

47 That country's delegates *stormed out* of the meeting.

48 You have to understand that I *want out*.

48【美】

49 No one asked your opinion, so just *butt out*.
沒有人問你的意見，所以你最好別多嘴 (離開不要干涉)。

50 A rival gang is trying to *muscle* us *out of* this area.
跟我們死對頭的那夥人一直想要強行逼我們離開這個地區。

50【美】

51 The rival team *knocked* us *out of* the competition.

⇨ a knockout competition = 淘汰賽

52 The companies which will not give kickbacks to the Minister are being *frozen out* of the project.

53 The people *hounded* the crooked politician *out of* office.

13

30
|
53

由內到外 (205)

54 The new arrivals *drove* the former inhabitants *out* of town.
新的移入者將原本的居民**逐出**城外。

55 There are army patrols trying to *flush out* the guerillas.
軍方的巡邏隊正在試圖**驅離**游擊隊。

56 This time the electorate should *vote out* those legislators who care about nothing but their own interests.
這次選民應該**不要投票給**那些只關心自身利益的立法委員，讓他們落選。

57 The guards *cleared* everyone *out* of the room.
警衛將每個人**趕出**房間。

⇨ a through clear-out of the attic = 頂樓房間的大掃除

58 The security guards *pushed* the press *out* of the room.
安全警衛將記者**趕出**房間。

59 We *kicked* Kate *out* of our club for breaking the rules.
我們因為 Kate 不守規定而將她**趕出**我們的俱樂部。

60 A couple of men *threw* the drunk *out* of the bar. 60 趕出
幾名男子將那名醉漢**趕出**酒吧。

61 I want to *throw out* a lot of these old papers. 61 扔掉
我想**扔掉**這一大堆舊報紙。

62 A big bouncer came up and *chucked* the rowdy student *out*.
一名高大的保鏢上前來**攆走**這名粗暴的學生。

63 The dissident politician was *booted out* of his party.
這名持不同意見的政治家遭其政黨**逐出**。

64 The master *cast* his disobedient disciple *out*.
師傅將不聽話的弟子**逐出**師門。

65 Our guest overstayed his welcome and I *turned* him *out*.
我們的客人逗留過久的時間，所以我將他**打發走**。

66 It is high time we *turfed* the scoundrels *out* of office. 66【英】
該是我們將這群惡棍**趕離**職位的時候了。

67 The disgraced soldier *was drummed out* of his regiment. 67 Passive
這名可恥的士兵**遭**他的部隊**開除**。

④ [(液體等) 流出，溢出；舀出；自…而出；說出；吐出]

68 The last drops *ran out* through a hole in the cup.
最後幾滴從杯子的破洞**流出來**。

69 The blood *oozed out of* the lump of raw meat.
血水從生肉塊中**滲出**。

70 Blood *spurted out from* the cut artery.
血液從割傷的動脈中**噴出**。

71 *Spoon* the yogurt *out of* this bowl and into that one.
從這個碗裡用**湯匙舀出**優格，再放進那個碗裡。

72 I *ladled out* the soup with a large spoon.
我用大湯匙把湯**舀出來**。

73 As it rained heavily all night, the sailors furiously *bailed out*.
下了整夜的大雨，水手發狂地 (從船中) **往外舀水**。

_{73 把水往外舀}

74 Even two million yen is not enough to *bail* them *out*.
兩百萬日圓都還不夠將他們**保釋**出來。

_{74 保釋}

75 I know you are in financial difficulties, but I am afraid that I cannot *bail* you *out*.
我知道你經濟上有困難，但恐怕我也沒法子**救你脫離困境**。

_{75 使脫離困境}

76 He *bailed out* of the plane, but forgot his parachute.
他從飛機上**跳下來**，卻忘了用降落傘。

_{76 【美】跳傘}

77 She *scooped out* some ice cream.
她**挖出**一些冰淇淋。

78 The information that *leaked out* was actually false.
外洩的情報其實是錯誤的。

79 My favorite pen *fell out* of my pocket and got lost.
我最喜歡的筆從口袋**掉出來**不見了。

80 The chicks should *hatch out* any day now.
小雞應該在這一兩天就會**孵化**。

81 The coach asked us to breathe in and *breathe out* slowly.
教練要我們緩緩地吸氣和**吐氣**。

82 He has no hesitation about *spouting out* his opinion.
他毫不猶豫地**滔滔說出**他的意見。

13

54
|
82

83 The mayor *staked out* his opinions on the issue.
市長**陳述**他對這項議題的意見。

84 I put the chicken in my mouth but *spat* it *out* at once.
我把雞肉放進口中，但馬上就**吐出來**。

84 吐出來

85 The machine gun *spat out* a stream of bullets.
機關槍**發射**一連串的子彈。

85 發射

⑤【(以清掃的方式) 從裡面除去】

86 *Cleaning out* Annie's room took all morning.
清掃 Annie 的房間花了一整個早上的時間。

86 清掃

⇨ give one's bedroom a good clean-out = 好好清理某人的房間

87 I am going to make my son *clean out* all the rubbish from his room.
我正要叫我的兒子**清出**他房裡全部的垃圾。

87 清出

88 When I got home, I found that thieves had *cleaned* me *out*.
我到家時，發現小偷已經將我**洗劫一空**。

88 洗劫一空

89 Try to *tidy out* the room before our guests arrive.
在客人來之前，努力將房間**打掃乾淨**。

90 She *swept out* the room and then polished the floor.
她**打掃**房間，接著又擦亮地板。

91 This time it is your turn to *muck out* the pigsty.
這次輪到你**打掃**豬舍了。

92 We are *clearing out* the apartment this weekend.
我們這週末要**清理**公寓。

93 I *turned out* the laundry basket, looking for my pen.
我把洗衣籃的東西**倒出來**尋找我的筆。

93【英】

94 You are fired! *Empty out* your desk right now.
你被開除了！馬上**清空**你的桌子。

95 Take this tablecloth into the garden and *shake* it *out*.
把這塊桌布拿到花園去**抖乾淨**。

96 I would like *hang out* the washing now.
我現在想把洗好的衣物**拿去外面晾**。

97 Our cellar has been flooded. We will have to **pump** the water **out** of it.

我們的地下室淹水了，我們得將水**抽出**。

98 To redecorate properly, we have to **strip out** everything.

若要好好重新佈置，我們得**拆掉**所有的東西。

99 **Wash out** the old jam jars and turn them upside down.

洗淨這些舊的果醬罐子，再把它們顛倒過來。

100 I **wiped out** the washbasin with a cloth.

我用一塊布將臉盆**擦乾淨**。

101 It really is high time you **scrubbed out** the bathroom.

真的該是你**擦洗**浴室的時候了。

102 I want to **rinse out** my mouth. I ate something strange.

我想要**漱口**，因為我剛吃到奇怪的東西。

102 沖洗

103 I am going to **rinse** the soap **out** of these clothes.

我正要**沖洗乾淨**這些衣服上的肥皂。

103 洗去…

104 Rinse these rags and **wring** them **out**, please.

麻煩你沖洗這些抹布，並且**擰乾**。

⑥ [使 (由內向外) 而出]

105 **Squeeze** as much juice **out** of the lemon as you can.

盡你所能地把檸檬**擠**出汁來。

106 I used a knife to **scrape out** the last bits of jam *from* the jar.

我用刀子把最後一點的果醬從瓶子裡**挖出來**。

107 **Taking** a key **out** *of* my bag, I put it into the lock.

我從袋子裡**拿出**一隻鑰匙，插入門鎖。

107 拿出

108 When did you **take** this book **out** *from* the library?

這本書你是什麼時候從圖書館**借出來**的?

108 借出

109 Reaching into his pocket, he **fished out** the single remaining coin.

他將手伸進口袋，**摸索**一陣後**掏出**僅存的一枚硬幣。

110 She **whipped out** a gun from her handbag.

她**突然**從手提包裡頭**抽出**一把手槍。

⑦ [(自內部) 伸出，突出]

[111] It's dangerous to **lean out** of the window to clean it.

為了要清洗窗戶而**將身體傾斜靠出**窗外是很危險的。

[112] Don't **poke** your head **out** of the window when the car is on the move.

車在行駛時，請勿把頭**伸出**窗外。

[113] It is not wise to **stick** your head **out** of the window.　　　　　[113] *vt.* 伸出

將你的頭**伸出**窗外是很不智的。

[114] The skier hit the sharp root that was **sticking out**.　　　　　[114] *vi.* 突出

滑雪者撞上**突出**來的尖銳樹根。

[115] A strangely-shaped rock **juts out** from the cliff.

一塊形狀古怪的岩石從峭壁**突出**。

14

由外到內

in, in on, **into**

本章介紹關於〈由外到內〉的概念，多為具體的行為或概念，尤指「由實際的外部空間往內部空間移動」。見下例：

◆ The fans were fighting to **get in** to see their idol.

影迷為了一睹偶像風采而爭相**湧入**。

下列的例句亦納入本章的討論範圍，因其可進一步解釋為「某種養分進入身體內部」：

◆ How many calories should one **take in** per day?

每人每天應該**攝取**多少卡路里？

本章還介紹另外兩種常見的含意，一是「(粗暴或胡亂地) 闖入某個密閉的空間」(見下例①)，二是「因為某人或某物的進入，使得該密閉空間顯得更混亂」(見下例②)：

◆ ① His face was livid as he **stormed into** the room.

他**衝進**房間時，臉色鐵青。

◆ ② It is impossible for any more to **squeeze into** this train.

要讓更多人**擠進**電車是不可能的。

另外，還有部分引申的含意如：「打電話至某處聯絡某人」、「理解」、「灌輸」、「介入，插入」等，均於本章一併介紹：

◆ We have to **call in** the electricity people to fix this fuse box.

我們必須**打電話請**電力公司的人**來**修理保險絲盒。

◆ I wish I could **ram** this concept **into** their heads.

我希望能把這個觀念**灌輸到**他們的腦袋裡。

in

① [致電通知; 以文字或色彩等輸入 (描繪)]

1. We have to **call in** the electricity people to fix this fuse box.
   我們必須**打電話請**電力公司的人**來**修理保險絲盒。

2. You should **ring in** to let the boss know where you are.　2【英】
   你應該**打電話**讓老闆知道你人在哪裡。

3. Someone saw the suspect on the street and **phoned in** (the information) to the police.
   某人在街上看到嫌疑犯,於是**打電話通知**警方 (這個消息)。

4. I **tapped in** my code and got the information.
   我**鍵入**我的密碼並取得情報。

5. To **type in** all these data will take a full day.
   輸入這全部的資料大概要花一整天的時間。

6. You can **write in** additional comments here.　6 加註
   你可以在這邊**加寫**額外的評語。

7. Although Mr. Chen was not officially listed for the election,　7 加寫某人姓名 (未
   many voters **wrote** his name **in** on the ballot.　　被列入名單) 於選
   雖然陳先生沒在選舉中正式列名,但許多投票人**在選票上加**　票並投其一票
   寫他的名字並投票給他。
   ⇨ a write-in election
     = 由投票人自行填寫候選人姓名 (其姓名未被列入名單) 的選舉

8. It is generally a waste of time to **write in** to newspapers.　8 投書
   投書給報社通常是白費時間。

9. The girl **colored in** the faces in her coloring book.
   這個少女替著色簿上的臉孔**著色**。

10. **Shade in** this area so that it is a bit dark.
    把這個區域**畫上陰影**,讓它顏色暗一點。

11. The artist picked up the pencil and **sketched in** a face.　11 素描
    畫家拿起畫筆**素描**出一張臉。

12. He skillfully **sketched in** the main points of his idea.　12 簡單敘述
    他很有技巧地**簡單敘述**他想法的重點。

13 Leave this space blank. Do not **ink** it **in**.

把這個地方空下來，不要用墨水描。

14 First, let's start by **blocking in** where the main buildings are going to be.

首先，我們先來**概略畫出**主建築即將坐落的位置。

② [由外向內進入 (空間)；加入]

15 The fans were fighting to **get in** to see their idol.

影迷為了一睹偶像風采而爭相**湧入**。

15 進入

16 This car is small, so lower your head when **getting in**.

這輛車很小，所以你上車時要把頭低下來。

16 上車

17 Let's **get in** the washing before it starts raining.

趁還沒下雨，我們把衣服**收進來**。

17 把…收進室內

18 I wonder which party will **get in** at the next election.

我在想下一次的選舉哪一個政黨會**獲勝**。

18 取得政權

19 We **got in** some tennis practice this morning.

我們今天早上**設法抽空做**一些網球練習。

19 設法抽空做…

20 We are **having** the painters **in** next week.

我們下禮拜要請油漆工人**來家裡工作**。

21 Your guest is outside. Shall I ask him to **come in**?

你的訪客在外面，我要請他**進來**嗎？

21 進來

22 What is the name of that runner who **came in** first?

賽跑**獲得第**一名的那個人叫什麼名字？

22 come in first
獲得第一名

14

23 Do you mind if I **ask** a few friends **in** for a drink?

你介意我**請**幾位朋友**進來**小酌一杯嗎？

1
26

24 Miss Smith, please **send** the next candidate **in**.

Smith 小姐，請**讓**下一位應徵者**進來**。

24 讓…進入

25 The Governor **sent in** the rescue team.

省長**派出**救援隊伍。

25 派遣，派出

26 She **stormed in** angrily, waving her hands and shouting.

她氣沖沖地**衝進來**，一邊揮舞雙手一邊咆哮。

27. I *invited* Pete *in* for a drink but he said he had to rush.
我**邀請** Pete **進來**喝一杯，不過他說他急著要走。

28. The shop was closed, so the guard would not *let* us *in*.
店門已經關了，因此警衛不會**讓**我們**進入**。

28 允許…進入

29. This boat *lets in* a bit of water.
有少許的水**滲入**這艘船。

29 (液體) 滲入

30. So you've bought a new house. When are you *moving in*?
這麼說你已經買新房了，那什麼時候要**搬進去**?

31. Although she was an hour late, she casually *breezed in*.
雖然遲到了一個小時，她還是若無其事地**輕鬆走進來**。

32. When I *stuck* my hand *in* the basket, a snake bit me on the hand.
我把手**伸進去**籃子時，有隻蛇咬了我的手。

32 伸入

33. The nail was old and rusty, but it *stuck in* the wood.
這根鐵釘既老舊又生鏽，但仍**牢牢釘在**木頭裡面。

33 牢牢地固定於…

34. Cheap cotton clothing is *flooding in* from various Asian countries.
廉價的棉製衣物正從亞洲各國**大量湧入**。

35. Just wait a minute. I will get someone to *show* you *in*.
再等一下子，我會請人來**帶領**你。

36. The burglar *broke in* through the window.
竊賊從窗戶**闖入**。

37. The burglar must have *slipped in* our house while we were sleeping.
竊賊一定是趁我們熟睡時**潛進**屋內。

37 偷偷潛入

38. If you *slip in* some truth, he will believe your lie.
假如你**摻雜**一些實話，他就會相信你的謊言了。

38 摻雜 (言詞)

39. The United Nations *shipped in* relief goods.
聯合國**運來**救援物資。

40 If we do not **fly in** medical help, the survivors of the earthquake will continue to die.

我們若不**空運入**醫療救援物資，那麼地震的生還者將會陸續死亡。

41 The records show that you **logged in** to the mainframe at 12:32 .

紀錄顯示你在十二點三十二分**登入**主機。

42 I think you can **plug** the toaster **in** somewhere over there.

我覺得你可以在那邊的某處把烤麵包機**插上插頭**。

43 The two men slowly **filled in** the grave.

這兩名男子慢慢地將墓穴**填平**。

43 把 (坑洞等) 填平

44 I have given the outline. Mike will **fill in** the details.

大綱我已經給了，Mike 會**填入**細節。

44 補充細項資訊

45 If necessary, Mike will **fill** you **in on** any other details.

必要的話，Mike 會**告訴**你其他一切的詳細情形。

45 fill sb in
提供某人資訊

46 I am trying to find something to do to **fill in** my time.

我正試著找事做來**消磨**時間。

46 消磨 (時間)

47 Will you **fill in** your name, place of birth, date of birth, and so on?

可以麻煩你**填寫**姓名、出生地、出生日期等資料嗎？

47 填寫

48 You can **add in** any details that you want to.

你可以**加入**其他你想加入的細節。

③ [(刻意或強行使) 由外往內移動; 收回; 投入 (於); 插入，加入; 理解; 嵌入; 繳交]

49 If any more **crowd in**, the windows will certainly break.

如果再有人**擠進來**，這些窗戶一定會破掉。

50 The door opened and half a dozen students **piled in**.

門打開後六個學生就**擠**了**進去**。

51 How many more do you think we can **squash in** here?

你覺得我們這裡還能**擠進**多少人？

52 Jump aboard. There's space for you to *squeeze in*.
52 擠入
跳上來吧，這裡還有空位可以讓你**擠進來**。

53 Mr. King, could you *squeeze in* one more visit today?
53 插入
King 先生，你今天可以再**插入**一項訪問嗎?

54 The fans really *packed in* and the air in the stadium became worse.
54 擠入
這些球迷**擠進**體育館後空氣就變得更糟了。

55 That Spielberg film is really *packing* people *in*.
55 吸引 (人潮)
Spielberg 的那部電影真的**吸引**了不少人。

56 The kidnapper *shut* me *in* the room for 24 hours.
綁匪把我**關在**房間裡面二十四小時。

57 Without even questioning us, the police just *threw* us *in* jail.
警方根本沒經過審訊的程序就直接**將**我們**關入**監牢。

58 His rash actions *landed* him *in* prison.
他魯莽的舉動使他**身陷**囹圄。

59 The police *hauled in* quite a number of rowdy students.
警方**強行逮捕**為數不少的暴力學生。

60 The car company is *calling in* their latest model.
這家汽車公司正在**回收**他們最新型的車款。

61 I am looking for an easy job that *brings in* money.
61 帶來
我正在找一份可以**帶來**收入的輕鬆差事。

62 It is likely that the jury will *bring in* a verdict of guilt.
62 宣判
陪審團有可能會**宣判**「有罪」的裁決。

63 The money is *rolling in* these days.
最近錢一直**滾滾而來**。

64 The project won't succeed. Let's stop *pumping in* money.
這個計畫不會成功的，我們別再**投入**資金了。

65 She *sank* her whole fortune *in* a speculative venture, but to no avail.
她把全部的家產都**投入**投機的冒險事業，但毫無所獲。

66 A foreign bank **stepped in** and provided enough financial help to finish the project.

一家外國銀行**介入**，並提供足夠的資金援助來完成這項計畫。

67 The rival company is trying to **muscle in** on our operation.

和我們競爭的公司試圖**強行介入**我們的營運。

68 If I may, can I **put in** a remark here?

可以的話，能讓我在此**插入**一句話嗎？

69 Please do not **toss in** unnecessary remarks like that.

69【美】

請別這樣**插進**不必要的評論。

70 They were shouting; I couldn't **get in** a word edgeways.

他們大吼大叫，我沒辦法**插上**半句話。

71 Bill **chimed in** with some inappropriate words.

Bill **插進**一些不適當的言論。

72 Don't **chip in**—especially if your remarks are silly.

不要**插嘴**，尤其當你說的是蠢話的時候。

73 He is always **dragging in** what he wants to talk about.

他總是**隨便扯進**他想要說的話。

74 The man over there is **listening in** to our talk.

那邊的那個人在**偷聽**我們的談話。

75 I'll **cut** you **in** on some of the profits.

我會**分給**你一部分的利益 (讓你加入)。

76 Our company would like to **contract in** to the scheme.

我們公司有意**簽約加入**這項方案。

77 He **was sworn in** as President last week.

77 Passive

他上週**宣誓就職**總統。

78 The clerk asked whether I was **paying in** or not.

行員問我是否要**把錢存入銀行**。

79 These bookcases have all been **built in**.

這些書櫥全都是**內建**好的。

⇨ a kitchen with built-in cabinets = 有內建壁櫥的廚房

14

52
|
79

80 The jeweler *set* the rubies and emeralds *in* the crown.
寶石工人把紅寶石和綠寶石**鑲嵌**在王冠上。

⇨ a silver brooch inset with sapphires = 鑲有藍寶石的銀胸針

81 The teacher won't mind if we *turn in* our homework late.
就算我們遲**交**作業，老師也不會介意。

81 繳交 (作業簿)

82 For such a crime, we should *turn* him *in to* the police.
這樣的一條罪狀，我們應該向警方**檢舉**他。

82 turn sb in
檢舉某人

83 When do we have to *hand in* our homework by?
我們什麼時候以前要**繳交**作業?

84 Some students *give in* their homework several days earlier.
有些學生提早幾天**繳交**他們的作業。

85 The deadline for *sending in* the reports is Wednesday.
送交報告的截止日期是星期三。

④ [(感官、生理方面) 由外而內]

86 *Breathe in* deeply and then hold your breath.
深深地**吸**一口氣，然後閉氣。

87 She *drew in* a breath and dived into the water.
她**吸**了一口氣後便跳入水中。

88 You should *take in* a deep breath.
你應該深深地**吸入**一口氣。

88 吸入 (空氣)

⇨ an intake of breath = 吸氣

⇨ a blocked air intake = 堵塞的通風口

89 How many calories should one *take in* per day?
每人每天應該**攝取**多少卡路里?

89 攝取 (熱量等)

90 It needed more than a glance to *take in* her beauty.
光看一眼不足以**欣賞**她的美。

90 欣賞

91 I read the book, but did not *take in* the meaning.
我讀了這本書，但無法**理解**其中的意思。

91 理解

92 What about *taking in* a movie tonight?
今晚去**看**場電影如何?

92 看 (電影、表演等)

93 | Our property *takes in* that wood over there by the river.
我們的土地**包括**河邊的那片樹林。

93 包括

94 | The police have already *taken* the suspect *in*.
警方已經**逮捕**嫌犯。

94 逮捕

95 | The food is on the table. *Dig in* when you want to.
食物在桌上，想吃的時候就**盡情吃喝**。

96 | However many times the teacher explained, nothing *went in*.
不管老師解釋了多少次，我還是什麼也沒**聽進去**。

97 | We've *drunk in* the beauty of the scene for a full hour.
我們整整一個小時都**沉醉在**美景中。

⑤ [加入，參雜 (物體、語言等); 包含在內; 使協調]

98 | I've already *put* the milk *in* the glass.
我已經**把**牛奶**加進**杯子裡面了。

98 把…放進…

99 | When is the man coming to *put in* the air conditioner?
工人什麼時候會來**安裝**冷氣機?

99 安裝

100 | Make sure you *put in* your order before nine o'clock.
務必要在九點前**送出**你的訂單。

100 送出 (訂單)

101 | You must slowly *work* the butter *in*.
你必須慢慢地將奶油**加入**。

101 加入混合

102 | Bill *worked in* sly remarks *to* his conversation.
Bill 在他的對話中**插入**狡詐的言詞。

102 插入 (言詞)

103 | She managed to *work in* some classical references.
她設法**引用**一些古典的文獻。

103 引用

14

104 | And now, very slowly *mixed in* the melted butter.
現在，要非常緩慢地**混入**溶化的奶油。

80
|
106

105 | The gardener spent the morning *digging in* the manure.
園丁花了早上的時間**挖土把肥料埋起來**。

105 挖土掩埋

106 | The sergeant ordered his men to *dig in* trench.
中士命令他的手下**挖掘**壕溝。

106 挖掘

107 Ok, it was me that made such a mistake, but could you please stop *rubbing* it *in*?

107 rub it in 一再提起

沒錯，錯誤是我造成的，但可以請你不要一再提起嗎？

108 Are you sure that you have *reckoned* everything *in*?

你確定已經算到每樣東西了嗎？

109 This restaurant *includes* service and tax *in* the price.

這家餐廳把服務費和稅包含在價錢裡面。

110 The two colors subtly *toned in* with each other.

110【英】

這兩個顏色微妙地兩相調和。

111 The bell tower doesn't *blend in* with its surroundings.

這座鐘樓與它周圍的景色不搭調。

⑥ [(藉由破壞而) 進入裡面；凹陷]

112 You say the door is locked? Well, just *kick* it *in*.

112 kick sth in

你說門鎖著是吧？那就破門而入。

113 It won't be all that easy to *smash in* the door.

不是每次撞開門都是那麼容易。

114 The karate expert *bashed in* the wall with a single kick.

空手道高手只用腳一踢就擊破牆壁。

115 The huge dome of the stadium *caved in*.

體育館的巨大圓頂凹陷。

⇨ a cave-in in a tunnel = 隧道內的塌陷

in on [(以打擾他人的方式) 強行進入，介入]

116 The police *burst in on* the gambling den.

警方破獲賭窟。

117 I'm sorry for *breaking in on* you, but this is urgent.

很抱歉打斷你們，但事情很緊急。

118 Who gave you the right to *barge in on* our conversation?

誰讓你有權打斷我們的談話？

119 When I *walked in on* them kissing, I felt embarrassed.

我打擾到他們的接吻，覺得很不好意思。

into

① [進入；變得合身]

[120] I do not know how Billy *got into* the attic.

　　我不知道 Billy 是怎麼**進入**閣樓的。

120 進入

[121] I can't *get into* this dress. It's too small.

　　我**穿**不下這件衣服，它太小了。

121 穿得下 (衣服)

[122] I do not want to *get into* this kind of argument.

　　我不想**捲入**這種爭辯中。

122 捲入 (爭辯等)

[123] The lecture has started so let's *slip into* the room.

　　已經開始上課了，那我們**溜進**教室吧。

123 偷偷溜進

[124] I saw the man *slip* his hand *into* her handbag.

　　我看見這名男子把手**偷偷伸進**她的手提包。

124 偷偷伸進

[125] "I'll *slip into* something more comfortable," she said.

　　她說：「我會**換**上舒服一點的衣著。」

125 快速換穿 (衣物)

[126] *Moving into* our new house was very tiring work.

　　搬進新家是件很累人的工作。

[127] The girl *came into* the room to kiss her mommy goodnight.

　　女孩**進來**房裡親吻媽咪並且說晚安。

[128] There is a "No Entry" sign. I can't *go into* the hall.

　　那裡有個「禁止進入」的告示牌，我不能**進去**那個大廳。

128 進入

[129] Your uncle *went into* hospital last night.

　　你的叔叔昨天晚上**住進**醫院。

129 住進 (醫院)

[130] It's an important matter, so please *go into* details.

　　這件事情非同小可，所以請**深入討論**細節。

130 深入討論

[131] Tim was lucky. He just *scraped into* this university.

　　Tim 很幸運，他剛好**勉強擠進**這所大學。

[132] The exhausted commuters *squashed into* this train.

　　疲累的通勤者**擠進**電車。

[133] It is impossible for any more to *squeeze into* this train.

　　要讓更多人**擠進**電車是不可能的。

[134] The Michael Jackson fans *crowded into* the film studio.

　　Michael Jackson 的歌迷**擠進**攝影棚。

[135] All the children *piled into* the school buses.

所有的孩子一窩蜂擠進校車。

[136] The kids *ran into* the bathroom completely naked.

孩子們全裸跑進浴室。

[137] At the signal, the riot squad *poured into* the building.

一看到信號，暴動隊伍湧進大樓裡。

[138] Thousands of refugees crossed the border and *flooded into* our country.

數以千計的難民跨過邊界，大量湧入我們的國家。

[139] His face was livid as he *stormed into* the room.

他衝進房間時，臉色鐵青。

[140] A group of gangsters *barged into* the meeting.

一群流氓闖入會議。

[141] He *broke into* the palace and slept in the queen's bed.

他闖入皇宮，還睡在皇后的床上。

[141] 闖入

[142] I do not want to *break into* this 100 dollar bill.

我不想要把這一百元的鈔票換成小面額。

[142] 將 (鈔票) 換成小面額

[143] You must *check into* the hotel by 9:00 p.m..

你必須在晚上九點以前到旅館辦理住宿登記。

[143] check into sth

[144] Our tour leader will *check* us *into* the hotel.

我們的領隊會幫我們登記住進這家旅館。

[144] check sb into

[145] You should buy dresses for your daughter which are a bit big. That way, she will *grow into* them.

你應該幫你女兒買稍微大一點的衣服，那樣的話她長大就合身了。

② [置於⋯之內；加入；使進入；理解；灌輸；進入⋯取走某物]

[146] *Throw* everything you don't need *into* this bag.

把你不要的東西全都丟進這個袋子裡。

[146] 把⋯丟入⋯

[147] We had no idea why the authorities *threw* us *into* prison.

我們不知道當局為什麼把我們關進牢裡。

[147] 關進

[148] This cocktail cabinet was **built into** the wall.
這個雞尾酒櫃**內建在**牆壁**裡面**。

[149] We have **paid** the money we borrowed from you **into** your account.
我們已經把向你借的錢**存入**你的帳戶。

[150] I couldn't find a socket to **plug** the vacuum cleaner **into**.
我找不到插座來**插上**吸塵器。

[151] "I'm tired," he said, **sinking into** a chair.
他說:「我很累了。」然後就**癱坐**在椅子上。

151 癱坐

[152] We refused to **sink** such an amount **into** the project.
我們拒絕**投入**大筆資金到這項計畫。

152 將(資金)投入

[153] It felt good when I **sunk** my teeth **into** the juicy steak.
我**一口咬進**這多汁的牛排時,感覺真是棒透了。

153 一口咬進

[154] The new amusement park **pumps** a lot of money **into** the local economy.
新的遊樂園為本地的經濟**注入**了大量的資金。

[155] You must **fold** the beaten eggs **into** the mixture slowly.
你必須把打散的蛋慢慢地**拌入**混合材料中。

[156] I can't **write** such conditions **into** this contract.
我不能把這樣的條件**加進**這份契約書中。

[157] Please try to **slot** me **into** your schedule.
請盡量把我的事**排進**你的行程中。

[158] A sinister looking man **took** them **into** a dark room.
一個面露凶光的人把他們**帶進**一個黑暗的房間。

[159] We are early, but can't you **let** us **into** the room now?
我們是早到了,但你現在不能**讓**我們**進入**房間嗎?

159 允許進入

[160] In this room, a secret hiding place has been **let into** the floor.
在這個房間裡,有一個祕密的藏身之處**嵌於**地板**內**。

160 嵌於…內

[161] I insist on **seeing** you safely **into** your house.
我堅持要**護送**你安全**到家**。

[162] Please **type** these figures **into** your word processor.
請把這些數據**輸入**你的文書處理機。

163 Why do you *read* such a meaning *into* my statements?

你為什麼把我說的話**誤解成**這種意思？

164 I wish I could *ram* this concept *into* their heads.

我希望能把這個觀念**灌輸**到他們的腦袋裡。

165 My history teacher *dinned* a lot of dates *into* my head.

我的歷史老師把許多年代**反覆灌輸**進我的腦子裡。

166 I just couldn't *drum* the facts *into* my pupils' heads.

我就是沒辦法將事實**灌輸**到我學生的腦袋裡。

167 It was *drilled into* me by parents that I should never tell a lie.

我的父母**再三教導**我不能說謊。

168 The last thing I want to do is *dip into* my savings.

我最不想做的事情就是**動用**我的積蓄。

168 動用 (存款)

169 I have only *dipped into* the book you are talking about.

我只**稍微瀏覽**了你正在談的這本書。

169 瀏覽，翻閱

170 He *dug into* his pocket and pulled out a cigarette end.

他把手**伸進口袋**，拿出一截煙蒂。

171 A hacker seems to have *tapped into* our computer.

似乎已經有位駭客**侵入**我們的電腦 (竊取資料) 了。

172 Picking up the apple, he *bit into* it with enjoyment.

他撿起蘋果，很享受地**吃起來**。

173 Don't wait for me. Go ahead and *tuck into* dessert.

不要等我，趕快去**吃**甜點。

174 The acid *eats into* the metal.

酸會**腐蝕**金屬。

174 腐蝕

175 Recently, I have been *eating into* my savings.

最近我一直在**消耗**我的存款。

175 消耗

15 由上至下

below, **down**, down to, down with

本章介紹關於〈由上至下〉的概念，內容幾乎都與由 down 所構成的動詞片語有關。本章的動詞片語大部分用於具體的行為或事件，特別是指該行為或事件是「從高的位置往低的位置移動」，見下列例句：

◆ There was an explosion before the plane *came down*.

飛機**墜落**之前先發生了爆炸。

本章同時也牽涉到「時間」的概念，讀者不妨將時間的先後想像成是從高處 (之前的時間) 往低處 (之後的時間) 落下，有如萬物受地心引力影響皆由上往下掉落的不可逆性，如下例：

◆ This watch was *handed down to* me by my grandfather.

這錶是我祖父**傳給**我的。

此外，本章也介紹一些與「記錄」這種行為相關的動詞片語，讀者同樣可從上述的時間觀點來思考。如下例，說話的行為屬於「先前的時間點」，話說出來之後再予以記錄是屬於「之後的時間點」，從該動詞隱含的兩層意義就不難理解其〈由上至下〉的概念：

◆ I *copied down* everything the teacher wrote on the board.

我**抄下**老師在黑板上所寫的一切。

另外，與「飲食行為」相關的動詞片語也納入本章的範圍，因為可以將此類動作視為「食物從較高的位置 (即：口、喉嚨) 流動到較低的位置 (即：胃)」，見下例：

◆ The hot wine *slipped down* very nicely.

這溫酒**入喉**時相當順口。

below [往下]

1. The sailors *went below* to check the engine.
   水手們下去 (船艙) 檢查引擎。

down

   ① [往下; 往南; 從古至今; 負擔 (責任、工作等)]

2. The boys *came down* the hill at great speed.   2 往下
   這些男孩以極快的速度跑下山坡。

3. Our old oak tree *came down* in last night's storm.   3 倒下
   我們的老櫟樹在昨晚的暴風雨中倒下了。

4. There was an explosion before the plane *came down*.   4 墜機
   飛機墜落之前先發生了爆炸。

5. I hear that John is *coming down* *from* Scotland.   5 南下
   我聽說 John 正從蘇格蘭南下。

6. This story has *come down* *to* us from the olden days.   6 流傳
   這個故事從遠古時代流傳到我們這一代。

7. The judges *came down* in favor of the French gymnast.   7 come down in favor of
   評審做出對法國體操選手有利的裁判。   做出對…有利的決定

8. *Go down* this hill and you will come to a fork in the road.   8 往下
   走下這個斜坡，你就會達到一個叉路。

9. We are all *going down* *to* the south coast for the holidays.   9 南下
   我們都要南下到南方的海岸去渡假。

10. The sun *goes down* at about six or so.   10 落下
    太陽在六點左右西下。

11. They say the plane *went down* in the mountains.   11 墜落
    他們說那架飛機墜落在山區。

12. This path *goes* all the way *down* to the main road.   12 通往，到達
    這條小路直接通往主要道路。

13. Those jokes in your speech did not *go down* very well.   13 go down well
    你演講時說的那些笑話不怎麼受歡迎。   受歡迎

14. The coach *ran* his eyes *down* the list of the runners.
    教練將賽跑者的名單從上到下瀏覽一遍。

15 We saw the sheet of flame *moving down* the hillside.

我們看見一片火海沿著山坡**往下**蔓延。

15 往下移動

16 I heard that Smith had *moved down* to Florida.

我聽說 Smith 已經**往南搬遷**到佛羅里達州去了。

16 南遷

17 The hawk *swooped down on* its prey.

那隻老鷹朝著牠的獵物**俯衝而下**。

18 The boat *sank down to* the depths of the sea.

這艘船**沉入**深海底。

19 The monkey was picking coconuts and *throwing* them *down to* the man below.

猴子摘了椰子再**往下丟**給下面的人。

20 She blushed, and then *cast* her eyes *down*.

她臉紅了，然後**垂下**她的目光。

20 (目光) 下移

21 He *was* much *cast down* by his dismissal.

他因為被解雇而十分**沮喪**。

21 Passive 沮喪

22 It's a bit stuffy. Would you *wind down* the window?

有點通風不良，你可以**搖下**窗戶嗎?

23 She *pulled down* her sleeve to cover the scar on her arm.

她**拉下**衣袖來遮住手臂上的疤痕。

23 拉下

24 With tips and all, in some restaurants, a waitress can *pull down* quite a bit of money.

在某些餐廳，小費加上所有薪資可讓一位女侍者**賺**不少錢。

24【美】賺 (錢)

25 You must be very cold. Why don't you *roll down* the sleeves of your shirt?

你一定很冷吧，為什麼不**放下**襯衫的袖子?

26 It's not at all cold or windy, so I think you can *turn down* the collar of your overcoat.

天氣一點都不冷，而且也沒有風，所以我覺得你可以**翻下**外套的領子。

27 It seems your skirt needs *letting down*.

你的裙子看來需要**加長** (把褶邊放下)。

28 Some plants have long roots in order to ***reach down*** *to* water.
有些植物有很長的根以**下達**水源。

29 The rain ***poured down*** for two whole days and nights.
這場雨**傾盆而降**，下了整整兩天兩夜。

30 The rain ***pelted down*** and we were soon thoroughly soaked.
大雨**傾盆而下**，我們立刻就全身溼透了。

31 By the look of it, it is likely to ***piss down*** later today.
從天色看來，今天晚一點有可能**下大雨**。

31【英】鄙

32 The rain was ***lashing down*** and the windshield wipers were completely useless.
雨**傾盆落下**，雨刷完全沒有用。

33 The petals of the cherry blossoms ***fluttered down*** to the ground.
櫻花的花瓣**翩翩飛落**到地面上。

34 After the eruption, volcanic ash ***rained down*** *on* the town itself and the surrounding countryside.
火山爆發之後，火山灰**如雨般飄落**在這座城本身以及附近的鄉村。

35 We spent all day working in the fields, with the sun ***beating down*** *on* us.
我們一整天都在田裡工作，太陽火辣辣地**直曬**著我們。

36 Heather was ***loaded down*** *with* so much work and responsibility that she had a nervous breakdown.
Heather **負擔**太多的工作和責任，以致於精神崩潰了。

37 In my family, many stories have been ***passed down***.
我的家族**流傳下來**許多故事。

38 This watch was ***handed down*** *to* me by my grandfather.
這錶是我祖父**傳給**我的。
⇨ a hand-me-down from one's father = 父親傳下來的衣物

② [寫下，記錄，記載；規定]

39 The audience sat silently, ***writing down*** his every word.
聽眾靜靜坐著，**寫下**他的每一句話。

40 Have you accurately ***noted down*** what he has said?
你有確實**記下**他說的每一句話嗎?

41 I ***copied down*** everything the teacher wrote on the board.
我**抄下**老師在黑板上所寫的一切。

42 It is not necessary to ***take down*** everything I said.
沒必要把我說的每件事情都**寫下來**。

43 If it's okay, I would like to ***jot down*** a couple of points.
可以的話，我想要**快速記下**幾個重點。

44 Did you ***mark down*** the license number of the car?
你有沒有**記下**那輛車的車牌號碼?

45 The reporters ***got down*** the Minister's words.
記者**記錄**下部長的發言。

46 Will you please ***put down*** my name on this list as well?
可以麻煩你把我的名字也**寫**在這張表上嗎?

47 The dying man asked his son to ***set down*** his last wishes.
這名奄奄一息的男子要他的兒子**記下**他最後的遺願。

47 記下

48 Many of the points you raise have been ***set down*** in law.
許多你提出的論點都已**載明**於法律中。

48 (在正式文件中) 記載

49 Much of what Churchill said has ***gone down*** in writing.
許多邱吉爾說過的話都已經**記載成文字**。

49 go down in writing 記載成文字

50 The law clearly ***lays down*** what you must do in such a case.
法律明文**規定**在這種情況下你應該怎麼做。

15

③ [一口氣吃 (喝、吞) 下 (食物、飲料等)]

51 The hot wine ***slipped down*** very nicely.
這溫酒**入喉**時相當順口。

52 The patient had difficulty ***getting*** food ***down***.
這名病患在**吞嚥**食物方面有困難。

28
|
52

53 The piece of fat on the pork was disgusting. I don't want to **choke** it **down**.

這塊肥肉很噁心，我不想**勉強**吞下去。

54 I tried to swallow, but the pill wouldn't **go down**.

我試著吞下去，但就是無法將這藥丸吞嚥下去。

55 We **washed down** the food **with** some beer.

我們配些啤酒把食物吞下。

56 I could not **swallow down** the gristly bit of meat.

我沒辦法**嚥下**這塊全是筋的肉。

57 Come on now. **Drink down** the medicine without a fuss.

快點來，把這藥**喝下去**不要囉嗦。

58 Eat your food slowly and enjoy it. Don't **throw** it **down**.

慢慢吃，好好享用食物，不要狼吞虎嚥。

59 You are just like an animal the way you **bolt down** food.

你**囫圇**吞下食物的樣子簡直跟動物沒什麼兩樣。

60 There is no need to **wolf down** your food like that.

沒有必要這樣**狼吞虎嚥**地吃食物。

61 The break was only ten minutes so we **gobbled down** lunch.

休息時間只有十分鐘，所以我們**狼吞虎嚥**地吃午餐。

62 It is quite unnecessary for you to **gulp down** your food.

你實在沒有必要**狼吞虎嚥**地吃你的食物。

63 Last night at the party, he was **tossing down** the wine just as if it was water.

昨晚他在派對上像喝水似地**猛灌**酒。

64 It's okay to **swill down** beer, but don't do so with wine.

暢飲啤酒沒什麼關係，但別的酒就別這樣喝。

④ [故障；(身體狀況等) 變壞；使倒下；毀壞；拆除；砍伐]

65 They fixed my car but it soon **broke down** again.   65 (機械等) 故障

他們修好我的車，但沒多久又**故障**了。

⇨ have a breakdown on the highway = 車子在公路上故障

⇨ an old broken-down machine = 一臺老舊且故障的機器

66 | The talks between the two governments have **broken down**.   66 失敗
兩方政府的談判已經**破裂**。

⮡ a breakdown in negotiations = 談判破裂

67 | Because of the constant criticism, I **broke down** and started   67 崩潰
crying.
因為批評不斷，我整個人**崩潰**並且哭了起來。

⮡ a nervous breakdown = 精神衰弱

68 | She was able to **break down** every barrier in front of her.   68 克服 (困難)
她有能力**破除**一切阻擋在她面前的障礙。

69 | All our computers **went down** this morning.
今天早上，我們所有的電腦都**故障**。

70 | Our dog was old and blind, and couldn't even stand up, so
we asked the vet to **put** him **down**.
我們的狗又老又瞎，而且連站都站不起來，所以我們要求獸
醫**幫**牠**安樂死**。

71 | He was a man who **was struck down** in his prime.   71 Passive
他這個人年輕力壯時就**病倒**了。

72 | In the earthquake, the whole wall **tumbled down**.
整面牆在地震時**倒塌**。

73 | It's only a matter of time before the bridge **falls down**.
這座橋**坍塌**只是時間早晚的問題。

74 | The enemy gunners **mowed down** our troops.
敵方的砲兵部隊**掃射**我方軍隊。

75 | The gunners managed to **shoot down** two enemy planes.
射擊手成功**擊落**兩架敵機。

76 | She can **bring down** a fast moving rabbit with her gun.   76 擊中
她能用槍**擊中**飛奔的兔子。

77 | The brave men **brought down** the ruler.   77 推翻
英勇的人們**推翻**了統治者。

78 | The typhoon **blew** our greenhouse **down**.   78 vt.
颱風**吹倒**了我們的溫室。

15

53
|
78

79. Our greenhouse *blew down* in the typhoon.
我們的溫室在颱風中被吹倒了。

79 vi.

80. A speeding truck *ran* him *down* as he was crossing the road.
就在他過馬路時，一輛高速行駛的卡車把他撞倒。

81. It shouldn't be too difficult to *kick down* this door.
踢倒這扇門應該不難。

82. The firefighters *battered down* the door to get into the room.
消防隊員把門砸毀以便進入房間。

83. The police *smashed down* the door and rushed into the room.
警方把門砸毀後衝進房間。

84. If you are not careful, you will *burn down* the building.
你若不小心一點的話，就會把整棟建築物燒毀。

84 vt.

85. It took a couple of minutes for the house to *burn down*.
那間屋子幾分鐘內就燒毀了。

85 vi.

86. We *took down* the tent first thing in the morning.
我們今早醒來第一件事情就是拆下帳篷。

86 拆卸

87. I am too short to *take* those books *down from* the shelf.
我太矮了，沒辦法從架上取下那些書。

87 拿下來

88. The government will *pull down* some of the old buildings.
政府會拆除其中幾棟老舊的房舍。

89. A citizens' group stopped me from *tearing down* my old house of historical value.
某市民團體阻止我拆除我那棟具有歷史價值的房屋。

90. They are going to *knock down* these buildings.
他們打算拆除這些建築物。

90 拆除 (房屋)

91. One of the boys *knocked down* the big bully.
其中一名少年打倒這個大惡霸。

91 打倒 (某人)

92. Yesterday in town a bus almost *knocked* me *down*.
昨天在鎮上有輛公車幾乎把我撞倒。

92 將…撞倒

93. Please *cut down* the bushes at the end of the garden.
請砍掉花園盡頭的那些灌木。

[94] I saw someone *chopping down* the trees on campus in the morning.

我今早看到有人在校園**砍伐**樹木。

[95] It's a crime to *hack down* a beautiful tree like that.

把那麼漂亮的一棵樹**砍掉**真是罪過。

⑤ [躺下 (睡覺等); 蜷縮; 蹲下]

[96] I was so tired I *flopped down* on the bed with my shoes on.

我累得連鞋子都沒脫就**倒**在床上。

[97] Shall we *bed down* on these leaves for the night?

我們可以**睡**在那些葉子上嗎?

[98] Here's a sleeping bag. *Kip down* anywhere you like.　　　98【英】

這裡有個睡袋,選個你喜歡的地方去**睡**吧。

[99] The tramp found a dark corner where he could *doss down*.　　99【英】

那名流浪漢發現了一處他可以**將就過夜**的陰暗角落。

[100] If we *snuggle down* in this corner no one will notice us.

若我們**蜷縮**在這個角落,沒有人會注意到我們。

[101] The old man *hunkered down* by the door and quietly waited.　　101【英】

這個老人在門邊**蹲下**來靜靜等待。

⑥ [降落於 (地面或水面); 放下; 丟下或摔下]

[102] The plane *touched down*, and then there was a loud bang.

飛機**著陸**,接著就發出巨大的轟隆聲響。

⇨ a touchdown in high winds = 在強風中著陸

[103] The spaceship *splashed down* in the Atlantic Ocean.

太空船**在大西洋海面降落**。

[104] A helicopter *set down* on the roof of the skyscraper.　　104 降落

一架直升機**降落**在摩天大樓的頂樓上。

[105] *Set* your things *down* in that corner over there.　　105 把…放下

在那邊那個角落**放下**你的物品。

[106] The bus *set* me *down* in front of the main gate.　　106【英】讓…下車

公車在正門前面**讓**我**下車**。

107 I gently *laid* the ancient manuscript *down*.
我輕輕**放下**這份古代的手稿。

107 放下

108 The workers *laid down* the road in a single morning.
工人一個早上就**鋪設完成**這條道路。

108 鋪設

109 These deposits of coal *were laid down* millions of years ago.
這些煤礦礦床是在幾百萬年前**沉積**的。

109 Passive 沉積

110 Young wine like this should be *laid down* for a few years.
像這種尚未熟成的新酒應該再**存放**幾年的時間。

110【英】儲藏

111 He was a hero who *laid down* his life for our country.
他是個為我們國家**犧牲生命**的英雄。

111 lay down one's life 犧牲生命

112 Please *put* that glass *down*, and come to help me.
請**放下**那個玻璃杯來幫我。

112 把…放下

113 A strange voice answered, so I *put down* the receiver.
接電話的是一個陌生的聲音，所以我就**掛回**話筒。

113 掛上 (話筒)

114 The car salesman asked me to *put down* a deposit of twenty thousand dollars.
汽車銷售員要我**支付**兩萬元的訂金。

114 付 (訂金)

115 The barman rudely *plunked* the beer *down* in front of me.
酒保在我面前粗魯地**放下**啤酒。

116 He *slapped down* the notes and said, "I'll buy all."
他**丟下**紙鈔說：「我全買了。」

117 He *slammed down* the book on the desk.
他啪一聲地把書**摔**在桌上。

117 啪地放下

118 Meg *slammed down* the phone while I was talking.
我還在講話的時候，Meg 就**掛**我電話。

118 啪地掛斷 (電話)

⑦ [以在上位的立場給予指示，建議]

119 An order has *come down* that the project will be canceled.
上級有命令**傳下**，那個計畫將被取消。

120 The judge *handed down* a very severe judgment.
法官**宣布**了一項很嚴厲的判決。

121 The control tower *talked down* the crippled aircraft.

塔臺**引導**這架受損的飛機**降落**。

down to [擺高姿態地說話]

122 Even if I am your junior, you shouldn't *talk down to* me.

即使我是你的晚輩，你也不應該以**輕蔑的**口氣對我講話。

down with [生病]

123 Ben *came down with* a bad case of measles.

Ben **染上**嚴重的麻疹。

124 Iris *went down with* a cold.

Iris **染上**了感冒。

125 Mr. Smith *has been struck down with* a mysterious disease.　　125 Passive

Smith 先生**受到**一種不知名疾病的**侵襲**。

15

107
|
125

16

由下至上

above, over, **up**

　　本章介紹關於〈由下至上〉的概念，內容以 up 所構成的動詞片語占大多數。本章的動詞片語大部份用於具體的行為或事件，特別是指該行為或事件是「從低的位置往高的位置移動」，見下列例句：

◆ The goat easily ***moved up*** the rock face.

　　那隻山羊輕易地**爬**上岩石的表面。

◆ In this area, oil ***wells up from*** the ground.

　　在這個地區，石油從地面**湧**出來。

　　此外，本章也介紹關於「嘔吐；因咳嗽而吐血」的動詞片語。這種情況下，可視為「食物或血從胃或肺等較低的位置，湧向嘴巴等較高的位置」，見下例：

◆ The sight of the dead dog made me ***bring up*** my lunch.

　　看到死狗屍骸的那一幕，讓我把午餐吐了**出來**。

　　下面的例句描寫的是「(從無到有) 冒出」或「出現」的情形，這種情形也一樣被列入本章的介紹範圍：

◆ Recently many strange fashions have been ***sprouting up***.

　　最近**興起**許多奇怪的流行事物。

above [處於較高的地位]

1. Don't ***get above*** yourself. Remember, you are a freshman.
   不要**自視過高**，要記得你是個新生。

2. When it comes to talent, you ***tower above*** me.
   若要論天資，你**遠超過**我。

3. In life you must remember to ***put*** honesty ***above*** all else.
   在人生中，你要記得誠實**比**任何其他事都**重要**。

over [高聳突出]

4. The skyscraper ***towered over*** some neighboring buildings.
   這棟摩天大樓**遠高於**一些鄰近的大樓。

up

① [(位置) 由下至上移動]

5. The curtain slowly ***went up*** and the play started.
   布幕緩緩**升起**，戲劇也隨之開演。

6. They say that you are ***going up*** north today.
   據說你今天要**北上**。

7. He ***went up*** to Oxford in 1956.
   他於一九五六年**進入**牛津大學**就讀**。

8. Prices move in one direction. They just ***go up***.
   物價只往單一方向變動，也就是不斷**上漲**。

9. It's amazing how a lizard can ***run up*** a wall.
   蜥蜴竟然能**爬上**牆壁，真是令人驚訝。

10. The goat easily ***moved up*** the rock face.
    那隻山羊輕易地**爬上**岩石的表面。

11. Her skirt ***rode up*** her thighs in a most enticing way.
    她的裙子以極為迷人的方式**撩起**在她的大腿上。

12. The sailors ***buoyed up*** the boat with empty barrels.
    船員用空桶**使**船**浮起**在水面。

1【英】get above oneself 自視過高

5 上升

6 北上

7【英】進入 (學校) 就讀

8 (價格) 上漲

13 I was driving along when I saw Stephen waiting for a bus, so I stopped and *picked* him *up*.

我開車經過時，看到 Stephen 在等公車，所以我停下來**載**他一程。

13 途中搭載某人

14 If you can speak Portuguese, it should not take you too long to *pick up* Spanish.

假如你會講葡萄牙語，那應該不用花太多時間就能**學會**西班牙語。

14 學會

15 You should try to make friends with women, instead of always trying to *pick* them *up*.

你應該試著和女性做朋友，而不是每次都只想**把**她們。

15 釣 (馬子或凱子)

16 With this short wave radio, I can *pick up* Rio and Buenos Aires.

有了這臺短波收音機，我可以**接收**里約和布宜諾賽利斯的廣播。

16 (用無線電、望遠鏡等) 接收捕捉…

② [處在更高的位置；自低位而上；出現；冒出；提出]

17 The peak we wanted to climb *rose up* in the distance.

我們想要攀登的山峰**聳立**在遠方。

17 高聳，聳立

18 The smoke *rose up from* the chimney to join the clouds.

煙霧自煙囪**升起**，沒入雲中。

18 升起

19 At his words, a ghastly image *rose up* in my mind.

聽到他說的話，我心中**浮現**一幅恐怖的景象。

19 浮上心頭

20 The citizens *rose up against* the dictator.

平民**起義反抗**獨裁者。

⇨ a popular uprising = 人民起義

20 rise up against 起來反抗

21 The bell tower seemed to *thrust up to* the heavens.

這棟摩天大樓彷彿**高聳**直入天際。

22 Is that a chimney I see *sticking up* on the horizon?

我看到的那個**突出**在地平線上的東西是煙囪嗎？

23 In the far distance the skyscrapers *towered up*.

那些摩天大樓**高聳聳立**在遠方。

16

1
|
23

[24] In this area, oil *wells up from* the ground.
在這個地區，石油從地面**湧**出來。

24 湧出，噴出

[25] A feeling of maternal tenderness *welled up* in her breast.
她胸中**湧起**一股母性的慈愛。

25 產生，湧現

[26] The sea *cast up* an oddly-shaped bit of wood on the beach.
海浪將一塊奇形怪狀的木頭**沖上**海岸。

[27] The waves had *washed* a body *up* on the shore.
波浪把一具屍體**沖上**岸邊。

[28] The sight of the dead dog made me *bring up* my lunch.
看到死狗屍骸的那一幕讓我把午餐**吐了出來**。

[29] Every time the patient eats something, he *throws up*.
那名病人每次進食都會**嘔吐**。

[30] He felt a pain in his lungs, and then he started *coughing up* blood.
他感到肺部疼痛然後開始**咳**血。

30 咳出

[31] The tax authorities should make him *cough up* the money.
稅捐機關應該叫他**繳**出錢來。

31 勉強地付出 (錢)

[32] The ghostly shape seemed to slowly *loom up* ahead.
前方似乎**隱約浮現**鬼魅般的身影。

[33] The lava *bubbled up*, and then each bubble burst.
熔岩**冒著泡泡**，接著泡泡一個一個地破掉。

[34] How did such a topic *pop up* while we were talking?
我們談話時怎麼會**冒出**這樣的話題呢?

[35] The problem that *sprung up* was certainly unforeseen.
那個**突然出現**的問題確實是事前無法預知的。

[36] Recently many strange fashions have been *sprouting up*.
最近**興起**許多奇怪的流行事物。

[37] The same problem keeps on *cropping up* with this TV.
這臺電視機一直**出現**相同的故障問題。

[38] Something strange *came up* in conversation the other day.
前幾天的談話當中**提到**一件怪異的事情。

38 提及

39 A Picasso like that seldom ***comes up*** for sale.
那樣一幅畢卡索的作品鮮少**公開求售**。

39 come up for sale
公開求售

③ [(因晃動) 而揚起，激起]

40 The car driving along the unpaved road ***kicked up*** dust.
那部汽車開在尚未鋪設好的路面上，**揚起**一陣沙塵。

41 The cattle moving across the plain ***threw up*** dust clouds.
橫越平原的牛群**激起**一片塵土。

42 Walk carefully and try not to ***stir up*** too much dust.
小心行走，盡量不要**激起**太多灰塵。

42 激起，揚起

43 The aim of the newspaper article was to ***stir up*** trouble.
這篇新聞報導的目的是要**煽動**事端。

43 有意引發

④ [立起；舉起；拿起；(使由低往高) 移動；撐起]

44 We ***put up*** the national flag every morning.
我們每天早上**升旗**。

45 They are ***setting up*** ugly warning signs around here.
他們在這附近四處**豎立**了醜陋的警告標誌。

46 His face turned red as he ***lifted up*** the barbell.
舉起槓鈴的時候，他的臉都漲紅了。

47 The man ***held up*** the book that he knew I wanted.
那名男子**舉起**那本他知道我想要的書。

48 He is not strong enough to ***pick*** that heavy suitcase ***up***.
他不夠強壯無法**提起**那個沉重的手提箱。

49 Let's ***take up*** our suitcases and leave here quickly.
我們**拿起**手提箱，趕快離開這裡吧。

50 She ***snatched up*** her things and ran out of room.
她**抓起**她的物品後就跑出房間。

51 As I ***scooped up*** the sand it trickled through my fingers.
在我**掬起**沙子的時候，它們細細地流過我的指縫。

52 The handle was stuck so I couldn't ***wind up*** the window.
把手卡住了，所以我不能**搖上**窗子。

16

53 We spent all afternoon *digging up* potatoes in our vegetable garden.

我們一整個下午都在自家的菜園**挖**馬鈴薯。

54 Will you please take this broom and *sweep up* the broken glass?

可以請你拿這支掃帚去**掃起**玻璃碎片嗎?

55 The new house was quickly *thrown up* by the workers.

這棟新房子很快地就被工人**蓋起來**了。

56 We have a puncture. We'll have to *jack up* the car.

輪胎爆胎了,我們得用千斤頂**撐起**車子。

57 We used large pieces of timber to *shore up* the wall.

我們用大塊木材來**撐起**這面牆壁。

58 The old garden shed is falling down. Why don't you use these bamboo poles to *prop* it *up*?

院子裡這間老舊的置物小屋正逐漸倒塌,你為什麼不用這些竹竿來**撐起**屋子?

力量、數量等的增加

beyond, on, on for, out, overboard, to, **up**,

up on, up to

　　本章介紹關於〈力量、數量等的增加〉的概念，內容包含「力量、強度、緊張、感情、理解力、知識程度、尺寸、重量、距離等，許多具體或抽象現象的增加」，下列例子是指帳單金額比實際的消費金額〈增加〉了 10% 以上的情形:

◆ I am sure they ***added on*** more than 10% for service.

　　我確定他們**附加**的服務費超過百分之十。

　　接下來的例句也帶有〈增加〉的語意，但這裡要〈增加〉的是「被傳達的資訊」，即: what you have just said (你剛才說的話)。此例句表示「進一步要求更多或更詳細的資訊」之意:

◆ Would you kindly ***enlarge on*** what you have just said?

　　可以麻煩你**詳細說明**你剛才說的話嗎?

　　下列兩個例句雖然用的是相同的動詞片語，但第一個例子是「具體、實際的硬度的增加」，而第二個例子則是「抽象、引申的硬度的增加」:

◆ A bit of exercise should ***firm up*** those muscles.

　　一些運動應該能**使**那些肌肉**結實**。

◆ Let's ***firm up*** this plan at the beginning of next week.

　　下禮拜開始我們就來**確定**這項計畫的內容。

　　本章與第 18 章〈力量、數量等的減少〉是相對的概念，可相互參照。本章裡介紹的 up 的動詞片語，也與第 22 章〈動作的完成、強度、快速〉所介紹的 up 的動詞片語密切相關，但深入比較後可歸納出兩者的異同: 這兩章雖然都是「增加」的概念，但第 22 章的動詞片語較偏重〈活動、行為等的強度〉，而本章與 up 搭配的動詞片語則偏重在〈量、質等方面的增加〉。

beyond [超過]

1. For the sake of safety, please don't *go beyond* the speed limit.

   為了安全起見，請別**超過**車速限制。

on [(金額、速度、數值、內容、距離等) 增加]

2. I am sure they *added on* more than 10% for service.

   我確定他們**附加**的服務費超過百分之十。

3. Come on! If you don't *step on* it, I will miss my flight.

   拜託! 如果你不**加速**，我會錯過我的班機。

   3 step on it
   (用於叫人) 趕快

4. The crime rate *feeds on* the increase in the unemployment rate.

   犯罪率**隨著**失業率攀升而**日益增加**。

5. Would you kindly *enlarge on* what you have just said?

   可以麻煩你**詳細說明**你剛才說的話嗎?

6. I now want to *expand on* the point I have just made.

   現在我想要**詳細說明**我剛才所提的重點。

7. Would you mind *elaborating on* what you have just said?

   你可以**詳細說明**剛才說過的話嗎?

8. What a beautiful poem! It is impossible to *improve on* it.

   多麼優美的詩啊! 無法**修改得更好**了。

9. He did *embroider on* his experiences, but they are true.

   他的確將他的經驗**加油添醋**，但那些經驗都是真的。

10. You can *walk on* a little to see the beautiful scenery.

    你可以**向前走**一點以便欣賞這美麗的風景。

on for [達到]

11. The cost is *going on for* a couple of million dollars.

    費用**接近**好幾百萬元。

12. The sum I had to pay was *getting on for* a small fortune.

    我得付的總額**幾乎是**一大筆錢。

out

① [向四方擴展；展開；開拓]

[13] The band of hunters *fanned out* in several directions.

這群獵人往幾個方向呈**扇形散開**。

[14] The searchers *spread out* and moved through the woods.

搜索人員**散開**，在樹林中行進。

[15] The side street *opened out into* a public square.

這條狹小的街道**開展**成一個公共廣場。

15 (道路) 展開

[16] As the discussion *opened out* everyone took part.

話題一**打開**，大夥都加入討論。

16 (討論) 展開

[17] The view *broadened out* right in front of us.

景色就在我們面前**變得開闊**。

[18] We tried *branching out into* a new field of business, but failed.

我們嘗試**擴展**新的事業領域，不過失敗了。

[19] He *carved out* a whole new field of study for himself.

他為自己**開拓**出全新的研究領域。

② [(體積、外觀等) 膨脹；(內容) 擴充；擠滿；(衣物) 放寬]

[20] These days, little Timmy is *filling out* very quickly.

年幼的 Timmy 最近迅速**變胖**了。

[21] You haven't grown fat. You have just *plumped out* a bit.

你沒有變胖，只是**變得**比較**豐滿**。

[22] The chick *fluffed out* its feathers.

這隻小雞的羽毛**豐滿**起來。

[23] Why are you *puffing out* your cheeks like that?

你為什麼要那樣**鼓起**你的臉頰？

[24] The sail caught the wind and *bellied out*.

船帆吃風就**鼓**了**起來**。

[25] You don't have to *pad* this essay *out* with irrelevant information.

你不需要增加不相關的資料來**擴充**這篇文章。

17

1
|
25

力量、數量等的增加　(245)

26 Your idea is a good one, but it needs *fleshing out*.
你的點子好是好，但細節的部分需要**補充**。

27 The stadium *was* absolutely *packed out* with people. 27【英】Passive
體育館簡直是**擠滿**了人群。

28 I like the way this skirt *flares out* at the bottom.
我喜歡這件裙子的下襬部分呈**喇叭形展開**的樣式。

29 I would like to *let out* this skirt here.
我想要把裙子的這部分**改寬**。

overboard [過度]

30 I think the critics *went overboard* in their attack on the movie.
我認為影評人**過度**抨擊這部電影。

to [達到某種程度的量或水準]

31 My monthly salary *amounts to* almost nothing.
我的月薪**總合**幾乎沒多少。

32 You do not seem to realize that a housewife's working day can *run to* fifteen hours or so.
你似乎不了解，家庭主婦一天的勞動時間可能會**達到**十五個小時左右。

33 If you buy both those pairs of shoes, they will *come to* four thousand dollars.
假如你兩雙鞋都買，**總計**就是四千元。

up

① [增強 (體力、肌肉等)；鞏固]

34 You should try to *build up* your physical strength.
你應該試著**增強**你的體力。

35 You can *tone up* your muscles by walking a bit every day.
每天走一點路可以**強化**你的肌肉。

36 I am trying to **tighten up** my stomach muscles.

36 使強壯

我努力使我的腹肌**變得緊實**。

37 The stress and worry made my muscles **tighten up**.

37 繃緊

壓力和憂慮使我的肌肉**變僵硬**。

38 Our university is going to **tighten up** the rules about attendance.

38 強化 (規定、法律等)

我們的大學將出缺席規定**訂得更加嚴謹**。

39 A bit of exercise should **firm up** those muscles.

39 使…結實

一些運動應該能**使**那些肌肉**結實**。

40 Let's **firm up** this plan at the beginning of next week.

40 使…確實，穩固

下禮拜開始我們就來**確定**這項計畫的內容。

41 The coach had a new plan to **toughen up** the players.

教練有新計畫將球員**磨練**得**更堅強**。

42 We are **beefing up** our defenses against the flood waters.

我們正在**加強**防洪措施。

② [充氣；增加 (產量、重量、體積等)；腫脹]

43 **Pump up** both the front and back tires, please.

請你將前後輪都**打氣**。

44 It was hard work **blowing up** the tire with a hand pump.

44 打氣

用手動幫浦給輪胎**充氣**是件苦差事。

45 If I **blow up** this photo, will it become blurred?

45 放大 (照片)

要是我**放大**這張照片會變得模糊嗎?

⇨ a blow-up of a movie star＝電影明星的特寫照片

46 A threatening situation is **blowing up**.

46 爆發

險惡的局勢就要**一觸即發**。

47 We have **stepped up** the production to meet unexpected demand.

我們已**增加**產量以應付突如其來的需求。

48 Old Farmer Jones is **fattening up** those cattle.

老農夫 Jones 正在**養胖**這些牛隻。

17

26
|
48

49 The farmer **fed up** his pigs before taking them to market.
農夫在把豬隻送到市場之前先將牠們**養肥**。

50 Use a cold compress; otherwise the spot will **swell up**.
要用冰敷袋，不然患部會**腫起**來。

50 (身體的某部位) 腫脹

51 The sea **swelled up** and the yachts hurried into the harbor.
海上**風浪變大**了，遊艇趕忙駛進港口。

51 (海面波浪) 漲高

52 The area around his eye **puffed up** and turned black.
他的眼睛周圍**腫脹**發黑。

③ [加強，引發，激起 (某種情緒或感覺)]

53 Once you **work up** the courage to do it, it's easy.
一旦你**鼓起**勇氣行動，那就好辦了。

53 激起

54 Stop **working** yourself **up** about something so unimportant.
別再為了一些不重要的事情**生氣**了。

54 work sb up
激動，生氣

55 I'**m fed up** with all the endless work!
我**受夠**了這項永無止境的工作！

⇨ be completely fed up with someone's attitude
= 對某人的態度非常厭煩

55 Passive
be fed up with
受夠…

56 I could not control the emotions **swelling up** inside me.
我無法控制內心**洶湧**的情緒。

57 The hypnotist **summoned up** many hidden memories.
催眠師**喚起**許多隱藏的回憶。

58 If you **stoke up** hate inside, you will only harm yourself.
假如你**燃起**內心的恨意，只會傷害你自己。

59 His anger **boiled up** at the mention of his ex-girlfriend's name.
一提到前女友的名字，他就**燃起**怒火。

60 A great love for her **surged up** in his heart.
他心中**湧起**一股對她強烈的愛意。

61 The false news report **whipped up** the public **into** a rage.
這則錯誤的新聞報導**激起**大眾的憤怒。

61 煽動，激起

62 The wind **whipped up** before the boats could find shelter.
船隻還沒找到避難地點，強風就已經開始**肆虐**。

62 (風雨等) 猛打

63 You've **wound** my child **up** and now he won't talk to you.
你**惹毛**了我的孩子，現在他不想跟你講話了。

63 使生氣

64 This is a modern watch. **Winding** it **up** is unnecessary.
這是先進的手錶，不需要上**發條**。

⇨ a wind-up musical box = 利用發條轉動的音樂盒

64 上緊發條

65 Why are you **kicking up** a fuss about such a small thing?
為何這麼點小事你也要**引發騷動**？

65 kick up a fuss
引起騷動

④ [(火焰) 燃燒; (情況等) 升溫; (亮度、音量、熱度等) 增加]

66 The fire **blazed up** briefly, but then died down.
火**燃燒起來**一下子，但後來越變越小。

67 The fire suddenly **flared up** and singed my beard.
火突然**燒起來**，微微燒焦了我的鬍子。

68 The election campaign is **hotting up**.
競選活動正逐漸**升溫**。

68【英】

69 The situation is **heating up**.
情況正逐漸**升溫**。

69 vi.(情況等) 升溫

70 **Heat up** the left-over stew and serve it.
把剩下的燉菜**加熱**後端上來。

70 vt. 把…加熱

71 The beer company's advertising campaign is **warming up**.
這家啤酒公司的廣告活動氣氛正**逐漸升溫**。

71 變得刺激，興奮

72 Make sure you **warm up** before starting strenuous activity.
開始激烈運動前務必要**暖身**。

⇨ a quick warm-up before the match = 比賽前的快速熱身

⇨ do some warm-up exercises = 做點暖身運動

72 做熱身運動

73 Put the soup on the back burner and slowly **warm** it **up**.
把湯放在後面的爐子上慢火**加熱**。

73 加熱 (飯、菜等)

74 The greenhouse effect is causing the earth to **warm up**.
溫室效應正造成地球**暖化**。

74 變暖

49
—
74

75 It took some time to **warm up** the engine.

引擎 (運轉) 加熱需要一點時間。

76 This red light here will **light up** if there is anything wrong with the engine.

引擎有什麼問題的話，這邊這個紅燈會亮起。

77 You could **brighten up** this room by painting the walls.

粉刷牆壁能使房間明亮起來。

78 Would you be so kind as to **turn up** the volume a bit?

可以麻煩你稍微把音量調高嗎?

79 The fire is dying. Could you please **stoke** it **up**?

火快滅了，可以請你添加燃料 (撥旺爐火) 嗎?

⑤ [增加速度或引擎馬力]

80 **Speed up** a bit. All the other cars are passing us.

稍微加快速度，其他的車子都超越我們了。

81 **Revving up** the engine annoys the neighbors.

加快引擎迴轉的聲音惹惱了鄰居。

82 I **changed up** swiftly and whizzed away.

82【英】

我馬上換檔加快車速，一溜煙就開走了。

83 **Souping up** motorbikes like that is against the law.

像那樣增強摩托車的馬力是違法的。

⇨ a souped-up car = (馬力增強的) 改裝車

84 The speed of scientific invention has **quickened up**.

科學發明的速度已經加快。

85 If you **hurry** me **up** like this again, I'm sure to make a mistake.

要是你再這樣催我，我肯定會出錯。

⑥ [使更好，更有朝氣，更有趣; 做好準備; 渲染]

86 The President insisted that the economy was **picking up**.

總統堅決認為經濟正在改善。

⇨ a pick-up in the economy = 景氣復甦

87 According to reports, the situation is *looking up*.
根據報導，局勢正在**好轉**。

88 On hearing the news, everyone seemed to *brighten up*.
一聽到這個消息，每個人似乎都**喜上眉梢**。

89 We must think of some way to *ginger up* this feeble campaign.
我們必須想辦法來**活絡**這個死氣沉沉的活動。

90 Henry always *spices up* his stories with wit.
Henry 總是以機智來**為他的談話增添趣味**。

91 You should try to *pep up* your speech with some jokes.
你應該試著用些笑話來使你的演講**生動有趣**。

91 使某事變得生動有趣

92 The health drink *pepped* me *up*.
健康飲料**使我精力充沛**。

92 使某人變得精力充沛

93 If you can *vamp up* the dialogue, you will sell this story.
要是你能把對話**改編得更有趣**，這個故事將會大賣。

94 Why don't you try to *jazz up* this room a bit?
你為什麼不把房間**裝飾得更活潑**一些?

95 A bit of good music should *liven up* the party.
一點對味的音樂就能**使派對氣氛活躍起來**。

95 vt.

96 When the principal came in, the pupils *livened up* and started answering the teacher's questions.
校長進來時，學生**變得活潑**，而且開始回答老師的問題。

96 vi.

97 The players *psyched* themselves *up* before the game.
選手們在賽前**為自己做好心理準備**。

98 In Hollywood they seem to *hype* everything *up*.
好萊塢似乎什麼事都要**大肆渲染**。

99 All the newspapers *played up* the royal wedding.
所有的報紙都在**大肆報導**王室的婚禮。

⑦ [盡情地享受；(使) 精神振奮]

100 We really *whooped* it *up* at the party last night.
昨晚的派對上，我們**玩得**實在很**痛快**。

100 whoop it up 狂歡

[101] Ben is **_living_** it **_up_** with the inheritance from his father.

Ben 靠著父親的遺產**狂歡享樂**。

101 live it up 瘋狂享樂

[102] A good stiff shot of whisky would **_buck_** me **_up_**.

一小杯濃烈的威士忌就能**讓我打起精神**。

102 buck sb up 使打起精神

[103] Stop looking so depressed. **_Buck up_**!

不要一副垂頭喪氣的樣子，**振作點**!

103【英】(用於叫人) 振作

[104] Matt **_cheered up_** at hearing the news.

Matt 一聽到這個消息就**高興起來**。

104 *vi.*

[105] He was so depressed. Nothing she said **_cheered_** him **_up_**.

他十分消沉，不管她說什麼都無法**讓他高興起來**。

105 *vt.*

[106] Sam **_perked up_** the minute Margaret entered the room.

Margaret 一進房間，Sam 就**振奮起來**。

⑧ [(價格、成就) 達到更高一級; (數字等) 累積, 總計; (數字、程度) 由少至多, 增加]

[107] They bought the goods cheaply and resold it by **_marking_** them **_up_** by 10%.

他們便宜買進貨品，**加價**百分之十後再售出。

107 加價

[108] Every time a goal is scored, **_mark_** it **_up_** on this board.

只要一進球得分就**記錄**在這塊板子上。

108 記錄

[109] We have **_chalked up_** one more victory.

我們再次**取得**勝利。

[110] Our baseball team **_notched up_** more than five victories this year.

我們的棒球隊今年**贏得**超過五場的勝利。

[111] I hear that they are **_training up_** some young athletes.

我聽說他們正在**培訓**一些年輕的運動員。

[112] We **_ran up_** a large bill at the Greek restaurant last night.

我們昨晚在那家希臘料理餐廳**積欠**了一大筆的款項。

[113] **_Adding up_** the numbers without a calculator is no joke.

沒有計算機就要**加總**這些數字可不是鬧著玩的。

113 *vt.*

114 All the little clues *added up*, and made perfect sense. 114 *vi.*
所有的細微線索加在一起就顯得十分合理。

115 How much overtime have you *clocked up* this month?
你這個月加班總計達到多少的時間?

116 I was surprised when I *counted up* all my years living abroad.
我算出自己住在國外的時間總數後感到驚訝。

117 If the number after the decimal point is less than five, you don't have to *round up* the number.
如果小數點之後的數字小於五，你就不需要進位。

118 Would you please *reckon up* these figures for me? 118【英】
可以麻煩你幫我算出這些數字嗎?

119 Expenses *mount up* very quickly if one doesn't economize.
假如不節省的話，開銷會快速增加。

120 The introduction of the sales tax *pushed* prices *up* 3%.
營業稅實施之後使價格提高了百分之三。

121 That shop has recently *hiked up* all its prices.
那家店最近忽然全面調高售價。

122 Our shop can no longer avoid *putting up* prices.
我們的店無法再避免價格的調漲。

123 My offer is generous. I cannot *go up* any further.
我出的價已經很大方了，沒辦法再增加了。

124 The exchange rate of the Euro is *moving up* sharply.
歐元匯率正快速上揚。

125 Land prices are likely to *shoot up* in the near future.
土地的價格近期有可能飆漲。

126 At that shop they have *bumped up* all the prices.
那家店已全面提高售價。

127 Major manufacturers will soon *jack up* prices.
主要廠商很快就會哄抬售價。

17

101
|
127

⑨ [(在某件事情上) 提升能力]

128 We have a test tomorrow. Let's **swot up** (*on*) the key points. 128【英】
明天有考試，我們來**專攻**重點好了。

129 I **polished up** my German before visiting the country.
我到德國玩之前先**練好**我的德文。

130 I intend to **brush up** (*on*) my French before my trip to Paris.
我打算去巴黎旅行前先**複習**我的法文。

131 There are some subjects I have to **mug up** before the exam. 131【英】
有好幾個科目我得在考試前用**功苦讀**。

⑩ [養育；成長；達到更高的水準；持續深入]

132 I **brought up** my two children on a large farm.
我在一處大農場上**養育**我的兩個小孩。

⇨ a strict upbringing = 嚴格的教養

133 Little Billy has certainly **grown up**. 133 長大
年幼的 Billy 著實**長大成人**了。

⇨ children and grown-ups = 兒童與大人
⇨ behave in a grown-up way = 行為舉止像大人

134 Industry in this region has **grown up** in the last year. 134 進步成長
過去一年間，這一區的產業有所**成長**。

135 I can never **reach up** *to* the level of such a great man.
我永遠沒辦法**達到**這種偉人的程度。

136 However hard you study now, it is too late to **catch up**.
不論你現在多用功唸書都太遲了，沒辦法**迎頭趕上**。

137 The pace is too fast. I can't **keep up** *with* the others. 137 跟上，不落後
速度太快了，我沒法**跟上**其他人。

138 I found it very difficult **keeping up** a conversation with the 138 持續…
person who was sitting next to me at dinner.
我覺得很難與晚餐坐在我鄰座那個人**持續**交談。

139 After I left high school, I have **kept up** *with* only one or two 139 保持 (聯絡等)
friends.
我中學畢業後只和一、兩個朋友有**保持聯絡**。

[140] The journalist *followed up* the initial reports and stumbled on a big story.

這位新聞記者**對**最初的報導**進行追蹤**，意外發現驚人的內幕。

up on

① [提升能力或理解力]

[141] You had better *bone up on* irregular verbs for the exam.

考前你最好**認真學會**不規則動詞。

[142] We didn't at first *pick up* on what she said.

我們起初不**了解**她說的話。

② [追上 (進度)]

[143] I could *catch up on* my work if you would be quiet.

你安靜的話，我就能**趕完**我的工作。

up to

① [(數量、能力等) 達到]

[144] How much did today's sales *add up to*?

今天的銷售量**總計**達到多少?

144 總計為

[145] All the evidence *adds up to* the conclusion you are the culprit.

所有證據**歸納**出的結論直指你就是犯人。

145 意味著

[146] Few children *live up to* their parents' expectations.

沒幾個小孩能**達到**父母的期望。

[147] Do you really think he can *match up to* his parents' expectations?

你真的認為他能**符合**他父母親的期望嗎?

[148] Our defeat shows that we do not *measure up to* them.

我們的挫敗顯示我們無法**和他們相提並論**。

② [強烈地懷有某種想法]

[149] You are the man I *looked up to* more than any other.

你是我最**敬重**的人。

[150] My back hurts really bad, and I don't *feel up to* getting out
of bed this morning.

今天早上我背痛得厲害，也不**覺得**自己**能**起身下床。

力量、數量等的減少

away, back, **down**, **off**, **out**, up

　　本章介紹關於〈力量、數量等的減少〉的概念，內容包含「力量、強度、緊張、感情、理解力、知識程度、尺寸、重量、距離等，許多具體或抽象現象的減少」。見下例：

◆ The membership of our club has bccn gradually ***falling away***.
　　我們俱樂部的會員人數已逐漸**減少**。

　　接下來的例句也帶有〈減少〉的語意，在該例句中被〈減少〉的是興奮或是怒氣，也就是某種「感情」：

◆ Get a grip on yourself and ***simmer down***.
　　控制你自己，並且**冷靜下來**。

　　下列兩個例句雖然用的是相同的動詞片語，但第一個例子是有關「具體、實際的數量減少」，而第二個例子則是「抽象、引申的數量減少」：

◆ I think you should ***boil*** the stew ***down*** a bit more.
　　我認為你該把這燉菜**煮稠**一點。

◆ There is too much information in this report. You must ***boil*** it ***down***.
　　這份報告裡的資訊太多了，你必須**加以簡化**。

　　本章還介紹「先前是急速地增加，但現在的強度處於減少的狀態」，見下例：

◆ The media interest in the star's marriage ***petered out***.
　　媒體對於這位明星婚姻的關注**逐漸消退**。

away [慢慢地減少，變弱；(一點一滴地) 削減，扣除，失去]

1. The membership of our club has been gradually ***falling away***.

   我們俱樂部的會員人數已逐漸**減少**。

2. Public interest in the presidential election has ***died away***.

   大眾對總統選舉的熱中程度已**減弱**。

3. The sound of voices ***tailed away*** bit by bit.

   人們交談的聲音漸漸**變小到聽不見**。

4. The desire for revenge ***wore away***.

   復仇的慾望**漸漸消失**。

5. The granite steps gradually ***wore away***.

   這些花崗石的階梯逐漸**磨損**。

6. Jane's voice ***trailed away***, and then we heard sobbing.

   Jane 的聲音**逐漸減弱**，接著我們就聽見啜泣聲。

7. I felt my strength slowly ***ebbing away***.

   我覺得自己的體力日漸**衰退**。

8. His relations with his neighbors ***withered away***.

   他和鄰居的關係日漸**淡薄**。

9. The trees ***withered away*** in the hot summer sun.

   這些樹木在炙熱的夏日豔陽下**枯萎**了。

10. You are not losing weight. You're ***wasting away***.

    你這樣不是減重，而是**日漸消瘦**。

11. After her lover's death, she ***pined away*** and died.

    她在愛人死後**日益憔悴**，後來也去世了。

12. The government has ***whittled away*** at our rights.

    政府**逐步削減**我們的權利。

13. Our company is ***trimming away*** all excess spending.

    我們的公司正在**削減**一切超支的經費。

14. And finally, ***take*** this number ***away from*** this one.

    最後呢，把這個數字從這裡**扣掉**。

15. The music ***took away from*** my enjoyment of the film.

    配樂**減少**了這部影片給我的樂趣。

4 漸漸消失

5 磨損

8 (關係) 日漸淡薄

9 (植物) 枯萎

14 扣除 (數字)

15 take away from 減少 (樂趣)

16 Douglas *gambled away* his whole fortune in one night.
　Douglas 在一夜間**輸掉**所有的家產。

back [減少；恢復為原本的力量或數量；花費 (大筆金錢)]

17 Companies are *cutting back* on unnecessary expenses.
　企業正**削減**不必要的開支。
　⇨ a severe cutback in personnel expenses = 人事費用的急劇削減

18 The government is making an effort to *roll back* inflation.
　政府正努力**壓低**通貨膨脹。

19 *Throttle back* as you come into the corner.
　你到轉角時要**減速**。

20 This new printer *knocked* me *back* several thousand dollars.　20【英】
　這臺新印表機**花費**我好幾千元。

21 This car *set* me *back* more than eight months' salary.
　這輛車**花費**我八個多月的薪水。

down
　① [(價格、程度、音量、數量、規模、範圍) 減少，減小，減緩；
　　貶低；降級]

22 Land prices look as if they will *come down*.
　地價看起來好像會**下跌**。

23 The company must *pare down* excessive expenses.
　這家公司必須**削減**超支的費用。

24 It's usual around here to *beat down* the price.　24 壓低 (價格等)
　在這一帶**殺價**是很平常的事。

25 He wanted $50, but I *beat* him *down to* $35.　25 向某人殺價至 (某
　他要價五十塊，但我**向**他**殺價到**三十五塊。　　價格)

26 After hard bargaining, I *knocked* the price *down to* 5,000
　dollars.
　經過一番激烈的討價還價，我**把價格殺低**到五千元。
　⇨ get something at a knockdown price = 以最低的價格買到物品

27 All retailers are ***marking down*** prices.

所有的零售商都在**降低**售價。

⇨ a big markdown on gentlemen's shoes = 紳士鞋的大幅降價

27 降低 (售價)

28 The teacher ***marked*** me ***down*** one grade for tardiness.

因為遲到的緣故，老師把我的評分**降低**一個等級。

28 調降 (等級、分數)

29 My fever has ***gone down***.

我的發燒已經**退**了。

30 Please try to ***keep*** the noise ***down***.

請盡量**壓低**喧嘩聲。

31 Would you mind ***turning down*** your television?

可不可以請你**調低**電視機的音量?

32 Should I ***round down*** these numbers?

我應該把這些數字的**尾數去掉好化成整數**嗎?

33 I am ***counting down*** the days left to my retirement.

我正在**倒數**退休前剩下的天數。

⇨ start a countdown = 開始倒數計時

34 You are spending too much. Try to ***cut down*** on personnel.

你們的花費太多了，試著**削減**人事。

35 We have to ***whittle down*** personnel.

我們得**縮減**人事。

36 We have ***narrowed down*** the choice to the three candidates who we will now interview.

我們已**縮小**選擇**範圍**到我們現在要面談的這三位人選。

37 The developers ***scaled down*** the project because of a public outcry.

開發業者因為公眾的強烈抗議而**縮小計畫的規模**。

⇨ a scaled-down model of the new hotel = 這間新飯店的縮小模型

38 The growth of trees has ***slowed down*** now because autumn comes.

因為秋天到了，目前樹木的生長已經**遲緩**下來。

⇨ a slowdown in the rate of economic growth = 經濟成長率趨緩

38 vi.

39 The introduction of the new consumption tax has *slowed* economic recovery *down*.
新的消費稅制實施後導致經濟復甦趨緩。

39 *vt.*

40 Hiking oil prices may *drag down* the economic growth.
高漲的油價可能減緩經濟的成長。

41 The government is trying to *hold down* inflation.
政府正致力於抑制通貨膨脹。

42 Making that kind of comment will *bring* you *down* to her level.
做出那樣的評論等同是貶低你自己到她的層次。

42 貶低 (身價、人格)

43 I think this shop should *bring down* prices by about 10%.
我認為這家店應該降低價格百分之十左右。

43 降低 (價錢)

44 The teacher *moved* us *down* to the next lower class.
老師把我們降級到下一級。

44【英】

② [(人) 平靜下來，使心情低落]

45 Do anything you can to *calm* Jim *down*.
盡你所能讓 Jim 鎮定下來。

45 (人) 平靜下來

46 The government tried to *calm* the situation *down*.
政府試著穩定局勢。

46 (狀況) 穩定下來

47 Get a grip on yourself and *simmer down*.
控制你自己，並且冷靜下來。

48 It took a while for our excitement to *die down*.
過了一段時間我們的興奮之情才逐漸平息。

49 *Cool down*! Don't get so angry.
冷靜下來! 不要生這麼大的氣。

50 It took quite a while to *quiet down* the children.
要費好一番功夫才能讓孩子們安靜下來。

50 *vt.*

51 Please *quiet down*. I'm trying to get some sleep.
請安靜點，我正想睡一下。

51 *vi.*

52 Stop talking and *settle down*.
不要再聊了，安靜下來。

52 (生氣、興奮後) 安
靜下來

53 He escaped abroad and ***settled down*** to an ordinary life.
53 安頓

他逃到國外，並且**安頓**下來過著平凡的生活。

54 This gloomy weather ***gets*** me ***down***.

這樣陰沉的天氣**使我心情低落**。

55 The cold I have is really ***dragging*** me ***down***.

我的感冒實在是**讓我渾身不適**。

56 Do you know that you have ***let*** your whole family ***down***?
56 使某人失望

你可知道你已經**讓**全家人**失望**了嗎?

⇨ a terrible letdown = 非常失望

57 If anyone parks here, ***let down*** the tires.
57 將 (輪胎) 放氣

要是有人在這邊停車的話，就**把**輪胎**放氣**。

58 Nothing could ***damp down*** their enthusiasm.

沒有任何事情能**澆熄**他們的熱忱。

③ [使水分變少；使味道變淡；使緩和]

59 I think you should ***boil*** the stew ***down*** a bit more.
59 (水分) 煮乾，煮到 變濃

我認為你該把這燉菜**煮稠**一點。

60 There is too much information in this report. You must ***boil*** it ***down***.
60 把 (談話的內容) 濃縮

這份報告裡的資訊太多了，你必須**加以簡化**。

61 Put the fat in a frying pan and ***render*** it ***down***.

把肥肉放在油鍋裡，然後**將**它**熬出油**。

62 This soup is too thick. Can you ***thin*** it ***down*** a bit?

這湯太濃了，你可以稍微**稀釋**嗎?

63 I saw the barman ***water down*** the whisky in the bottle.
63 加水稀釋

我看見酒保**加水稀釋**瓶裡的威士忌。

⇨ a watered-down drink = 稀釋過的酒

64 The government is sure to ***water down*** the reforms.
64 緩和 (情勢等)

政府一定會**緩和**改革進行。

⇨ a watered-down tax reform bill = 削弱的稅制改革法案

65 I persuaded Mr. Jones to ***tone down*** his speech.

我勸 Jones 先生**緩和**一下他的言論。

66 The Minister is trying to **play down** his faux pas about the bribery scandal.
部長試圖**淡化**自己對於行賄醜聞的不當發言。

④ [拆開；分解]

67 It took him less than an hour to **strip down** the engine.
他不到一個小時就把引擎**拆開**了。

68 Sunlight will **break down** this substance.
陽光會**分解**這種物質。

68 *vt.*

69 This substance will **break down** if exposed to sunlight.
這種物質若曝曬在陽光下會**分解**。

69 *vi.*

⇨ the breakdown of a chemical compound = 化合物的分解

⑤ [(速度、溫度、能量、緊繃感等) 減少]

70 The driver **changed down** as the corner approached.
接近轉角時，司機**放慢車速**。

70【英】

71 **Throttle down** as you approach the corner.
接近轉角時要**減速**。

72 Don't put hot food in the refrigerator to **cool** it **down**.
不要把熱食放到冰箱裡頭去**冷卻**。

73 The fire is burning too quickly. Sprinkle some water on it and **damp** it **down**.
這火燒得太快了，灑點水讓它**燒慢一點**。

74 The battery has completely **run down**.
這顆電池已經完全**沒電**了。

75 **Wind down** slowly after doing hard exercise.
激烈運動之後要慢慢**放鬆**。

75 (身體或心情) 放鬆

76 Mr. Thomas **wound down** his business due to his age.
Thomas 先生因為年紀的關係而**縮減**他的事業**規模**。

76 縮小規模

off [減少；變弱；趨緩；(藉…) 消除]

77. Industrial production ***tailed off*** at the end of the year.
歲末期間，工業生產量**減少**。

78. I tried to ***taper off*** my intake of alcohol.   78 *vt.*
我試著**逐步減少**我的飲酒量。

79. My intake of alcohol ***tapered off***.   79 *vi.*
我的飲酒量**逐步減少**。

80. The swimmer ***lopped*** 2 seconds ***off*** the record.
這名游泳選手將記錄**縮短**了兩秒。

81. The company ***takes*** far too much ***off*** my salary.
公司從我薪水中**扣除**太多金額了。

82. The shopkeeper said he would ***knock*** a bit ***off*** the price.
店長說他會把價格**調低**一點。

83. Let me know when the pain has ***worn off***.
疼痛**消退**時跟我說一聲。

84. The bad migraines I used to get have ***eased off*** recently.
我以前嚴重的偏頭痛最近已經**減輕**了。

85. His voice became softer and then ***trailed off***.
他的聲音變弱，後來就**愈來愈小聲**了。

86. We are giving the negotiators time to ***cool off***.
我們正在給談判者時間去**冷靜**。
　⇨ a cooling-off period = 冷靜期

87. Economic growth has now ***leveled off***.
經濟成長目前已**趨於平穩**。

88. The demand of luxury goods ***slackened off*** because of the recession.
奢侈品的需求因為經濟衰退而**變得遲緩**。

89. I went to bed and ***slept off*** the effects of the alcohol.
我上床入睡**藉由睡眠來消除**酒精的作用。

90. Just try ***walking off*** your feelings of frustration.
你乾脆試著**用散步消除**你的挫折感。

91 Go for a run to **work off** your anger and frustration.
去跑個步，**藉由消耗體力來發洩**你的怒氣和挫折。

91 發洩

92 The tenant farmers are **working off** their debts.
這些佃農正在**藉工作償付**他們的借款。

92 藉工作來償付 (債款)

93 You should try to **sweat off** another one kilogram.
你應該試著**藉由流汗再減輕**一公斤。

out [減少，下滑 (到幾乎消失或結束的地步)；(發展、速度等) 趨緩；(體力) 耗損]

94 Because of the spread of supermarkets, the more traditional shops are **dying out**.
因為超級市場的普及，較為傳統的商店正在**消失**。

95 The media interest in the star's marriage **petered out**.
媒體對於這位明星婚姻的關注**逐漸消退**。

96 If you **thin** this wood **out**, the trees will be healthier.
若能**使**這片林木**稀疏**的話，樹木會更健壯。

96 vt.

97 The population **thins out** as we approach the desert.
隨著接近沙漠，人煙也**變得稀少**。

97 vi.

98 The company **phased out** its incentive bonus schemes.
這家公司**逐步終止**獎勵金的方案。

99 I would guess that the market has now **bottomed out**.
依我推測，股市目前已**跌至谷底**。

100 Because of a long dry spell, the soil has **dried out**.
因為長期的乾旱，土壤已**完全乾枯**。

101 The growth curve has now **leveled out**.
成長曲線目前已**趨平穩**。

102 The fire seems to have **burnt** itself **out**.
看來這場火已經**燒完**了。
⇨ a burnt-out engine = 燒壞的引擎

102 (火勢) 燒盡

103 Working like that will **burn** you **out**.
那樣子工作會**讓你精疲力竭**。
⇨ suffer a burnout because of overwork = 因工作過度而精疲力盡

103 使精疲力竭

104 That tennis match *tired* me *out*.

那場網球比賽使我精疲力竭。

105 The boss's long, rambling speech really *wore* me *out*.

老闆既長又漫無邊際的言論實在**讓**我**精疲力竭**。

up [強度變弱; (緊繃感) 減少; (速度、發展等) 變慢]

106 The storm *let up* in the evening.

暴風雨在傍晚時**減弱**了。

⇨ a letup in the crime rate = 犯罪率的減少

107 My doctor said that I had to *ease up* and relax.

我的醫生吩咐我必須**放輕鬆**休息。

108 *Slow up* now. I can see some kind of accident ahead.

放慢速度，我看到前面有事故發生。

108 *vi.*

109 Political instability certainly *slows up* a country's economic development.

政治不安定絕對會**減緩**國家的經濟發展。

109 *vt.*

外觀、可見性

away, before, off, **out**, out at, through, **up**

本章介紹關於〈外觀、可見性〉的概念，包含了「人、物向外展現出的樣子」、「人、物的外觀或行為給予他人的印象」、「看得見」等「表面化」的概念，如下例說明人內心的想法或感情，因為「臉紅」這樣的行為，而「顯現」在臉上：

◆ You *gave* yourself *away* by the way you blushed.

你因為臉紅而**洩**了自己的**底**。

在此特別進一步說明「人、物的外觀或行為給予他人的印象」這個概念：個人的外在行為是由他人給予評價的，而從其外在行為多少可看出此人的個性與特質。如下例，句中的「他」所展現的行為被旁人解讀為「賣弄」：

◆ What a silly fellow he is to *show off* like that!

他那樣**賣弄**真的是有夠愚蠢！

此外，本章還要介紹表示「精心打扮、引人注目」的動詞片語，與「對外展現其外觀」的概念相關，這類動詞片語常與反身代名詞連用：

◆ I have *dressed* myself *up* for the party this evening.

為了今晚的宴會，我將自己**盛裝打扮**。

away [洩漏]

1. You *gave* yourself *away* by the way you blushed.
   你因為臉紅而**洩**了自己的**底**。

   ⇨ an expression that is a dead giveaway = 洩漏出本意的表情

2. Your actions, rather than words, *gave away* our secret.
   不是你的言辭，而是你的舉止，**洩漏**了我們的秘密。

1 洩 (某人的) 底

2 洩漏 (祕密等)

before [向⋯提出；被提交給⋯處理]

3. I *laid* my proposal *before* the manager, but he ignored it.
   我**向**經理**提出**企劃案，但他視而不見。

4. You should *put* that suggestion *before* the governing body.
   你應該**向**理事會**提出**那項提案。

5. The accused *came before* the judge yesterday.
   該名被告昨天被**提交**給法官處理。

6. You will be *going before* Judge Smith first thing tomorrow.
   你明天一早就會被**送交** Smith 法官。

off [炫耀；引人注目]

7. The young man wanted to *show off* his shiny new car.
   這名年輕人想要**炫耀**他閃亮的新車。

7 *vt.*

8. What a silly fellow he is to *show off* like that!
   他那樣**賣弄**真的是有夠愚蠢！

   ⇨ a big show-off = 非常愛現的人

8 *vi.*

9. His white jeans were *set off* by a dark black T-shirt.
   他純白牛仔褲因為黑色 T 恤的搭配顯得相當**亮眼**。

out

① [(突然地) 出現；表現出來；引人注目；辨視；打扮；裝飾]

10. A rash *broke out* on my forehead for no reason at all.
    我的前額毫無來由地**突然**冒出疹子。

11. If you do not know how to say it, *act* your request *out*.
    假如你不知道怎麼說，就用**行動**來**表達**你的請求。

⑫ A Japanese-style house like that in New York certainly *sticks out*.

像那樣的日式住宅位在紐約當然會引人注目。

⑬ He is the kind of man who will *stand out* in any crowd.

他是那種不管在哪一群人中都很突出的人。

⑭ I *made out* the shape of a man behind the bushes.

我隱約認出灌木叢後面是個男人的身影。

14 (困難地) 認出

⑮ Mr. Wang *made out* that he had won a lot of money.

王先生假裝自己贏得許多錢。

15 假裝

⑯ The old Indian could *pick out* details in the distance.

這位印地安老人能辨認出遠方的細小事物。

16 辨認出

⑰ *Picking out* the edges in pink would look nice.

用粉紅色襯托出邊緣看起來一定很出色。

17 使明顯

⑱ All the boys and girls *were* beautifully *turned out*.

男孩女孩全都打扮得很好看。

18 Passive

⑲ The citizens *decked out* the streets *with* colored flags.

市民用彩色的旗幟來裝飾街道。

⑳ The room *was tricked out* like a disco.

這房間被裝飾成迪斯可舞廳的樣子。

20 Passive

② [標示出，描繪出…的外形]

㉑ The boys roughly *marked out* a baseball diamond on the lawn.

男孩們概略地在草地上標出整個棒球場。

㉒ He *traced out* the shape of the bay on a sheet of paper.

他在一張紙上描繪出海灣的輪廓。

out at [顯而易見]

㉓ As I scanned the books on the shelf, the one I was looking for *jumped out at* me.

當我瀏覽架上的書籍時，一眼就看到我要找的那本書。

24 That spelling mistake just *leaped out at* her.
那個拼字錯誤馬上引起她的注意。

through [從後面出現；穿透⋯而出現；看穿；視而不見]

25 I hope the sun will *break through* this overcast sky.
我希望太陽從烏雲密佈的天空後面露臉。

26 Black panties will *show through* your white skirt.
黑色內褲的顏色會從你的白裙透出來。

26 穿透出

27 Good leaders don't let their feelings *show through* easily.
優秀的領導者不會輕易表露情感。

27 表露

28 There is a nail *poking through* the wood just here.
就在這邊有一根釘子從木頭裡穿出來。

29 The morning sun *shone through* the thick curtains.
朝陽透過厚重的窗簾照進來。

30 Everyone can *see through* your lies.
大家都能看穿你的謊言。

31 Fred *looked* straight *through* me when I met him.
我遇見 Fred 的時候，他對我視而不見。

up

① [(使) 顯現；使露面；承認]

32 Nothing will *show up* against a background like that.
在那樣的背景之下，沒有任何物體是顯而易見的。

32 *vi.* 顯而易見

33 You behave badly in front of our guests. You really *showed me up*.
你在我們的賓客面前表現很糟，讓我難堪。

33 *vt.* 使難堪

34 The headlights of the car *lit up* a dog standing in the middle of
the road.
車子的大燈照亮了站在路中間的一隻狗。

35 I will *point up* the difference between the two of them.
我會指出他們兩者之間的差異。

36 Press the button and you can *call up* the data you need.

按下這個按鈕就會**顯示出**你需要的資料。

36 顯示出

37 The Governor *called up* troops to quell the disturbances.

州長**召集**部隊來鎮壓騷動。 ⇨ get one's call-up ＝ 收到召集令

37 召集

38 The rascal *was hauled up* in court and promptly punished.

這名惡棍**被傳訊**出庭，並且立即被判刑。

38 Passive

39 If you did the deed, you must *own up* to it.

若那件事是你做的，你必須**坦承**。

② [精心打扮，注重穿著]

40 Anne was all *dolled up*—ready to go out on her first date.

Anne **打扮得花枝招展**，準備好出門去赴她第一次約會。

41 I have *dressed* myself *up* for the party this evening.

為了今晚的宴會，我將自己**盛裝打扮**。

41 盛裝打扮

42 One old man *dressed up as* Santa Claus.

一名老人**裝扮**成聖誕老公公。

42【英】dress up as 裝扮成…的樣子

43 We *got* ourselves *up* in strange clothes for the Christmas party.

我們為了聖誕派對全都**穿上**奇特的服裝。

⇨ a woman in a strange get-up ＝ 一名裝扮奇怪的女性

43【英】

20 產生、散發

about, forth, forward, from, of, **off**, on,
out, out in, out of, out with, **up**

　　本章介紹關於〈產生、散發〉的概念，此概念包含「事物的起源、事件的發生、原因」等。

　　當動詞片語為不及物動詞時，該事件、狀況或現象等是自然發生的。例如：

◆ How did such a thing ***come about***?
　　這樣的事情是怎麼**發**生的?

　　當動詞片語為及物動詞時，是由其他的人、事或物引發該事件、狀況或現象等。下列例句中的 serious cold (重感冒) 為引發 bronchitis (支氣管炎) 的原因，可進一步解釋為重感冒「產生」了支氣管炎：

◆ A serious cold can ***bring on*** bronchitis.
　　重感冒可能**引發**支氣管炎。

　　本章也包含有關「某些特質是人或物自然產生，並散發出來」的動詞片語。以下列例句說明，air of confidence (自信的神采) 幾乎是很自然地從 some people (有些人) 身上「散發」出來：

◆ Some people naturally ***give off*** an air of confidence.
　　有些人天生就**散發**一股自信的神采。

　　本章還要介紹與「發射槍砲、使炸彈爆炸」相關的動詞片語，因爆裂物爆炸後是飛散四處的，部分吻合〈散發〉的含意，所以也被納入本章的討論內容。見下例：

◆ The terrorists ***set off*** the bomb through remote control.
　　恐怖分子透過遙控裝置**引爆**炸彈。

about [發生；引發]

1 How did such a thing *come about*?
這樣的事情是怎麼**發生**的?

2 It is not known what *brought about* the disaster.
引發這次災難的原因不明。

forth [提出；引起；產生]

3 She *held forth* on sexual inequality.
她**長篇大論地談論**兩性的不平等。

4 The scientist was reluctant to *put forth* his new theory.
這位科學家不願**發表**他的新理論。

5 The police asked us to *come forth* with information.
警方要我們**出面提供**情報。

6 His sharp comments on the event has *brought forth* quite a
heated debate on the Internet.
他對這事件的尖銳批評已經**引起**網站上激烈的爭論。

7 She shut her eyes and tried to *call forth* her strength.
她閉上眼睛，試著**喚起**力量。

forward [提出]

8 It's a wonderful idea. You should *put* it *forward*.
這是個絕佳的點子，你應該**提出**來。

9 They decided to *put forward* the tournament one week.
他們決定要把比賽**提早**一個禮拜舉行。

10 Tomorrow we will *put* the clocks *forward* one hour.
明天我們要把時鐘**往前撥快**一個小時。

11 We needed to further discuss this plan since some members
still *brought forward* an objection to it.
既然部分會員仍然**提出**異議，我們必須進一步討論這項計畫。

12 The police need the witness to *come forward* with
descriptions of the murderer.
警方需要這位目擊者**出面提供**對於兇手的描述。

8 提出 (意見)

9 提早進行⋯

10 把鐘撥快

from [起源於；從⋯而來]

13. Does "bi" in "bicycle" ***come from*** Latin or Greek?
    英文字 bicycle 中的 bi 是**起源於**拉丁文還是希臘文？

    13 起源於⋯

14. The students in this class ***come from*** different countries.
    這個班級的學生**來自**不同的國家。

    14 來自⋯

15. I am not sure if the word ***derives from*** a Malay word.
    我不確定這個字是否**源自於**馬來文。

16. Health ***flows from*** balanced diet and regular exercise.
    健康**源自於**均衡飲食及規律運動。

17. The accident ***resulted from*** sheer carelessness.
    這場事故純粹**起因於**粗心大意。

18. Their enmity ***stems from*** a long-standing disagreement.
    他們的對立**起因於**長年的意見不和。

19. He said that he ***hailed from*** a small village in the Alps.
    他說他**來自**阿爾卑斯山區的一個小村莊。

20. A strange light ***emanated from*** the locked room.
    一道奇特的光線**從**上鎖的房間裡**照射出來**。

21. Where did that strange fellow ***spring from***?
    那個怪人是**從**哪裡**冒出來**的？

    21 (人) 突然出現

22. Your misunderstanding ***springs from*** a lack of information.
    你的誤解**起因於**資訊不足。

    22 源於⋯

23. Yesterday I got a letter from George. I hadn't ***heard from*** him for a long time.
    昨天我收到 George 的來信，我已經很久沒**收到他的信**了。

    23 hear from sb

of [來自於；發生]

24. She is said to ***come of*** a prestigious family.
    據說她**出身於**有名望的人家。

25. I have not seen the old man who lives next door for a long time. I wonder what has ***become of*** him.
    我已經很久沒看到住在隔壁的老人，我在想他不知道**怎麼**了。

off

① [(使炸彈、子彈、煙火等) 爆發]

26 The terrorists *set off* the bomb through remote control.
恐怖分子透過遙控裝置**引爆**炸彈。

27 The hand grenade *went off* in front of the train station.
手榴彈在火車站前**爆炸**。

27 爆炸

28 The fire engine arrived soon after the alarm *went off*.
消防車在警報**響起**不久後就趕到了。

28 響起

29 Chinese *let off* firecrackers to celebrate the New Year.
中國人**放**鞭炮來慶祝新年。

30 *Loose off* the signal flare now.
現在**發射**信號彈。

31 The policeman *fired off* a warning shot.
員警**開槍**示警。

② [(一股腦地) 說；散發]

32 Frank is always *sounding off about* political corruption.
Frank 總是對政治的腐敗**大發牢騷**。

33 Henry always seems to be *mouthing off about* how terrible his life is.
Henry 似乎總是在**裝腔作勢地大聲說**他的生活有多糟。

34 What a memory he has! He *rattles off* all sorts of facts.
他的記憶力太驚人了！他**滔滔不絕地說**出各項事實。

35 Put some feeling into your lecture. Don't just *reel* it *off*.
演講中帶點情感，不要只是**滔滔不絕地念**下去。

36 The fire *gave off* a gentle, pleasant heat.
這火**散發**出溫暖舒適的熱度。

36 散發出 (熱度、光亮、氣味等)

37 Some people naturally *give off* an air of confidence.
有些人天生就**散發**一股自信的神采。

37 散發出 (特質)

38 The lamp *throws off* faint light at night.
這盞燈在夜晚**散發**出微弱的光芒。

③ [(迅速) 完成，產生]

[39] Picasso could ***knock off*** a sketch in a couple of minutes.
畢卡索短短幾分鐘就能**迅速完成**一幅素描。

[40] Five hundred copies were ***run off*** in a few minutes.
五百份稿子在幾分鐘內就**印**好了。

on [展現出；產生；引發]

[41] I don't believe he is angry. He's just ***putting*** it ***on***.
我不相信他生氣了，他只是**裝裝樣子**罷了。

41 put it on 裝裝樣子

[42] The Dramatic Society will ***put on*** a Shakespearean play.
戲劇協會將**上演**一齣莎翁的劇作。

42 上演

[43] The weightlifter ***called on*** all his power and stood up.
舉重選手**使出**全身的力量站了起來。

[44] A serious cold can ***bring on*** bronchitis.
重感冒可能**引發**支氣管炎。

44 引起…

[45] Your behavior will ***bring*** shame ***on*** the whole family.
你的行為會**使**全家**蒙受**恥辱。

45 使蒙受…

out

① [產生 (共識)；出現]

[46] There is little hope that the union and management can ***hammer out*** an agreement.
工會和資方**制訂出**協議的希望渺茫。

[47] The moon should be ***coming out*** soon.
月亮應該很快就會**出現**。

47 出現

[48] I used the flash, so the picture should ***come out***.
我有用閃光燈，所以照片應該能**清楚呈現**。

48 清楚呈現

[49] All secrets are bound to ***come out*** sooner or later.
所有的祕密遲早都會**水落石出**。

49 (真相等) 公開

[50] My new book is ***coming out*** next month.
我的新書將在下個月**出版**。

50 出版

② [(向外) 發出聲音；發聲 (傳達別人某事)]

51 A strange buzzing sound *came out* of the television. 51 傳出
　　一種奇怪的嗡嗡聲從電視機**傳出**來。

52 We *burst out* laughing when the clown came on the stage. 52 burst out V-ing
　　小丑一上臺，我們都**突然**大笑**起來**。

　　⇨ an emotional outburst = 情感的爆發

53 "Who's calling?" Sarah *sang out* at the kitchen.
　　「誰打來的電話?」Sarah 在廚房**大聲喊**。

54 In spite of the great pain, he did not *let out* a sound.
　　儘管疼痛莫名，他還是沒**發出**半點聲音。

55 A hubbub *broke out* in the next room.
　　隔壁房間**突然發出**一陣騷動。

56 She was *crying out for* help from the bottom of the well. 56 大聲呼喊
　　她在井底**大聲呼喊**著救命。

57 The present political system *cries out for* radical reform. 57 cry out for
　　當今的政治體制**迫切需要**徹底的改革。 迫切需要

58 She was so scared that she could hardly *get* a word *out*.
　　她很害怕以致於**說不出**一句話。

59 I *blurted out* the answer in confusion and embarrassment.
　　我滿是困惑與難堪地**脫口說出**答案。

60 He *stammered out* his own name in front of the class.
　　他在全班面前**結結巴巴地說出**自己的名字。

61 When I look at you, please *call out* your name.
　　我看著你的時候，請**大聲說出**你的名字。

62 Stand up and *read out* the last paragraph on page six.
　　站起來把第六頁最後一段**念出**來。

63 The sergeant *barked out* an order at us.
　　警官對著我們**厲聲發出**命令。

64 Just *shout out* (my name) if you run into any problems.
　　假如你碰到任何問題，直接**大喊** (我的名字)。

65 "Quiet!" the general *yelled out*.
　　「安靜!」將軍**大聲喊**。

66 I didn't do anything wrong. Don't **bawl** me **out**.

我沒做錯什麼事，不要對我**大聲叫罵**。

67 The soldiers **bawled out** their names and numbers.

士兵**大聲報出**他們的名字和號碼。

68 You should **speak out** *against* the wrongs you see.

你應該**公開直言**反對你所看見的不法行為。

69 She **poured out** her feelings to me last night.

她昨晚向我**傾訴**自己的情感。

70 The chairman **trotted out** some very old arguments.

主席**不斷重複**一些十分老掉牙的議論。

③ [(以樂器) 奏出樂聲；發出 (有節奏的) 聲音]

71 The old musician **tapped out** a catchy tune on the piano.

這位年邁的音樂家用鋼琴**彈奏出**一段動聽且易記的旋律。

72 I can **pick out** a simple tune on the piano.

我能**不看譜而緩慢地**以鋼琴**彈奏**簡單的旋律。

73 He sat down and **banged out** a tune on the piano.

他就座後以鋼琴**大聲彈奏**了一段旋律。

74 The music was **blasting out** *from* the discotheque.

音樂從迪斯可舞廳**喧鬧地傳出來**。

75 Loudspeakers **blaring out** stupid messages. I hate them!

擴音器**高分貝地播放**無聊的消息，討厭死了!

76 The bells **rang out** at midnight.

鐘聲在午夜時**響起**。

77 The church bells have been **pealing out** all day.

教堂的鐘一整天都**鳴響**著。

78 In the distance there was the thunder **booming out**.

遠方有雷聲**隆隆作響**。

79 The man followed the music and **beat out** a simple rhythm on a drum.

這個人隨著音樂用鼓**敲打出**簡單的節奏。

80 The little boys and girls *clapped out* the rhythm.
這些小男孩和小女孩用手拍打著節奏。

④ [放射出 (光線等)]

81 We could see the beacon *shining out* brightly in the darkness.
黑暗中，我們看見燈塔**放射**出明亮光芒。

82 The unknown object *sent out* a powerful beam all at once.
這個不知名的物體突然**發出**一道強光。

83 His eyes *gave out* a strange, spooky light.
他的雙眼**散發**出一種異樣又陰森的目光。

⑤ [播放 (節目)；生產製造；出版，發表；演出]

84 The new broadcast is *going out* at ten tonight.
全新的廣播節目將於今晚十點**播送**。

85 The TV station may *put out* the show at a different time.
電視臺或許會另外找個時間**播出**這場表演。

85 播放

86 The spy *put out* false information to confuse the enemy.
間諜**放出**不實的消息來混淆敵人。

86 放出 (消息等)

87 Hollywood certainly *puts out* a lot of rubbishy films.
好萊塢確實**發行**過許多毫無價值的影片。

87 發行

88 Our rivals are *rushing out* a product very similar to ours.
我們的競爭對手正**加緊趕製**一種與我們十分類似的產品。

89 They *churn* those *out* at three dollars a dozen.
他們以一打三塊錢的價格**粗製濫造**那些商品。

90 They say that Toyota is *bringing out* a new model.
據說豐田汽車即將**推出**一種新車款。

90 推出，發表

91 The earthquake *brought out* the best *in* the inhabitants.
地震**激發**出居民最良善的一面。

91 bring out the best in sb 激發出 (某人) 最好的一面

92 I want you to *get* the new novel *out* by next week.
我要你下個禮拜之前**出版**這本新的小說。

93 There are some academics who *pump out* papers in a short time.

有些學者會在短時間內**大量發表**論文。

94 The children enjoyed *acting out* the skit.

孩子們很喜歡**演出**這部短劇。

⑥ [以書面文字的方式輸出或呈現；填寫]

95 Can you *type out* all of this in a day?

你能在一天之內**把**這些全都**打好字**嗎?

96 It will take him a day or so to *write out* the report.

寫完那份報告要花上他一天左右的時間。

97 It was my favorite poem, so I carefully *copied* it *out*.

這是我最喜歡的一首詩，所以我仔細地**抄寫下來**。

98 My computer is now *printing out* the required information for   the meeting.

我的電腦正在**列印**開會所需的資料。

99 *Fill out* this form when you make the application.

你提出申請時要**填寫**這份表格。

100 I'll *make out* the check immediately, and you'll have it this afternoon.

我會立即**填寫**好支票，你下午就可以拿到了。

⑦ [(事件等) 結果呈現；發展]

101 Don't worry. Everything will *come out* okay in the end.

101 come out Adv

不要擔心，事情的**結果**將是順利的。

102 It *turned out* that the lawyer we trusted was a liar.

結果我們信任的律師竟然是個騙子。

103 Men who do not get at least a high school education usually *lose out* in the employment race.

教育程度不到高中的人通常會在就業競爭中**失利**。

104 Things did not quite *pan out* as anticipated.

事情不如預期**成功**。

out in [(使) 冒出]

[105] I **broke out in** a rash after eating the oysters.
我吃了牡蠣之後冒出疹子。

[106] The shellfish I ate **brought** me **out in** a rash.
我吃的貝類**使**我冒出疹子。

[107] Our baby has **come out in** red spots and I am very worried.
我們的嬰兒**冒出**紅斑令我非常擔心。

out of [起源於; 產生]

[108] Democracy **grows out of** respect for one's fellow human beings.
民主**出自於**對同胞的尊重。

[109] His indifference all **sprung out of** jealousy.
他的冷淡完全**出於**嫉妒。

[110] Nothing at all **came out of** our years of research.
我們多年的研究沒有**得到**半點成果。

out with [提出]

[111] Betty sometimes **comes out with** the most unbelievable proposals.
Betty 有時候會**提出**令人完全難以置信的企劃案。

up

　　① [提出]

[112] The report has **thrown up** many serious problems about air pollution.
這份報告**提出**了許多有關空氣污染的嚴重問題。

[113] It is not a topic we should **bring up** in front of ladies.
這不是個應該在女性面前**提到**的話題。

② [想出；挖掘 (新聞等)]

114 I admire you for *thinking up* such a brilliant scheme.
我很佩服你能**想出**這麼出色的方案。

115 He can always *conjure up* a solution.
他總是能夠像**變魔術般地想到**解決辦法。

116 The old professor *dreams up* some impossible projects.
老教授**構**思了一些難以實現的計畫。

117 The main job of a reporter is not to *rake up* scandals.
記者的主要職責並不是**揭發**醜聞。

118 I do not think I can *rake up* enough money to go abroad on holiday this year.
我覺得我沒辦法**湊出**足夠的錢在今年的假期出國。

119 Archaeologists expect the site to *yield up* the secrets of this race.
考古學家期盼這個遺址能**揭開**這個民族的奧祕。

120 Someone *dragged up* some rather nasty facts from his past.
有人**挖**出一些他過去很醒齪的事情。

121 The press managed to *dredge up* some unpleasant facts about the presidential candidate's past.
新聞界設法**挖**出了這位總統候選人過去一些不愉快的事情。

122 The new evidence recently *dug up* confirms everything.
最近剛**發掘**出的新證據證實了一切。

117 揭發

118 湊出 (人或錢)

附著、固定、裹住

down, in, **on**, to, **up**

本章介紹關於〈附著、固定、裹住〉的概念。

本章對於說明〈附著〉與〈固定〉兩個概念的「方向」極為重視。例如：
stick down 有「向下」貼牢的含意，tuck in 有安放於「裡面」的含意，而 roll
up 則有「向上」捲起的意思。將動作的方向與動詞片語一併作聯想，可以對
這些動詞片語有更清楚的認識。

另外，本章中含有 up 的動詞片語多半都帶有〈裹住〉、〈固定〉的概念，
見下例：

◆ He *wrapped* the diamonds *up* in old newspapers.

　他用舊報紙把鑽石**包好**。

◆ The pictures you have ***pinned up*** to the wall are vulgar.

　你**釘**在牆上的照片很下流。

down [固定住；壓住]

1. Use these small nails to *tack down* the corners of the canvas.
   用這些小釘子來**釘住以固定**帆布的角。

2. Lend me some glue so that I can *stick* the cardboard *down*.
   借我一點膠水，我才能**黏住**硬紙板。

3. We have *tied down* everything that can be blown away.
   我們把所有可能被吹走的物品都**綁住**。

   3 綁住

4. The men who *tied down* the enemy were all heroes.
   制服敵人的人都是英雄。

   4 制服

5. There are many rules and regulations that *tie* us *down*.
   有許多的規則和規定**束縛**著我們。

   5 束縛

6. You need longer screws to *screw* the hatch *down* properly.
   你需要更長的螺絲釘才能把船艙門好好**旋緊**。

7. *Nail down* the loose boards or they will blow away.
   釘牢這些鬆掉的木板，否則它們會被吹走。

8. A huge man jumped on top of me and *pinned* me *down*.
   一名高大的男子撲到我身上，**壓得我動彈不得**。

in [固定好；舒適地安置好；正確地連接或裝設]

9. The pilot *strapped* himself *in* and started the engine.
   飛行員**繫上安全帶**之後才發動引擎。

10. She *tucked in* her child and left the room quietly.
    她**為**孩子**蓋好被子**之後，靜靜地走出房間。

    10 為…蓋好被子

11. I will have a bit more room if you *tuck* your elbows *in*.
    如果你**縮起**你的手肘，我會有多一點的空間。

    11 縮起

12. *Tuck* your shirt *in* before entering the classroom.
    進教室前把你的襯衫**紮進去**。

    12 把 (衣服) 紮進去

13. I wonder if we can *plumb in* the washing machine properly.
    我在想我們是否能正確**連接**洗衣機**的水管管線**。

on

① [(衣物等的) 附著 (穿、戴等)]

14 I do not seem to be able to **get** these shoes **on**.

這些鞋子我好像穿不進去。

15 Give me a couple of minutes to **slip** my bathing suit **on**.

給我幾分鐘的時間換上泳裝。

16 **Pulling on** a pair of trousers, I rushed to the door.

我一邊急忙穿上褲子，一邊衝向門邊。

17 I only had time to **throw on** some shorts and a T-shirt.

我的時間只夠匆匆穿上短褲和 T 恤。

18 Remember to **put on** your jacket before going out.

出門前記得穿上夾克。

18 穿上 (衣物)

19 It took my sister an hour just to **put on** some lipstick.

只是擦點口紅就花了我妹妹一個小時的時間。

19 擦上 (化妝品)

20 This suits you, Sir. Would you like to **try** it **on**?

先生，這很適合您。要不要試穿看看？

21 He **had** an exceedingly vulgar necktie **on** at the party last night.

他在昨晚的派對上戴了一條很沒品味的領帶。

22 Take this badge and **pin** it **on**.

把這個徽章拿去別上。

② [附加]

23 Actually, you can say it is a science-fiction movie with a romantic ending **tacked on**.

事實上，你可以說這是一部附加有浪漫結局的科幻片。

to [(緊緊地) 附著；執著]

24 The tape **stuck to** my hand and I couldn't get it off.

膠帶黏住我的手，我拿不下來。

24 黏住

25 We should not **stick to** such old and senseless customs.

我們不應該死守這種無意義的古老習俗。

25 信守

26 The poster was just barely **adhering to** the wall.
這張海報只是勉強地**黏附**在牆上。

26 黏住

27 The stubborn man **adhered to** his ideals throughout his life.
這個頑固的人一生**堅持**他的理想。

27 堅持

up

① [包紮；綁緊；縫合；拉好，扣好 (衣物的拉鍊、鈕扣等)]

28 The doctor disinfected the wound and **bandaged** it **up**.
醫生消毒傷口後再用**繃帶包紮**。

29 The nurse **strapped up** my injured ankle.
護士用**繃帶包紮**我受傷的腳踝。

30 **Bind** the wound **up** and then have him lie still for a bit.
把傷口**包紮**好之後讓他靜靜地躺一會兒。

31 **Belt up** properly as soon as you get into the car.
一上車就要好好地**繫上安全帶**。

32 **Buckle** the baby **up** before starting the car.
發動車子前，先幫嬰兒**繫上安全帶**。

33 She quickly bent down and **laced up** her running shoes.
她很快地彎下腰，**繫好**慢跑鞋帶。
⇨ a pair of slip-ons and a pair of lace-ups
= 一雙方便穿脫的鞋和一雙要綁鞋帶的鞋

34 The kidnappers **trussed** their victim **up** like a chicken.
綁匪們把受害者像隻雞一樣地**綁住**。

35 You should not **chain up** your dog like that.
你不應該那樣**拴住**你的狗。

36 The tear in the shirt was not easy to **sew up**.
襯衫上的裂口不容易**縫補**。

37 Mom, could you please **patch up** this tear in my dress?
媽，你可以幫我**縫補**洋裝上的破洞嗎?

38 It took the doctor thirty minutes to **stitch** the cut **up** on his head.
醫生花了三十分鐘**縫合**他頭上的傷口。

39 ***Do up*** your jacket, or you'll get cold easily.

拉上夾克拉鏈，不然你很容易就會感冒。

39 拉上拉鏈

40 Please wait a bit. It will take me five more minutes to ***do up*** my hair.

請稍等一下，我還要花五分鐘來**綁好**我的頭髮。

40 綁好

41 I hate those jackets that one has to ***zip up***.

我討厭那些要**拉上拉鏈**的夾克。

⇨ a zip-up tracksuit = 拉鏈式的田徑服

26
|
51

42 ***Fasten*** your coat ***up***—it's freezing outside.

扣好外套(的鈕扣、拉鍊等)，外面很冷。

43 Can you ***hook*** my dress ***up*** at the back?

你可以幫我**鉤好**我衣服後面的鉤子嗎?

43 鉤好

44 I want to ***hook*** my computer ***up*** ***to*** the university mainframe.

我想要**把**我的電腦**接上**大學的主機。

⇨ a computer hook-up = 電腦的連線

44 把(電腦等)接上
(主機)

45 It is rather hard to ***button up*** this shirt with one hand.

單用一隻手**扣上**這件襯衫的**鈕扣**還蠻困難的。

② [(向上) 捲起，改短; (體積、長度縮小) 摺疊，打摺，盤繞]

46 We ***rolled up*** our sleeves and got down to serious work.

我們**捲起**袖子，著手辦正事。

47 ***Turn up*** your jeans if you want to play on the beach.

要在沙灘上玩的話，你要**捲起**你的牛仔褲。

⇨ a pair of trousers with turn-ups = 有反摺設計的褲子

48 The skirt is too long. I'd like to have it ***taken up***.

這條裙子太長了，我想要**改短**。

49 He neatly ***folded up*** the blanket and put it on the bed.

他**將**毛毯**摺疊整齊**後放在床上。

50 The pants are ***bunched up*** at the waist.

這條褲子的腰際部分有**打摺**。

51 I knew he was a sailor by the way he ***wound up*** the rope.

我從他**纏繞**繩索的方式得知他是個船員。

52 Will you please ***coil up*** this hose?　　　　　　52 *vt.*

可以請你把這水管**盤繞成圈狀**嗎？

53 The snake ***coiled up*** in a corner of the room.　　53 *vi.*

這條蛇在房間的一角**盤成一團**。

54 I ***tangled up*** the earphone wires on my Walkman.

我的耳機線**纏繞**在我的隨身聽上。

③ [(為整理而) 捆綁，包裝; (為了使溫暖而) 裹住]

55 The newspapers are easy to carry if you ***tie*** them ***up***.　　55 綑綁，打包

把報紙**捆綁**起來會比較容易搬運。

56 He ***tied up*** the horse and took a nap under the tree.　　56 (為控制行動而)

他**綁住**馬，在樹下小睡片刻。　　　　　　　　　　　　綁住

57 ***Bundle*** these newspapers ***up*** before throwing them away.　　57 綑綁

把這些報紙**捆綁**之後再丟掉。

58 She ***bundled up*** against the cold wind.　　58 穿上暖和的衣物

她**穿上暖和的衣服**以抵禦寒風。

59 Try to ***parcel*** these items ***up*** as neatly as possible.

請試著把這些物品盡量**包裝**得小巧一點。

60 You have two hours to ***pack up*** your belongings and leave.

你有兩個小時的時間可以**打包**你的物品並且離開。

61 Will you ask the assistant to ***bag*** these ***up*** for me?

可不可以麻煩你請店員幫我**把這些東西裝進袋子裡**？

62 I have ***boxed*** everything ***up***, ready for moving.

我把所有的東西都**裝箱**了，隨時都可以搬運。

63 He ***wrapped*** the diamonds ***up*** in old newspapers.　　63 包，裹

他用舊報紙把鑽石**包好**。

64 You should ***wrap*** yourself ***up*** when leaving the house.　　64 穿上暖和的衣物

你應該在出門時為自己**穿上保暖衣服**。

65 The refugees ***muffled*** themselves ***up*** in blankets at night.

這些難民夜晚用毯子把自己**裹起來**。

66 The mother tenderly and lovingly ***tucked up*** her baby.

這名母親溫柔慈愛地**為**她的嬰兒**蓋好棉被**。

④ [黏貼，釘上，掛上 (使附著於高處)]

67 The students **pasted up** anti-government posters.
學生們用漿糊黏貼反政府的海報。

68 You should **post up** the business hours on the door.
你應該把營業時間張貼在入口處。

69 The police **nailed up** to a wall the lists of the criminals.
警方在牆壁上釘上罪犯名單。

70 The pictures you have **pinned up** to the wall are vulgar.
你釘在牆上的照片很下流。

71 The shopgirl **strung up** Christmas decorations.
女店員掛上聖誕節的裝飾。

71 吊掛 (裝飾品等)

72 "**String** him **up**! **String** him **up**!" the crowd shouted.
群眾大喊著：「吊死他! 吊死他!」

72 將⋯處以絞刑

73 I **hung** the picture **up** on the wall.
我把圖畫懸掛在牆上。

22 動作的完成、強度、快速

up

本章介紹關於〈動作的完成、強度、快速〉的概念，本章的動詞片語皆由 up 構成。

本章內容最特別的一點是，在許多的動詞片語中，up 的角色是加強前述動詞的語意，不管是〈動作的完成〉或〈動作的強度〉。若刪去 up，則單獨一個動詞的意思不會相差太多，只不過單獨一個動詞的語感會不如整個動詞片語完整。見下例：

◆ It's really hard work to ***whip up*** the cream with just a fork.

　單用一支叉子就要把奶油**打發**真的是很困難的一件事。

　　這個動詞片語是指攪打奶油這個動作，whip 單獨一個動詞的語意也是「攪打」，但是加上 up 後更強調攪打的動作是「持續到奶油起泡為止」。

◆ First you should ***grind up*** the seeds, and then add water to make a smooth paste.

　首先你要**磨碎**這些種子，然後加水，這樣才能做出細滑的麵糰。

　　這個片語中，grind up (磨) 的動作是著重在「磨到碎為止」的含意，強調其〈強度〉。

本章由 up 組成的動詞片語有另一個重要的語意是「迅速地完成、做某事」，見下例：

◆ Meg, could you ***rustle*** something ***up*** to eat?

　Meg，你可以**很快地弄點吃的**嗎？

up

①［弄亂；混亂；搞砸］

1　Why have you *jumbled up* all my things like this?

你為什麼要這樣**弄亂**我所有的東西？

2　Look! The kid has *mussed up* my hair.

你看！這小孩**弄亂**了我的頭髮。

2【美】

3　You've *muddled up* all my important papers.

你**弄亂**了我所有的重要文件。

3 弄亂 (物品)

4　The teacher often *muddled up* me *with* my brother.

老師常把我跟我哥**搞錯**。

4 誤認

5　The wind has *messed up* my hair and it really looks terrible.

風**弄亂**了我的頭髮，看起來真的很醜。

5 弄亂

6　That one little mistake *messed up* all our plans.

那個小失誤**搞砸**了我們所有的計畫。

6 破壞

⇨ a mess-up caused by carelessness＝因粗心造成的失誤

7　You have *mixed up* pieces from two jigsaw puzzles.

你把兩種拼圖玩具的拼圖**混在一起**了。

8　The sea is very muddy because the wind has *churned* it *up*.

風**攪亂**了海面，使海水非常渾濁。

8 *vt.*

9　I was so nervous that I felt something *churning up* inside me.

我緊張得要命，覺得內心**翻騰**不已。

9 *vi.*

10　I am afraid that I had *mucked* my exam *up*.

我恐怕把考試**搞砸**了。

11　Some radicals *busted up* our meeting.

幾位激進份子**搞砸**了我們的會議。

12　I asked you to help, but you've *loused* everything *up*.

我請你幫忙，結果你卻把一切都**毀**了。

13　It was a simple job but you *botched* it *up*.

只不過是件簡單的工作，你卻**搞砸**了。

14. We **fouled up** the project because of some stupid mistakes.
因為一些愚蠢的錯誤，我們把計畫**搞砸**了。
⇨ a real foul-up = 完全搞砸

15. You have **cocked up** all our carefully-laid plans. 15【英】俚
你**搞砸**我們所有精心籌備的計畫。
⇨ cause a terrible cock-up = 造成嚴重失誤

16. Have you gone and **ballsed** everything **up** again? 16【英】鄙
你又把每件事都**搞砸**了是嗎?
⇨ be responsible for a complete balls-up = 對一團混亂的情況負責

22

17. Why do you **fuck up** everything you do? 17 鄙
為什麼每件事情到你手中都會**出錯**?
⇨ be blamed for the fuckup = 做錯事被責備

1
|
24

18. You **screwed up** everything I had been planning for so long.
你**搞砸**了我長久以來的一切計畫。
⇨ a serious screw-up = 嚴重的失誤

② [切片 (塊); (破壞) 使成碎片]

19. It's not easy to **slice up** this meat with a knife like this. 19【英】
要用這樣的一把刀**把**肉**切片**不是那麼容易。

20. She carefully **cut up** her food and then started eating it.
她小心地**切開**食物，然後開始進食。

21. She **carved up** the beef and gave it to her child.
她把牛肉**切片**給小孩吃。

22. We were freezing and had no heating, so we **sawed up** the furniture for firewood.
我們快凍僵了，又沒有暖氣，所以只好**鋸斷**家具當柴火。

23. The teacher found the boy cheating and **tore up** his answer sheet.
老師發現這個男孩作弊，於是**撕碎**他的答案卷。

24. "This is nonsense," she said, **ripping up** the letter.
「胡說八道。」她一邊說一邊**撕掉**那封信。

25 Her husband *smashed up* the furniture in a fit of anger.

她的丈夫一氣之下**砸毀**了家具。

26 *Mash* the food *up* well before giving it to the baby.

先把食物充分**搗碎**，再用來餵食嬰兒。

27 This meat is rather tough; you'd better *chew* it *up* properly before swallowing.

這塊肉很老，你最好先好好地**嚼碎**再吞下。

28 *Chop up* the parsley very finely and sprinkle it on the potatoes.

把荷蘭芹細細地**切碎**，然後灑在馬鈴薯上面。

29 First you should *grind up* the seeds, and then add water to make a smooth paste.

首先你要**磨碎**這些種子，然後再加水，這樣才能做出細滑的麵糰。

③ [(迅速地) 做某事；動作的完成]

30 Some coat hangers proved sufficient to *rig up* an antenna.

只要用幾個衣架就足以**應急做成**天線。

31 I know a dressmaker who will soon *run* you *up* a dress.

我認識一位能幫你**迅速趕製**衣服的裁縫師。

32 The survivors *threw up* crude shelters in the burnt-out city.

生還者在燒得面目全非的城裡**倉卒搭起**簡陋的避難所。

33 They seemed to *put up* that house in a few weeks.

他們似乎幾個星期內就**蓋好**那間房子。

34 I *knocked up* this garden shed in a couple of days.

我在幾天內就**迅速蓋好**這間花園的置物小屋。

34 迅速蓋好

35 Adam got into trouble for *knocking up* the girl next door.

Adam 因為**搞大隔壁女孩的肚子**而惹上麻煩。

35【美】俚 使懷孕

36 Meg, could you *rustle* something *up* to eat?

Meg，你可以**很快地弄點吃的**嗎?

37 I'll go to the kitchen and *whip* us *up* something to eat.

我去廚房幫大家**很快地準備些吃的**。

38 Go in to the kitchen and **cook up** whatever is available.

去廚房裡，有什麼就**很快地煮**些什麼。

38 很快地烹煮

39 The kids **cooked up** a story to cheat their mother out of her money.

這些小孩**編**了個故事騙走媽媽的錢。

39 編造，捏造

40 Put everything into a large pan and **boil** it **up**.

把全部食材都放入大的平底鍋，然後加以**煮熟**。

41 Get some bacon and sausages and **fry** them **up**.

拿些培根和香腸，再加以**油炸**。

42 I will **fix up** the dining room before the guests arrive.

我會在客人來之前把餐廳**準備好**。

42 準備

43 It only took the carpenter a short time to **fix up** the broken fencc.

木匠只花了一點時間就把破損的柵欄**修理好**。

43 修理

44 Can you **make up** a picnic lunch by half past eleven?

你能在十一點半以前**備妥**郊遊的午餐嗎?

44 準備好

45 I'll **make up** a bed on the couch.

我會在長椅上**鋪床**。

45 make up a bed
鋪床

46 I think it is a story that you **made up**.

我覺得那是你**捏造**的故事。

46 捏造

⇨ a made-up story = 捏造的故事

④ [(梳妝) 使看起來更漂亮或整齊; 整理乾淨]

47 My wife takes ages to **make** herself **up** in the morning.

我的太太早上都要花很久的時間**上妝**。

47 上妝

⇨ an expensive brand of make-up = 昂貴的名牌化妝品

48 My wife has just gone to the restroom to **freshen up**.

我的太太才剛到化妝室去**梳妝**。

49 I think that you have **spruced** yourself **up** too much.

我覺得你**打扮**得太過頭了。

49 打扮

50 Surely you can **spruce** this room **up** a bit.

你當然可以稍加**佈置**這個房間。

50 佈置，裝飾

51. Excuse me, but I would like to **wash up** before the evening meal.

不好意思，我想在晚餐前先**洗個手和臉**。

51 洗臉洗手

52. Would it be too much to ask you **wash up**?

要你**清洗碗盤**會不會太過分?

52【英】清洗碗盤

⇨ do the washing-up = 清洗餐具

53. You only have a few minutes to **tidy** yourself **up**.

你只有幾分鐘的時間來**整理儀容**。

53 整理儀容

54. It's your room. Why should I **tidy** it **up**?

這是你的房間，為什麼要我來**收拾**?

54 收拾乾淨

55. I wrote the report quickly, but then had to **tidy** it **up**.

這份報告我寫得很快，但是之後還須再**修正**。

55【英】修正潤飾 (文章內容)

56. The guests are arriving soon, so **smarten** yourself **up**.

客人快來了，所以趕快**整理**一下你的**儀容**。

56【英】

57. You must **clear up** your desk before going to bed.

睡覺前你必須**收拾**一下書桌。

⇨ give a room a good cleanup = 把房間打掃乾淨

⑤ [強調動作的效果；完成動作以達到負面效果]

58. I use this machine to **sharpen up** my knives.

我用這臺機器來**磨利**我的刀。

58 磨利 (刀具)

59. The conversation course provided me with an opportunity to **sharpen up** my speaking skills.

會話課程提供我**磨練**口語能力的機會。

59 磨練；增進

60. Recently her way of thinking has certainly **sharpened up**.

最近她的思路的確**變敏銳**了。

60 (感覺等) 變敏銳

61. It's really hard work to **whip up** the cream with just a fork.

單用一支叉子就要把奶油**打發**真的是很困難的一件事。

62. "**Pay up** the money!" he screamed angrily at me.

他憤怒地向我尖叫:「把錢**還清**!」

63 The drunken cowboys came in to town and *shot up* the cars on the streets.

醉醺醺的牛仔們進到城裡**開槍掃射**街上的車輛。

63 胡亂開槍掃射

64 The social worker persuaded the drug addict not to *shoot up*.

社工勸告這位癮君子不要再**施打毒品**。

64 施打毒品

65 The audience laughed at the way the actors *hammed* it *up*.

觀眾因為演員**表演誇張**而發笑。

65 ham it up 以誇張的方式演出

66 He *is doped up* and doesn't know what is happening.

他**藥效發作**，不清楚發生了什麼事。

66 Passive

67 The forecast says that the weather will *clear up*.

預報說天氣將會**放晴**。

67 (天氣) 放晴

68 There are a couple of points I want to *clear up*.

有幾點是我想要**澄清**的。

68 (意思等) 澄清

69 Don't always try to *chat up* every pretty woman you see.

別老是想要**跟**每個你所看見的美女**搭訕**。

69【英】

70 I won't tolerate you *eyeing up* my wife like that.

我不會容忍你那樣**色瞇瞇地盯著**我的老婆。

70【英】

71 Anna is *acting up* only because she is so tired.

Anna **耍脾氣**只因為她太疲累了。

71 (人) 鬧脾氣

72 Oh dear me! The washing machine is *acting up* again.

哎呀！洗衣機又**出問題**了。

72 (機器) 出問題

73 Those kids have been *playing up* again.

那些小孩又在**調皮搗蛋**了。

73【英】

74 There are some nasty men who *feel up* women in crowded trains.

在擁擠的電車裡，有些下流的男人會**吃**女性的**豆腐**。

75 Take your hands off me! Stop trying to *touch* me *up*!

把你的手從我身上拿開！不要再**吃我豆腐**了！

75【英】性騷擾

76 The restorer *touched up* the painting very skillfully.

修復者技巧純熟地**修補**這幅畫。

76 修補，修復

77 The gang of robbers **held up** a bank and made off with a few thousand dollars.

這幫搶匪**搶劫**某家銀行，拿了幾千美元後揚長而去。

⇨ a bank holdup＝銀行搶案

78 We are planning to **stick up** a bank. Do you want to join in?

我們打算要**搶劫**銀行，你要不要一起加入？

⑥［動不了；充滿］

79 Don't invest all of your money in property and **tie** it **up**.

別把你所有的錢都**凍結**在投資房地產。

80 If you leave your camera outside, the shutter will **freeze up**.

要是你把照相機留在外頭，快門會**結凍而無法運作**。

81 My right arm **seized up** after I lifted the heavy box.

我提完那個很重的箱子後，右臂**僵掉**了。

81 (肌肉) 僵痛

82 The engine of the car **seized up**.

車子的引擎**突然停止運轉**了。

82 (引擎) 突然停止運轉

83 The engine of my car has **iced up**.

我車子的引擎**結冰而無法正常運作**。

84 We were **squashed up** in the back seat of the car.

我們全**擠**在車子後座。

85 Your old toys are **cluttering up** the spare room.

你的舊玩具**堆滿**了備用客房。

86 I put the bucket outside in the rain and it soon **filled up**.

下雨時我把水桶放在屋外，沒多久就**裝滿**了。

86 裝滿，加滿

87 These cakes have **filled** me **up**. I don't think I need dinner this evening.

這些蛋糕**讓我吃飽**了，我想我今晚應該不用吃晚餐了。

87 使某人吃飽

88 **Filling up** the income tax forms took me all afternoon.

填寫所得稅申報表格花了我一整個下午的時間。

88 填寫

89 I'm afraid that the Prime Minister cannot see you. He **is booked up**.

首相恐怕無法見你，他的**行程全排滿**了。

89 Passive (人) 行程滿檔

90 There are no rooms left. All the rooms *are booked up*.

沒有剩餘的空房了，所有的房間都被**預訂一空**。

⑦ [(表面) 被霧氣、濕氣等完全覆蓋]

91 The minute I entered the room my glasses *steamed up*.

一進到房間，我的眼鏡就**蒙上一層霧**。

91 vi.

92 The boiling kettle *steamed up* all the windows.

沸騰的水壺使每扇窗戶都**蒙上霧氣**。

92 vt.

93 The windshield of this car *mists up* very easily.

這臺車的擋風玻璃很容易**起霧**。

94 These windows *frosted up* and I could not see outside.

這些窗戶**結霜**了，我沒辦法看到外面。

⑧ [(為了打掃) 擦乾，吸乾；舔乾；吸收；耗盡]

95 If you wash up the dishes, I will *dry* them *up*.

你洗碗的話，我會把它們**擦乾**。

95 擦乾

96 All the rivers *dried up* during the long drought.

所有的河川在長期的乾旱期間都**乾涸**了。

96 乾涸

97 Waiter, please *wipe up* this mess on the table.

服務生，麻煩你**擦掉**桌上的髒污。

98 *Blot up* the ink which you spilt on the carpet.

把你濺到地毯上的墨水**擦掉**。

99 *Mop up* that mess on the floor, please.

請用**拖把拖乾淨**地上的髒污。

100 Use this newspaper to *soak up* the water you spilt.

用這報紙把你溢出來的水**吸乾**。

100 吸乾 (水分)

101 I want to go to the Mediterranean and *soak up* the sun.

我想要去地中海，並**沉浸在**陽光中。

101 沉浸於…

102 Medical expenses *soak up* a lot of my income.

醫藥費**花光**了我的收入。

102 花光 (時間、錢)

103 The cat *lapped up* the milk which I poured in its saucer.

貓咪**舔光**我倒在碟子裡的牛奶。

103 (動物) 舔食

104 The gold medalist seemed to *lap up* the media's attention.

那位金牌得主似乎**沉浸在**媒體的注目中。

104 沉浸於 (讚美、氣氛等)

105 The boy stuck out his tongue and *licked up* the sauce from the plate.

這個男孩伸出舌頭，**舔掉**盤子上的醬汁。

106 This plant does not seem to be *taking up* any water.

這株植物似乎完全**不吸收**水分。

⇨ an organism's uptake of food and oxygen = 生物對食物及氧的吸收

107 The cost of supporting the bureaucracy *eats up* our taxes.

維持官僚體系的經費**耗盡**了我們的納稅錢。

⑨ [(突然地、猛烈地) 燃燒，爆炸]

108 The whole building *went up* in flames in just a minute.

整棟建築物幾乎在一瞬間就**燒了起來**。

108 go up in flames 突然起火燃燒

109 No one knows why the airplane *blew up* in midair.

沒有人知道這架飛機為何會在半空中**爆炸**。

110 The spaceship *burnt up* in the Earth's atmosphere.

太空船在地球的大氣層內就**燒成灰燼**。

110 燒盡

111 This second-hand car really *burns up* gasoline.

這輛二手車真的很**耗費**汽油。

111 耗費 (燃料)

112 Trifling irritations like that should not *burn* you *up*.

你不應該為那種小事而**發火**。

112 使發脾氣

⑩ [提高音量]

113 Excuse me, but would you mind *speaking up*?

對不起，可以請你**大聲**一點嗎?

114 The effect was magical when the choir *lifted up* their voices.

合唱團**提高**其音量時，效果十分驚人。

115 We all *cracked up* at his jokes.

我們聽到他的笑話全都**捧腹大笑**。

⑪ [使鬆軟]

116 **_Plump up_** the pillows for Grandad before he lies down on the bed.

在爺爺上床睡覺之前先幫他把枕頭**拍鬆**。

117 Mother **_fluffs up_** the pillows for me every night.

媽媽每晚都為我把枕頭**拍鬆**。

23

起始、開始著手

about, around to, down, in,
into, off, **on**, out, to, **up**

本章介紹關於〈起始、開始著手〉的概念，如下例所示：

◆ Young Harry just won't **buckle down** to his new job.
年輕的 Harry 就是不肯**開始認真做**新工作。

◆ When did you **take up** smoking?
你什麼時候**開始**抽菸的？

本章同時要介紹關於「(開始後) 變得普及或持續下去」的概念。這個概念也被視為一種〈起始〉。其例如下：

◆ Fashion magazines say long skirts will **come in** again.
流行雜誌說長裙會再度**流行**。

此外，本章也介紹關於「啟動各種機械或用電的器具」的概念：

◆ Do you mind if I **put on** the air conditioning?
你介意我**打開**空調嗎？

含〈起始〉、〈開始著手〉概念的動詞片語大多是及物動詞。然而用電的器具或機械，或是下例提到的「電力」，有時也會含有自行運作的概念，因此也有不及物動詞的用法：

◆ It took a whole week before the electricity **came on**.
花了一整個禮拜的時間電力才**恢復**。

about [開始著手]

1 The secretary **set about** her daily tasks with energy.
那位祕書活力十足地**開始處理**日常事務。

around to [終於可以做]

2 I **got around to** cleaning my shelves this morning.
我今早**終於可以**清理書架了。

2 get around to
V-ing/sth

down [開始著手認真做…]

3 Young Harry just won't **buckle down** to his new job.
年輕的 Harry 就是不肯**開始認真做**新工作。

4 It's high time you **knuckled down** to some serious study.
該是你**開始認真做**點嚴肅的研究的時候了。

in

① [(開始後) 變得普及或持續下去]

5 Fashion magazines say long skirts will **come in** again.
流行雜誌說長裙會再度**流行**。

6 Obscene words are **creeping in** to daily conversation.
淫穢的言語正**悄悄出現**在日常對話中。

7 The rainy season has **set in**.
雨季**開始**了。

② [(很快地) 進行，加入並開始做…]

8 Don't hesitate. Just **dive in**.
不要猶豫，**直接著手進行**就是了。

9 The fighters are now **weighing in**.
這些拳擊手們正在**量體重** (以備開賽)。

⇨ a weigh-in before the match = (賽馬、拳擊等) 比賽前的體重測量

10 I **plunged in** and started asking questions.
我**立刻加入**並且開始發問。

11 When I saw the bullying, I could not help ***wading in***.
我看見這樣以大欺小的事情就忍不住**插手**。

③ [引領，開啟；啟用]

12 The new President ***ushered in*** an era of change.
新任的總統**引領**了變革的時代。

13 The principal ***phasing in*** modern teaching approaches.
校長正在**逐步引進**新式的教學法。

14 The government is going to ***bring in*** some new tax laws.
政府打算**採用**一些新的稅法。

into [冒然開始做某事；投入]

15 Bill and Henry ***fell into*** a stupid argument.
Bill 和 Henry **開始**一場無聊的爭論。

16 No one knows when the first organism ***came into*** existence.
沒人知道最早的生物是何時**開始存在**的。

16 come into existence
開始存在

17 The daughter ***came into*** her inheritance after the father died.
父親死後，女兒就**繼承**了遺產。

17 繼承

18 Tom ***went into*** a long, incomprehensible explanation.
Tom **開始**了一段冗長且難懂的說明。

18 開始 (演說等)

19 The jet ***went into*** a nosedive and couldn't pull up.
噴射機**開始**俯衝，沒有辦法往上飛起。

19 (飛機、車子等) 開始陷入某種情況

20 Sue ***launched into*** a long speech about democracy.
Sue **展開**一場關於民主的長篇演說。

21 I have to ***wade into*** my graduation thesis this week.
這禮拜我得**賣力開始處理**我的畢業論文。

22 At a signal everyone ***broke into*** a fast jog.
信號一響，每個人就**開始**狂奔。

23 Why do you ***burst into*** tears at such trivia?
你為什麼要為了這種瑣事而**突然哭泣**？

23 burst into tears
突然哭泣

起始、開始著手

24 The wooden house seemed to just ***burst into*** flames.
這棟木造房屋似乎就這樣**突然燒了起來**。

24 burst into flames
突然起火

25 It was rather unwise of you to ***dive into*** the discussion.
你**冒然加入**這場討論實在是太不明智了。

26 My company ***rushed into*** the deal without consideration.
本公司未經考慮就**倉促**交易。

27 We had no choice but to ***pitch into*** the emergency work.
我們除了**投入**緊急的工作之外別無選擇。

28 I had no alternative but to ***throw*** myself ***into*** the task.
我除了**投身於**工作外別無選擇。

28 throw oneself into
投身於…

29 He rashly ***plunged into*** a series of business ventures.
他輕率地**投入**一連串的投機事業。

30 Sometimes when I am depressed, I just ***fling*** myself ***into*** work.
有時候心情不佳時，我就**投入**工作。

30 fling oneself into
投入…

off [成為起因，觸發 (引起後續一連串事件或動作)]

31 Something seemingly rather minor can ***start off*** the growth of a cancer.
看似微不足道之物也可能**成為**癌症生成的**開端**。
⇨ a starting-off point = 出發點

31 引發

32 Paul ***started off*** as a second-hand car salesman, but later became a millionaire.
Paul 以二手車推銷員**起家**，後來卻成了百萬富翁。

32 起家，起始

33 The cry of "Fire" ***set off*** a panic.
「失火了」的叫喊聲**引起**一陣恐慌。

33 引發

34 Your remark ***set*** him ***off*** and he vented his anger on me.
你的言論**激怒**了他，而他把氣出在我身上。

34 激怒

35 The police's high-handed attitude ***touched off*** the riot.
警方的高壓態度**引發**這場暴動。

36 We want to avoid anything that could ***spark off*** a conflict.
我們想要避開任何可能**引起**衝突的事情。

37 An underground nuclear test *triggered off* earthquakes.
一場地下核子試爆**引發**了地震。

38 We are *teeing off* immediately after lunch.
我們午餐後馬上**開球**。

註 tee off 為高爾夫球賽中從球座發球的動作。

on

① [開始一連串的行動或某種行為；承接]

39 She picked up her knitting needles and started *casting on*
(stitches).
她拿起編織針開始**起針**。

40 They will *start on* a reorganization of our company.
他們將**著手進行**本公司的改組。

41 Once I *embark on* that course, I won't change my mind.
一旦我**開始**朝那方向前進，我就不會改變心意了。

42 The government is *entering on* a new economic policy.
政府正**著手進行**新的經濟政策。

43 My doctor *put* me *on* a complete vegetarian diet.
醫生**要**我**進行**全素的飲食。

43 要求進行⋯

44 I don't believe a word you say. You are *putting* me *on*.
你說的話我一個字也不信，你在**欺騙**我。
⟹ a put-on = 故作姿態
⟹ a put-on smile = 假笑

44【美】欺騙某人

45 She *went on* some kind of medicine that had side effects.
她**開始服用**某種具有副作用的藥品。

46 Not just anyone can *take on* a job like this.
並不是每個人都能**承接**這樣的工作。

46 承接 (工作等)

47 He *took* it *on* himself to finish the work on time.
他自己**承擔**準時完成工作**的責任**。

47 take it on oneself
to V
承擔⋯的責任

② [(雙方) 開始溝通]

48 Excuse me please, but could you *put* Mr. Bond *on* for me?
很抱歉，可以請 Bond 先生**來聽電話**嗎?

49 The other party is waiting. Hurry and *get on* the phone.
對方在等候，快點**接聽**電話。

③ [((使機械、電力等) 開始運作]

50 It took a whole week before the electricity *came on*.
花了一整個禮拜的時間電力才**恢復**。

51 Who *switched on* the television?
是誰**打開**電視機的?

52 Please show me how to *turn* this copier *on*.
請向我示範要如何**啟動**影印機。

53 Do you mind if I *put on* the air conditioning?
你介意我**打開**空調嗎?

53 打開 (開關)

54 The driver of the train suddenly *put on* the brakes.
列車駕駛突然**踩住**煞車。

54 踩 (煞車)

55 I don't think it is too early to *put* the dinner *on*.
我覺得現在**開始準備**晚餐不會太早。

55 開始準備

out [著手做; 開始]

56 Let's *start out* to clean all the rooms.
我們**開始著手**打掃全部的房間吧!

57 My parents did not support me financially so I *struck out* on my own.
我的父母在經濟上不支援我，於是我**開始自力更生**。

57 strike out on one's own 自力更生

58 War *broke out* while the diplomats were still negotiating.
外交人員還在協商的時候，戰爭就**爆發**了。

⇨ an outbreak of international terrorism = 國際恐怖行動的爆發

to [開始某種行為]

59 I *got to* thinking about the old days.
我**開始**回憶起舊日時光。

59 get to V-ing

60 He *fell to* thinking about how he had first met her.

60 fall to V-ing

他**開始**回憶起初次與她邂逅的光景。

61 When did your son *take to* smoking?

61 take to V-ing

你兒子是什麼時候**開始**抽菸的？

up [開始某種行為或行動]

62 The engine *started up*, but then stopped.

62 (引擎) 發動

引擎**發動**了，但後來又停了。

63 I need your help in *starting up* my new business.

63 開創 (事業)

我需要你的幫助來**開創**我的新事業。

64 I want to *pick up* (my introduction to the French Revolution) *from* where I left off last week.

我想要從我上禮拜最後談到的 (法國大革命的介紹) 內容**再開始**。

65 When did you *take up* smoking?

65 開始 (做) …

你什麼時候**開始**抽菸的？

66 The band played and we all *took up* the song.

66 加入一起唱

樂隊開始演奏，我們全都**唱起**這首歌。

67 Well, that's my offer. Whether you *take* it *up* or not is up to you.

67 接受

嗯，那是我的提議，要不要**接受**由你決定。

68 The band *struck up* (a tune) to cover the awkward silence.

樂隊**開始演奏** (歌曲) 來掩飾這令人尷尬的寂靜。

69 The shop *opens up* at nine.

69 開始營業

這家店九點**開門**。

70 Many opportunities are likely to *open up* for you.

70 (機會) 開放

許多機會之門都有可能為你而**敞開**。

71 They had to *open* him *up* to remove the tumor.

71 切開 (傷口等)

他們要**為他開刀**移除腫瘤。

72 A couple of the gangsters *opened up on* each other with their guns.

72 開始射擊

幾個流氓拿槍開始互相**射擊**。

[73] His actions *set up* an unfortunate series of events.

　　他的行為造成一連串的不幸事件。

[74] The government is *setting up* still another committee.

　　政府正打算再另外設置一個委員會。

74 設立

[75] To *set up* a business, a lot of capital is necessary.

　　開創事業需要一大筆的資金。

75 開創 (事業)

[76] There is a revolution *brewing up* in the provinces.

　　革命正在各省醞釀中。

[77] What about *knocking up* a bit before starting the match?

　　比賽開始之前先練習一下如何?

77【英】

　　註 尤指網球、羽球、壁球的試打練習。

　　⇨ have a knock-up before the game = 在比賽前先練習一下

24

結束、中斷

aside, down, for, **off**, **out**, out of, over with,
through, **up**, up on, up with, with

　　本章介紹關於〈結束、中斷〉的概念。〈結束〉的概念意指「完成某事後就不再做了」，而另一方面，〈中斷〉的概念則意指「在完成之前，正在做的當下就決定不做了」。下面第一個例子是〈結束〉的概念，而第二個例子則是〈中斷〉的概念:

◆ I should be able to *finish off* my homework in an hour.
　　我應該能在一小時內**完成**我的功課。

◆ Please *put* the book you're reading *aside* and come to help.
　　請**攔下**你正在讀的書先來幫忙。

　　本章也介紹關於「關閉各種用電的器具或機械」的概念:

◆ Isn't it still a bit early to *put out* the lights?
　　現在就**關掉**電燈還有點早吧?

　　許多由〈結束、中斷〉概念延伸出的含意像是〈退讓、用盡、(機器) 故障〉等，也都在本章中一併介紹。另外有一類與「了解、解決 (難題等)」有關的動詞片語也被納入本章內容，建議讀者在學習時，不妨將這類動詞解釋為「了解、解決問題後即結束 (克服) 了難題」。

aside [中止 **]**

1 Please ***put*** the book you're reading ***aside*** and come to help.
請**攔下**你正在讀的書先來幫忙。

2 He ***laid aside*** the newspaper and started drinking his tea.
他把報紙**放在一邊**喝起茶來。

3 If I ***set aside*** something, it is difficult to restart it.
我一旦**攔下**某件事情，要再重新開始就難了。

down

　　① [停止 (說話、營業、動作、工作等)]

4 We're not interested in your opinion. So ***pipe down***!
我們對你的意見沒興趣，**閉嘴**吧!

5 The factory ***shut down*** because of a labor dispute.
這家工廠因為勞資糾紛而**停業**。

5 停業

6 We ***shut down*** all the generators for maintenance.
我們**關閉**所有的發電機進行維修。

6 關閉 (機器等)

7 The police ***closed down*** the bar because of the discovery of illegal drugs.
警方因發現違法毒品而**勒令**那間酒吧**停業**。

7 *vt.* 勒令停業

8 The gambling den had to ***close down***.
這間賭場必須**停業**。

8 *vi.* 停業

9 At what time does Station MVB ***close down***?
MVB 電臺的節目幾點**收播**?

9【英】(節目) 收播

　　⇨ the closedown of a radio station = 電臺節目播放結束

10 Stop! There is a policeman ***flagging*** you ***down***.
停車! 有個警察**示意**你**停車**。

11 ***Wave down*** the next car and ask them to help.
揮手叫住下一輛車並向他們求助。

　　② [工作或任務結束]

12 The president ***stepped down*** and his son took his post.
董事長**退休**，由他的兒子繼承職位。

13 Sharon has decided to **stand down** *as* president.
Sharon 已決定**辭去**總裁的職位。

③ [放棄不再堅持己見]

14 The facts were clear, but Tom refused to **climb down**.　14【英】
事實已很明白了，但 Tom 就是不肯**認錯**。

15 Neither side would **back down** and the negotiation reached a deadlock.
雙方都不願**退讓**，談判因而陷入僵局。

for [徹底地結束]

16 I can assure you that you and your pals **are done for**.　16 Passive
我可以向你保證，你和你的朋友們**完蛋**了。

off

① [完成；圓滿達成；使完備；停止]

17 I should be able to **finish off** my homework in an hour.　17 完成
我應該能在一小時內**完成**我的功課。

18 Ali **finished off** his opponent with a jab to the jaw.　18 擊敗
阿里以擊向下巴的一拳**擊敗**了對手。

19 The disease **finished off** the patient in a couple of days.　19 使喪生
這種病在幾天之內就**結束**了患者**的生命**。

20 If you **bring off** such a feat, we will all admire you.
假如你**完成**這樣的壯舉，我們都會崇拜你。

21 He **pulled off** the difficult task at last.
他最後終於**完成**那項艱鉅的任務。

22 You can **polish off** a job like that in no time.　22 迅速完成
那樣的工作你可以不花什麼時間就**迅速完成**。

23 He had **polished off** his meal before we even sat down.　23 迅速吃完
我們都還沒坐定，他就已經**迅速吃完飯**。

24 It was a difficult task, but he **carried** it **off** beautifully.　24 達成 (任務等)
這是很困難的任務，但他圓滿**達成**了。

25 One competitor *carried off* more than five prizes.

有位選手**獲得**超過五個獎項。

25 獲得 (獎項等)

26 We *topped off* this romantic dinner with a glass of champagne.

我們以一杯香檳**結束**這一頓浪漫的晚餐。

27 Work hard, and all your efforts will *pay off* in the end.

認真工作，最後你所有的努力就會**有所代價**。

28 We were surprised at the way the project *came off*.

這個計畫如此**成功**，我們都大感意外。

28 成功

29 Under the new tax system, the richest people will *come off* best.

依照新稅制，最富有的人**最後將**獲益最多。

29 come off Adv (結果) 成為…

30 The team will *play off* for the championship on Sunday.

這支隊伍將於週日為爭奪冠軍而**進行決賽**。

⇨ a play-off to decide the runner-up = 決定亞軍的決賽

31 He *rounded off* his education *with* a year in Europe.

他旅歐一年**完成**自己的學業。

31 圓滿結束

32 *Round* all the numbers *off* to whole numbers.

把這些數字都**四捨五入**成整數。

32 四捨五入

33 She told him to *lay off* complaining, but he wouldn't listen.

她要他**停止**抱怨，但他不聽。

② [中途停頓；結束 (工作)；掛斷電話；中止；打斷；戒除]

34 Let's *stop off* at places that catch our fancy.

我們在喜歡的地方**中途停留**一下吧！

35 Our company is strict about our *clocking off* *from* work.

我們公司對於**打卡下班**的規定相當嚴格。

36 I'm sorry, but I must *ring off* now.

不好意思，我得**掛斷電話**了。

36【英】

37 This is an emergency. *Get off* the phone!

這是緊急事件，快**掛斷**電話！

37 掛斷 (電話)

38 Can we *get off* the subject of politics?

我們可以**停止討論**政治的話題嗎？

38 停止討論

39 We are getting nowhere; we should *break off* negotiations.

我們毫無進展，應該**中止**協商。

39 中止 (活動、談話等)

40 I *broke off* my relationship with her.

我和她**分手**了。

40 斷絕關係

41 I started to express my opinion, but Harry *cut* me *off*.

我開始陳述意見，但 Harry **打斷**我。

41 打斷某人的言談

42 The enemy *cut off* supplies to the town, which eventually made them surrender.

敵軍**切斷**運送進城的補給物資，最後逼得他們投降。

42 使…的供應中斷

43 I used to drink lots of coffee every day but now I *go off* it.

我以前每天都喝大量咖啡，但現在**不喜歡**了。

43【英】不再喜歡

44 The lights flickered once and then *went off*.

燈光閃了一下，然後就**熄滅**了。

44 熄滅

45 Heroin is a very difficult drug to *come off*.

海洛因是很難**戒除**的毒品。

46 Every time I get a hangover, I *swear off* alcohol.

每次宿醉，我都**發誓**要戒酒。

③ [按掉機械或電器的開關]

47 I *shut off* the noisy motor.

我**關掉**吵雜的馬達。

47 關掉 (機器)

48 They *shut off* my water supply because I didn't pay the bill.

我沒繳水費，所以他們**中斷**供水。

48 中止

49 Someone *turned* the computer *off* as a prank.

有人惡作劇地把電腦**關掉**。

50 Can you please *switch off* the light over there?

可以麻煩你**關掉**那邊的電燈嗎？

④ [結束生命；取消]

51 The animals in the private zoo are ***dying off*** because of improper care.

這家私人動物園裡的動物因為照料不當而**相繼死去**。

52 The polluted air has ***killed off*** many birds in the island.

污染的空氣已使島上的許多鳥**死去**。

53 The Mafia ***bumped off*** some important political figures.

黑手黨**謀殺**了幾名重要的政治人物。

54 They say that he paid someone to ***knock off*** his political opponent.

據說他花錢請人**殺害**他的政敵。

55 The gang is planning to ***knock off*** a bank in town next week.

此幫派籌劃下週去**搶劫**城裡的一家銀行。

56 The special discount for the club members ***has been taken off***.

給俱樂部會員的特別折扣已經**取消**了。

57 I insist on ***calling off*** this wedding.

我堅持要**取消**這場婚禮。

58 My dog went for the man, but I ***called*** it ***off***.

我的狗衝向那名男子，但我把牠**叫住**。

54 俚 殺害

55【英】俚 搶劫

56 Passive

57 取消

58 叫住

out

① [關掉；熄滅；停止正在進行的事]

59 Make sure you ***turn out*** the gas before going to bed.

就寢前要確定你**關掉**瓦斯了。

60 Isn't it still a bit early to ***put out*** the lights?

現在就**關掉**電燈還有點太早吧?

61 Double check that you have ***put out*** your cigarette.

再檢查一遍你已經把菸**熄掉**了。

62 The lights ***go out*** at ten-thirty sharp.

十點三十分準時**熄燈**。

60 關掉 (燈)

61 熄滅

63 If you don't ***blow out*** that match, you will burn yourself.

要是你不**吹熄**那支火柴就會燙傷自己。

64 Don't forget to ***stub out*** your cigarette butt in the ash tray.

別忘了把煙蒂**捐滅**在煙灰缸裡。

65 Be careful when you are ***snuffing out*** a candle.

熄滅蠟燭的時候要小心。

66 I ***beat out*** the fire with a wet blanket.

我用濕毛毯**撲滅**火勢。

67 Quick, ***stamp out*** the fire before it spreads.

快點，趁火還沒蔓延之前把火**踩熄**。

68 You can use my computer, but you must ***log out*** before ten o'clock.

你可以用我的電腦，但必須在十點之前**登出**。

69 The company ***pulled out*** of manufacturing computers.

這家公司**退出**製造電腦的事業。

70 Stop behaving like that. ***Cut it out***.

別再有那種舉動，**停下來**。

70 cut it out (叫人)
停止 (令人不悅的
行為)

② [(機械) 熄火，故障；停止]

71 The engines ***cut out*** and the plane lost altitude.

引擎**突然故障**，接著飛機往下墜。

71 (引擎) 突然熄火
故障

72 There was a noise and then the engine ***sputtered out***.

先是一陣怪聲，接著引擎就**熄火**了。

73 The engine ***conked out*** before we had gone even a mile.

我們還走不到一哩，引擎就**突然故障**了。

74 Public interest in the election campaign has ***fizzled out***.

大眾對於選舉活動的熱中已經**消失**。

③ [了解；想出；解決；成功完成，結束；實踐]

75 I couldn't ***fathom out*** what our teacher was talking about.

我無法**領悟**我們老師所說的東西。

75【英】

76 Sit down quietly and try to **reason out** the problem.

安靜坐下來，試著釐清問題癥結所在。

77 Once you have **figured out** the answer, let me know.

你一想出答案就讓我知道。

78 It is vital to **think out** a really original sales campaign.

想出一個真正具有原創性的促銷活動是很重要的。

79 It may take all day, but I will certainly **puzzle** the problem **out**.

可能要花一整天，不過我一定會解開這個問題。

80 Thanks! I couldn't have **straightened out** the problem alone.

謝啦！我一個人絕對沒辦法解決這個問題。

81 Don't worry. We can **work** it **out**.

別擔心，我們可以解決這個問題的。

81 解決 (問題)

82 **Work out** the answers without using your calculators.

算出答案來，不要用計算機。

82 計算出 (數字)

83 Everything **worked out** perfectly in the end.

最後每件事都圓滿成功了。

83 達成

84 Ted is one of those people who I just cannot **work out**.

Ted 是那些我無法了解的人之一。

84 了解

85 The doctor told me to **work out** an exercise plan and keep to it.

醫生告訴我要擬定一個運動計畫，並且加以遵守。

85 擬定 (計畫)

86 I **work out** three or four times a week.

我一星期運動三、四次。

⇨ a gentle workout = 和緩的運動

86 運動

87 I am sure that when your daughter starts living by herself, she will **make out** all right.

我確定你女兒開始自食其力時可以應付得過來。

87 處理得當，勝任

88 A fellow like you has no chance of **making out** with a woman like Eva.

像你這種人是沒有機會和 Eva 那樣的女人發生親密關係的。

88【美】親吻，愛撫

89. Things were going pretty badly in the beginning, but we **lucked out** in the end.

事情剛開始進展得很糟，但最後我們**幸運地成功**了。

90. Even if you don't agree with me, please **hear** me **out**!

就算你不認同，也請你**聽我講完話**！

91. We **played out** the game to the bitter end.

我們奮力**比完**這場比賽。

92. Everything **turned out** very well for the plan.

該計畫**最後結果**非常順利。

93. I'll **have** it **out** *with* the person who spread that rumor.

我會**跟**散播謠言的人**攤牌**。

94. Just let the two of them **fight** it **out**.

就讓他們兩人**分個勝負**。

95. If you start, you must **carry out** the task to the finish.

你只要開始做了就必須**完成**這件任務，直到最後。

96. You are requested to **carry out** your promise.

你應該要**實現**諾言。

97. I believe someday I can **live out** my ambitions.

我相信有朝一日我能**實踐**抱負。

④ [過時；取消或中斷；(長期使用過後) 故障停止運作]

98. I'm afraid to say that your passport has **run out**.

恐怕你的護照已經**到期**了。

99. We have **run out** *of* both food and money.

我們已經**用光**食物和錢了。

100. These high-heeled shoes **went out** years ago.

這些高跟鞋好幾年前就**過時**了。

101. Our Sports Meet was completely **washed out** by the rain.

我們的運動會因下雨而全**泡湯**了。

⇨ a real washout = 大失敗

93 have it out with sb
與某人直言談論
問題

94 fight it out
分出勝負

95 完成 (工作)

96 實踐 (諾言)

98 (期限) 終止，期滿

99 用光

24

[102] It's a matter of time before the old refrigerator *gives out*.
那臺老舊的冰箱何時會**壞掉**只是時間問題。

⑤ [處理好某事]

[103] You must *plan* everything *out* before starting the project.
你必須在計畫開始前就**籌劃**一切。

[104] A part-timer sometimes *helps* (us) *out* with the filing.
兼職人員有時候會**幫忙** (我們) **處理**文件歸檔的工作。

[105] This is not the final plan. It is just something I have *roughed out* and which we can use as a basis for discussion.
這不是最終的計畫，只是我**草擬**出來以作為討論的依據。

[106] At this meeting today, I intend to *sketch out* the main points of our new marketing campaign.
在今天的會議上，我打算要**大略敘述**我們最新行銷活動的重點。

[107] You *spell* the names *out* and I will write them down.
你**拼出**名字，我會寫下來。

[108] I don't know how to spell your name. Please *write* it *out* on this piece of paper.
我不清楚你的名字怎麼拼，請在這張紙上**寫出來**。

out of [停止習慣等]

[109] I can't find a way to *break out of* my daily routine.
我找不到方法**逃離**每天一成不變的生活。

[110] There are some bad habits I don't want to *get out of*.
有一些壞習慣我不想**改掉**。

[111] My son has not *grown out of* biting his nails, which worries me a lot.
我的兒子還沒因長大而**戒除**咬指甲**的習慣**，這使我很擔心。

over with [(使) 終止]

[112] I intend to *get* my exams *over with* as soon as possible.
我想要儘早**結束**考試。

through [(一步步地) 完成；通過；結果失敗]

[113] Do you think you can *get through* that work soon?
　　你覺得你能很快**完成**那項工作嗎?

113 完成

[114] I tried to explain but just couldn't *get through* to him.
　　我試著解釋，不過就是無法**讓**他**了解**。

114 get through to sb
使某人了解

[115] The bill just managed to *get through* Parliament.
　　這項法案總算在國會**通過**。

115 (法案) 通過

[116] I intend to *see* this project *through* to the end.
　　我打算**執行**這個計畫**直到最後**。

[117] Such an unjust law can not be allowed to *go through*.
　　如此不公平的法案是不被允許**通過**的。

[118] The Liberal Party eventually succeeded in *voting through* the measure.
　　自由黨最後順利**投票通過**這項議案。

[119] The government cannot *put through* any real tax reform.
　　政府無法**通過**真正的稅制改革。

[120] Unfortunately the agreement we made *fell through*.
　　很可惜我們做的協定**未能實現**。

up

① [(工作、比賽等) 完成，結束]

[121] *Finish up* the rest of the work as soon as possible.
　　盡快**完成**剩下的工作。

121 完成 (工作)

[122] Helen refused to *finish up* the carrots in her plate.
　　Helen 不肯**吃完**她盤裡的胡蘿蔔。

122 吃 (喝) 完

[123] It's getting late. Let's *wind up* our football practice.
　　時候不早了，我們**結束**足球的練習吧!

② [放棄 (工作等)；關閉；倒閉]

[124] They say she is *giving up* her job to have a baby.
　　據說她為了生孩子而打算**辭去**工作。

124 辭去 (工作)

24

102
|
124

125 The relatives of the passengers *gave up* all hope.
乘客的家屬**放棄**一切希望。

125 放棄

126 I can't persuade my wife to *give up* smoking.
我沒法子說服我老婆**戒菸**。

126 give up Ving
戒除 (習慣)

127 The missing explorer has been *given up* for dead.
失蹤的探險家被**認定已喪生**。

127 give sb up for dead
認定某人喪生而
不抱希望

128 The spy *gave* himself *up* when he realized there was no way
that he could avoid capture.
這名間諜知道自己沒有辦法躲避追捕後就**投案**了。

128 give oneself up
自首，投案

129 She *chucked up* the job because it was too difficult.
這份工作太難了，因此她**辭去**職務。

129【英】

130 I don't understand why you *threw up* such a good job.
我不懂你為什麼要**放棄**這麼好的工作。

131 The whole building *closes up* at seven sharp.
這整棟建築物在七點整**關閉**。

131 (商店等) 關閉

132 It will take about one month for the wound to *close up*.
傷口**癒合**約需一個月的時間。

132 (傷口) 癒合

133 His business eventually *folded up*. He lost a lot of money.
他的公司後來**倒閉**了，損失了很多錢。

③ [(有做完這件事後所有工作皆結束之意的) 總結，完成]

134 Please give me a minute or two to *sum up* (my points).
請給我一、兩分鐘來**總結** (我的論點)。

⇨ a balanced summing-up of different opinions
= 把不同意見做個中立的總結

135 The only thing left to do is to *write up* a fair copy.
唯一剩下來要做的事就是**謄寫**出一份整齊的稿子。

⇨ a favorable write-up of a hotel in a newspaper
= 一則關於某家飯店的正面新聞報導

136 Can you *type up* my report by midnight?
你可以在午夜以前**打好**我的報告嗎?

[137] Well, you seem to have pretty well *wrapped up* everything.

嗯，你似乎已經把所有的事都**完成**得差不多了。

[138] Come on, let's *pack up* for today.

好啦，我們今天工作**到此為止**。

138【英】收工

[139] Oh dear! The air conditioner has *packed up*.

天啊! 冷氣機**故障**了。

139【英】(機器) 故障

④ [沒有預期地抵達 (某處)；發展成為；成功；停止說話]

[140] There were no rooms in the hotel so we *ended up* sleeping in a park.

旅館都沒有空房了，所以我們**最後**睡在公園裡。

140 end up V-ing
　　最後 (下場) 是…

[141] George *ended up as* president to his company.

George **最後成為**他們公司的總裁。

141 end up as
　　最後成為…

[142] Finally we all *wound up* in a seedy bar.

最後我們一群人**來到**一間破舊的酒吧。

[143] We *landed up* in the middle of a dusty ghost town.

我們**最後來到**一座塵土滿佈的廢棄城鎮。

143【英】

[144] We *fetched up* at a small town on the banks of a river.

我們**最後來到**河岸邊的一座小鎮。

144【英】

[145] My secretary *worked* my ideas *up* into a good proposal.

我的祕書把我的構想**發展**成一個很好的提案。

[146] The plan *was* nicely *sewn up* at the end of the meeting.

會議結束時，計畫**順利談妥**。

146 Passive

[147] It would be an excellent idea if you *shut up*.

你最好**閉嘴**。

147 vi.

[148] Tim wouldn't stop talking, so I had to *shut* him *up*.

Tim 一直說個不停，所以我得**叫他閉嘴**。

148 vt.

[149] Please *hush up* so that I can watch TV in peace.

請**安靜**，這樣我才能不受打擾地看電視。

[150] Mike *clammed up* when I mentioned Sally's name.

我一提到 Sally 的名字時，Mike 就**變得沉默**。

[151] If that's all you can say, you had better **dry up**!
如果你只能說出這樣的東西，那最好還是**閉嘴**!

151 (叫別人) 閉嘴

⑤ [完全用盡]

[152] Supplies to the refugees have **dried up**.
運給難民的救援物資已經**枯竭**。

152 (資源) 枯竭

[153] In the middle of my speech I just **dried up**.
我演講到一半時就**忘詞**了。

153 忘詞

[154] You seem to have **used up** your remaining strength.
看來你已經**耗盡**僅剩的力氣。

[155] Come on, **drink** your beers **up**! We have to be on our way.
快點，大家把啤酒**喝光**! 我們要上路了。

[156] Please **eat up** everything that is on your plate.
請把你盤子裡的東西都**吃完**。

[157] I **gobbled up** the plate of food in five minutes flat.
才過了五分鐘，我就**狼吞虎嚥地吃完**一整盤的食物。

157 狼吞虎嚥地吃完

[158] Defense spending **gobbles up** more than 10% of the budget.
國防經費**占用**了百分之十以上的預算。

158 占用

[159] We had no choice but to **sell up** and leave the town.
我們除了**賣光所有家產**並離開這座鎮之外別無選擇。

159【英】

up on [死心；掛斷電話]

[160] I have really tried, but now I have to **give up on** you.
我真的努力過了，但我現在不得不**對你感到失望**。

[161] It was a bit rude of you to **hang up on** me like that.
你那樣**掛斷我的電話**有點沒禮貌。

up with [以…結束；想出]

[162] On Valentine's Day, my boyfriend and I had a five-course dinner and **finished up with** champagne.
情人節那天，我和男友吃了五道菜的晚餐，並**以香檳作結**。

163 Let me think. I will try to *come up with* something.
　　讓我想想，我會努力**想出**點什麼的。

163 想出 (方法等)

164 I was unable to *come up with* the money.
　　我沒辦法**籌到**那筆錢。

164 籌 (錢)

with [斷絕關係]

165 I have *finished with* you! Never speak to me again.
　　我已經**跟**你**分**手了！不要再跟我說話。

165【英】分手

166 Have you *finished with* the magazine?
　　你**看完**那本雜誌了嗎?

166 結束，做完

167 I didn't *break with* Sarah. She broke with me.
　　我沒有和 Sarah **決裂**，是她要和我決裂。

167 和某人斷絕關係

168 There are some traditions we don't wish to *break with*.
　　有一些傳統是我們不想**放棄**的。

168 斷絕與某事物的
　　　關聯

24

151
―
168

繼續、進行

ahead, along, at, away, by, forward, off, **on**,
out, out for, over, **through**, up, with

　　本章介紹關於〈繼續、進行〉的概念。〈繼續〉與〈進行〉在語意上重疊的情形非常多，此概念下的動詞片語除了表示具體、實際的事物之外，也可以用於精神層面。例如，下例中的動詞片語即帶有某種實際上正在〈繼續〉的語意：

◆ There is something *ticking away*. Oh God! It's a bomb.
　有東西在**滴答作響**。天啊! 是炸彈。

　　然而，下列例句中的動詞片語則是在精神層面上對未來進行思考的歷程，指的是請 you (你) 從現在延伸到未來的這一段時間中進行思考。

◆ Why don't you *think ahead*, and then act?
　你何不**事先想清楚**再做呢?

　　如果換另一種角度，包含此概念的動詞片語也可從速度的觀點區分成「敏捷地、活潑地繼續或進行」，以及「慢慢地、辛苦地繼續或進行」兩種。下列兩個例句中的動詞片語可分別從譯文中感受其明顯差異。

◆ We were *bombing along* the highway in my sports car.
　我們開著跑車在公路上**高速奔馳**。

◆ I detest things that seem to *drag along*.
　我討厭事情**拖拖拉拉**的。

ahead [(順利地) 前進；使前進；領先；在眼前；事先]

[1] Despite local objections, the construction *went ahead*.

儘管地方上反對，工程還是**繼續進行**。

1 持續

[2] If you want to do it, just *go ahead*.

假如你想做的話，就**動手去做**吧!

2 (叫別人) 採取行動

⇨ get the go-ahead for a project = 得到進行計畫的許可

⇨ a real go-ahead person = 一位非常積極的人

[3] He is *getting ahead in* his job.

他在工作上有所**進展**。

[4] We are *pressing ahead with* the job as fast as we can.

我們正盡速**努力進行**著工作。

[5] The country is *pushing ahead with* economic development.

這個國家正**推動**經濟發展。

[6] You have *pulled ahead* of me in English language ability.

你在英語方面的能力已經**領先**我了。

[7] Despite the recession, our company is *forging ahead of* all our rivals.

儘管經濟不景氣，我們公司目前**領先**其他對手。

[8] No one knows what crisis *lies ahead* for our country.

沒人知道**橫阻**在我們國家**面前**的是什麼危機。

[9] Why don't you *think ahead*, and then act?

你何不**事先想清楚**再做呢?

[10] *Planning ahead* saves time and effort.

事先計畫省時又省力。

[11] Some people have the ability to *look ahead*.

有些人具有**前瞻**的能力。

[12] *Send* your skis and the other stuff *ahead*. It will make your journey much easier.

先行寄送你的滑雪板和其他的東西，這樣能讓你的旅程更輕鬆。

along [進步；進行，進展；繼續前進]

⑬ Jack's Japanese is *coming along* nicely.

Jack 的日語**進展**得很好。

⑭ How is everything *going along*?

事情**進行**得如何？

¹⁴ *vi.* 進展

⑮ *Go along* this road and you will see it on your right.

沿著這條路**繼續往前走**，在你的右手邊就可以看到。

¹⁵ *vt.* 沿著…繼續往前移動

⑯ What about *going along* to the jazz concert tonight?

今晚**一起去**爵士音樂會如何？

¹⁶ *vi.* 一同出席

⑰ The plan was *moving along* nicely till disaster struck.

災難發生前，計畫一直**進行**得很順利。

¹⁷ *vi.* 進展

⑱ We *moved along* the narrow path with care and caution.

我們小心謹慎地**沿著**狹小的路**前進**。

¹⁸ *vt.* 沿著…前進

⑲ How are you *getting along* with your studies?

你的研究**進展**得如何？

⑳ I detest things that seem to *drag along*.

我討厭事情**拖拖拉拉**的。

㉑ We were *bombing along* the highway in my sports car.

我們開著跑車在公路上**高速奔馳**。

²¹【英】

at [停留在…；持續]

㉒ Her English seems to have *stuck at* the same level.

她的英文似乎一直**停留**在同一個程度。

²²（程度上）停滯

㉓ Once you start something, you should *stick at* it.

一旦你開始做一件事情，就要**堅持**下去。

²³ 堅持

㉔ Once you start a diet, you must *keep at* it.

一旦你開始某種飲食療法，就必須**持續**下去。

㉕ He is the kind of man who will *stop at* nothing to get what he wants.

他是那種**為達目的不擇手段**的人。

²⁵ stop at nothing 為達目的不擇手段

away

① [(浪費時間地) 繼續下去]

26 I regret that I *frittered away* my time at university.

我後悔在大學時**浪費**時光。

27 I like to *while away* my leisure time taking a walk in the park.

閒暇時，我喜歡在公園散步**消磨時光**。

28 My three sons *idled away* their youth.

我的三個兒子**虛度**他們的青春。

29 The company posted Mr. Davis to a small town, where he *moldered away*.

公司將 Davis 先生分派到一座小鎮，他在那裡**年華老去**。

30 Marshall *rotted away* in prison.

Marshall 坐牢期間**日漸消沉**。

31 Pile up the leaves here and let them *rot away*.

把樹葉堆在這邊讓它**腐爛**。

30 (精神或肉體上)
日漸消沉，萎靡

31 (有機物) 腐爛

② [(努力地、堅毅地) 持續下去]

32 *Working away* at this all day gave me a headache.

一整天**持續不停地處理**這件事讓我頭痛。

33 Joe has been *beavering away* at that job all afternoon.

Joe 一整個下午都在**全力做**這件事。

34 I have been *hammering away* at this task all day.

我一整天都在**努力做**這件苦差事。

35 You just don't have the guts to *plug away* at anything.

你對任何事情就是沒有**埋頭苦幹**的魄力。

36 It is the kind of job that one has to *grind away* at.

這是必須**埋頭苦幹**的工作。

37 Kate is the type that *plods away* at a job.

Kate 是**勤奮**工作的那種人。

38 We will *slog away* at the project till we finished.

我們會**努力不懈地進行**這項計畫直到完成為止。

39 The company expects us to **toil away** for a pittance.
公司出點錢就希望我們能**辛勤工作**。

40 I am tired of **slaving away** without a proper reward.
我厭倦了**做牛做馬**卻沒有合理的回報。

41 Henry's been **banging away** at his assignment all night.
Henry 整晚都**很認真地做**作業。

③ [持續不斷地做某事]

42 He was sitting in a corner **puffing away** at a cigarette.
他坐在角落，**抽著**一根菸。

43 The police **blasted away** at the criminals, but missed.
警方朝犯人**掃射**，但沒命中。

44 The gangsters **blazed away** with their guns.
歹徒拿著槍**掃射**。

④ [持續機械性或規律性的行為]

45 There is something **ticking away**. Oh God! It's a bomb.
有東西在**滴答作響**。天啊！是炸彈。

46 After climbing the stairs, my heart was **pumping away**.
爬完這些階梯之後，我的心臟**狂跳不止**。

47 The soup was **boiling away** on the stove.
爐子上的湯要**沸騰煮乾**了。

by [困難地度過 (一個時期)]

48 During the war, it was not easy to **get by**.
戰爭期間要**勉強過活**並不容易。

49 It's impossible to **scrape by** on two hundred dollars a week.
一週要靠二百元**勉強度日**是不可能的。

forward [繼續進行]

50 That idea is certainly worth **pushing forward**.
那個想法的確值得**推廣**。

off [進行]

51 From all points of view, the event *passed off* very well.

從各種觀點來看，這件事**進行**得十分完美。

52 My plan *went off* well despite the opposition.

儘管有人反對，我的計畫還是順利**進行**。

on [往前行進；持續進行；一直說；掌握；稍候 (以待繼續)]

53 All day and all night, the soldiers *plodded on*.

連續整個白天和晚上，這些士兵**緩慢前進**。

53 緩慢地往前移動

54 There was nothing for it but to *plod on* with the job.

沒有別的辦法，只能**埋頭苦幹**地工作。

54 埋頭苦幹

55 We *plowed on* to our final objective.

我們**朝著**最終的目標**努力前進**。

55 plow on to sth
努力向…前進

56 Stop complaining, and *plow on* with the job.

別抱怨了，**繼續進行**工作。

56 plow on with sth
繼續努力進行…

57 We *pushed on* over featureless ice and snow.

我們在景緻單調的冰雪上頭**繼續前進**。

58 The policeman *waved* him *on*, not realizing he was the thief.

警察**揮手叫他前進**，沒察覺到他就是小偷。

59 Just *wind* the tape *on* a bit, will you?

只要再把錄音帶**往前轉**一點，可以嗎？

59【英】

60 I was bored as the day slowly *wore on*.

日子**過得很慢**，我覺得好無聊。

61 Life *rolls on* in much the same way.

人生以十分雷同的方式**往前推進**。

62 This is a provincial town where things *tick on* the same as always.

這是個地方小鎮，事事一如往常地**進行**。

63 The new project is *coming on* better than expected.

這個新方案**進展**得比預期中好。

64 *Press on* with the task until it is completely finished.

繼續工作直到全部做完為止。

64 press on with sth
繼續奮力進行…

65 Our leader insisted that we *press on to* the summit.
我們的領隊堅持要大家**繼續往山頂前進**。

65 press on to place
繼續朝 (某地) 前
進

66 There is nothing to do but *bash on with* the job.
除了**繼續努力**工作以外別無他法。

66【英】

67 The teams *played on* amidst the pouring rain.
那些隊伍在傾盆大雨中**繼續比賽**。

67【英】

68 Please be quiet so I can *get on* with writing this report.
請保持安靜，這樣我才能**繼續**寫這份報告。

68 get on with V-ing/
sth

69 I lack the money to *carry on* with my research.
我缺少**繼續進行**研究的資金。

69 繼續

70 When the girl couldn't get her way, she started *carrying on*.
這個女孩一旦不順她的意就會開始**吵鬧**。

70 吵鬧

25

71 The lecturer *hurried on* to the next point.
演講者**急著繼續說**下一個重點。

51
|
79

72 Now I want to *move on to* the next point.
接著我要**繼續前進**到下一個重點。

72 繼續前進 (到下一
個主題)

73 This area is boring. Can we *move on to* somewhere else?
這一帶很無聊，我們可以**轉移陣地**到其他地方嗎？

73 轉換地點

74 I wish I could *move on from* my present position.
我希望我能從目前的職位**升遷**。

74 升遷

75 The conference speeches *ground on* all afternoon.
會議的演說**持續進行**一整個下午。

76 The argument *rumbled on* all afternoon.
這場爭論**鬧哄哄**地**持續**了一整個下午。

77 The effects of the nuclear test *lingered on* for years.
核子試爆的後遺症**持續**了好幾年。

78 The firework display *went on* all night.
煙火表演**持續進行**了一整晚。

78 持續進行

79 *Go on* with your job and I'll do mine.
繼續做你的工作，我也會進行我的。

79 go on with sth
繼續做 (工作)

80 You always *go on about* what you are interested in.
你總是一**直說**你有興趣的事。

80 go on about sth
　一直說 (某事)

81 Let's *go on* as far as we can before sunrise.
我們在日出之前要盡可能地**往前走**。

81 持續往前移動

82 He *went on* playing the violin all night.
他整晚**不斷**拉著小提琴。

82 go on V-ing
　(不間斷地) 持續

83 He practiced the piano and *went on* to practice the violin.
他練習鋼琴，**接著**又練習小提琴。

83 go on to V (結束
　某事後再) 接著做
　另一件事

84 This road does not *go on* as far as the next town.
這條路沒有**連接**到鄰鎮。

84 (道路) 通往，連接

85 It's not necessary to *have* the radio *on* all the time.
沒有必要一直**開著**收音機。

86 We all bravely *soldiered on*.
我們全都勇敢地**堅持下去**。

87 If you can *struggle on* a bit more, we might survive.
假如你能再**苦撐**久一點，我們就有一線生機。

88 How long have you been *working on* that geometry problem?
那道幾何問題你**做**多久了？

89 The war *dragged on* for years, and people suffered a great deal.
戰爭**拖延**了許多年，人們吃足了苦頭。

90 And now I'd like to *pass on to* the next subject.
現在我想要**接著講**下一個主題。

90【英】進行 (下一個
　主題)

91 I regret to say that your father *passed on* last night.
令尊昨晚**過世**了，我感到很遺憾。

91 逝世

92 Once Liz starts talking, she *runs on* for hours.
Liz 一開口說話就會**喋喋不休**好幾個鐘頭。

92 喋喋不休

93 This railway doesn't look as if it will *run on* much more.
看來這條鐵路**繼續營運**不了多久了。

93 持續 (得比預期還
　久)

94 What is Professor Bloggs ***rabbiting on*** about now?

Bloggs 教授現在正高談闊論些什麼？

94【英】

95 The speaker ***droned on*** about current economic problems.

演講者**沉悶地說著**當前的經濟問題。

96 Mr. Mack sometimes ***rambles on*** like an old man *about* the old days.

Mack 先生有時候像個老頭似的，**沒完沒了地聊起**往日時光。

97 The Prime Minister was ***banging on*** about political reform.

首相**一再重申**有關政治改革的事情。

97【英】

98 No one has any idea what you are ***rattling on*** about.

沒有人知道你**喋喋不休地在說**些什麼。

99 I've got your point. So please do not ***keep on*** about it.

我知道你的意思了，所以請不要**一直嘮叨**。

25

80
|
106

100 The old king cannot ***hang on*** to life much longer.

年邁的國王**掌握**生命的日子不多了。

101 ***Hold on*** a moment, please. I will soon be with you.

請**稍等**一下，我馬上回來。

101 (叫人) 稍候

102 The little girl ***held on*** to her mother's hand while crossing the road.

小女孩過馬路時**緊抓**媽媽的手**不放**。

102 緊抓不放

out

① [(慢慢地、特意地) 繼續下去]

103 The professor took pleasure in ***dragging out*** his speech.

教授喜歡**拖長**他的演講。

104 The other side is trying to ***draw out*** the negotiations.

對方一直想**延長**協商。

104 *vt.*

105 It is certainly noticeable that the days are ***drawing out***.

顯而易見地，白晝漸漸**變長**了。

105 *vi.*

106 I ***spun out*** my opening speech for as long as possible.

我盡可能地**拖長**我的開幕致詞。

107 The employees went on strike and intended to *stay out* for another month.

這些員工打算**繼續罷工**一個月。

108 Will you be offended if I *sit* this dance *out*?

假如我**坐在一旁不加入**這支舞，你會不高興嗎?

② [(忍受艱困或處於某種狀況下) 繼續下去；證明；試用]

109 I want you to carefully *follow out* the instructions.

我要你小心地**徹底執行**這些指示。

110 Not many people could *stick* this job *out*.

這份工作能**堅持到底**的人不多。

111 He had to *sweat* it *out* until the results were announced.

結果宣布前，他得**焦急地等候**。

111 sweat it out
焦急地等候

112 He *waited out* the war in a secret hideout.

他躲在隱秘的藏身處**等待戰爭結束**。

113 Our supplies will only *hold out* for another week or so.

我們的庫存量只能再**維持**一個禮拜左右。

113 維持

114 The troops have bravely *held out* *against* enemy attacks for ten weeks.

十週以來該軍隊英勇**抵抗**敵軍的攻擊。

114 抵抗

115 We *hold out* little hope of there being any survivors.

我們對於是否有生還者**抱持**渺茫的希望。

115 抱持 (希望、期待 等)

116 Grandfather is very ill and cannot *last out* the night.

爺爺病得很重，沒辦法**撐過**今晚。

116 (病人等) 存活

117 We have enough supplies to *last out* a major disaster.

我們有足夠的存糧，可以**撐得過**一場大災難。

117 (人) 有能力度過 (困境)

118 Do you think these supplies will *last out* a week?

你覺得這些存糧可以**撐得過**一個禮拜嗎?

118【英】(物) 有足夠 的存量

119 The family *saw* the war *out* in a quiet mountain village.

這一家人在寧靜的山中村莊裡**度日以待戰爭結束**。

119 數著日子等待… 結束

107
—
131

120 Let's buy enough food to *see* the week *out*. Then we won't have to go shopping again.

讓我們買足夠的食物來**度過**這個禮拜，那就不必再出門購物了。

120 (存糧) 足夠度過 (一段時間)

121 I am having a hard time *eking out* a living.

我要**勉強維持**生計都有困難。

121 勉強地維持 (生計等)

122 Let's try to *eke out* these rations till the rescue arrives.

我們試著**節省地使用**這些配給品直到救援到達。

122 節省地使用 (以維持久一點)

123 Our company can *ride out* the present economic situation.

我們公司可以**安然度過**目前的經濟情勢。

124 I want to *live out* my last days in a life of contemplation.

我想以寧靜內省的生活方式**度過**我的餘生。

125 It took a lot of nerve to *brave out* the situation.

勇於面對這樣的狀況需要極大的膽量。

25

126 I lacked the presence of mind to *brazen it out*.

我缺乏鎮定，無法**裝作若無其事**。

126 brazen it out
表現得若無其事

127 The facts will *bear out* my testimony.

事實會**證明**我的證詞。

128 I do not know if this idea is going to work, but anyway I would like to *try it out*.

我不知道這個主意是否行得通，但不管怎樣我都願意**試一試**。

⇨ give something a try-out = 試驗某件事是否可行

128 試試看 (計畫等)

129 *Try* me *out* for a week without any pay. And if I am any good, give me the job.

試用我一個禮拜且不用支薪，要是還可以的話，再給我這份工作。

129 試用

out for [堅持]

130 The union is going to *stick out for* its just demands.

工會打算**堅持**他們合理的要求。

131 Is it true that you are *holding out for* an annual salary of a million dollars?

你真的**堅決要求**年薪一百萬嗎?

繼續、進行 （339）

over

① [繼續，延續下去；延後]

132 We **spread** the wedding festivities **over** a whole week.
我們**把**結婚喜宴**延長為**一整個禮拜。

132 spread sth over
延長…(的時間)

133 The wedding festivities **spread over** a whole week.
結婚喜宴**持續**一整個禮拜。

133 sth spread over
持續 (一段時間)

134 Our new project is slowly **ticking over**.
我們的新方案**進展**緩慢。

134【英】(無明顯進展
地) 維持運作

135 The engine of my car was smoothly **ticking over**.
我車子的引擎**空轉**(空檔慢轉) 得很順暢。

135【英】(引擎) 空檔
慢轉

136 We will **hold over** your point till the next meeting.
我們要把你的問題**延後**到下一次的會議。

137 Can't we **carry** this year's losses **over** to next year?
我們不能把今年的損失**留待**到明年**結算**嗎?

② [克服；度過]

138 Your son must **get over** his feelings of insecurity.
你的兒子必須**克服**他的不安全感。

138 克服 (難關)

139 We were all glad to hear that you **got over** your illness.
聽說你的病**痊癒**了我們都很高興。

139 戰勝 (病魔)

140 Three hundred dollars will be enough to **tide** you **over** the weekend.
三百元就**夠**你**度過**週末了。

141 Even the worst scandals have a way of **blowing over**.
即使是最糟糕的醜聞也能**煙消雲散**。

through

① [(按照程序) 進行，經歷]

142 Everyone **went through** their warm-up exercises.
每個人都**做了**暖身運動。

142 完整實行 (一套動
作或步驟)

143 If there is time, I want to **go through** the main points again.
有時間的話，我想要把這些重點再看一遍。

143 仔細閱讀，檢查

[144] Many teenagers **go through** a difficult phase when developing into adults.

許多青少年在轉大人時會**經歷**一段困難的時期。

[144] 經歷 (困難或不愉快的狀況)

[145] I don't think the government will **go through** with political reform.

我認為政府不會**貫徹**政治改革。

[145] 貫徹完成

[146] The coach **put** the team members **through** some hard training.

教練**讓**隊上成員**接受**一些艱難的訓練。

[146] 使接受 (試煉等)

[147] My uncle was the one who **put** me **through** college.

供我念大學的是我叔叔。

[147] 出錢贊助某人完成學業

[148] **Run through** your lines once before the performance.

演出前先**複習排練**臺詞一次。

25

132
|
155

② [(帶有搜查之意地) 翻找；(隨意、快速地) 進行，完成某事]

[149] What are you doing **looking through** my drawers?

你**翻找**我的抽屜到底是在做什麼？

[150] If you have time, please **look through** my proposal.

有時間的話，請**瀏覽**一下我的提案。

[151] If you **flip through** this card-index, you will probably find what you are looking for.

如果你**翻閱**這張卡片索引，或許就能找到你想找的東西。

[152] I secretly **thumbed through** her diary.

我偷偷**翻閱**她的日記。

[153] **Pick through** these jewelry and see if there is anything you like.

挑挑看這些珠寶，看看有沒有你喜歡的。

[154] The historian spent the whole week **sifting through** the archives looking for the information.

這名歷史學家花了一整個禮拜的時間**仔細調查**檔案，尋找資料。

[155] Someone came into my study and **rifled through** my drawers.

有人進到我的書房**翻動**我的抽屜。

156. He was standing in a corner *riffling through* a book.
他站在角落，**快速翻閱**著一本書。

157. First *skim through* the text. Then answer the questions.
先**瀏覽**一下內文，再回答問題。

158. He sat in the waiting room, casually *flicking through* the magazine.
他坐在等候室，隨意**瀏覽**著雜誌。

159. I sat in the doctor's waiting room, *leafing through* magazines.
我坐在醫生的候診室**翻閱**著雜誌。

160. Slow down. You are *rattling through* the important points.
慢一點，你把重點都**匆匆帶過**了。

161. Due to lack of time, I *rushed through* my final remarks.
由於時間不足，我**匆匆結束**最後的發言。

③ [(一鼓作氣地) 完成；用完]

162. The golfer hit the ball and cleanly *followed through*.
球員擊中高爾夫球，俐落地**完成揮桿**動作。
⇨ a follow-through shot = 揮桿擊球

163. How could you *run through* one million yen a month!
你怎麼能一個禮拜就**花完**一百萬日圓！
163 (短時間內) 花完一筆錢

164. The cruel killer *ran* the businessman *through* with a knife.
這個殘酷的兇手一刀**刺進**商人身體裡。
164 用利器刺穿人體

165. You're *getting through* rather a lot of money this month.
你這個月**花用**相當多的錢。
165【英】

166. Wow! We *went through* three jars of jam in one week.
哇！我們一個禮拜之內就**用光**三罐果醬。

④ [通過；度過，經歷；(強調經歷困難之後) 完成；穿透]

167. Barbara *romped through* all the entrance examinations.
Barbara **輕易通過**所有的入學考試。

168 Some people have the ability to *sail through* difficulties.
某些人具有**順利通過**困境的能力。

169 We will *push through* our proposal at today's meeting.
我們將在今天的會議中全力使我們的提案**通過**。

170 I don't think you can *scrape through* the test.
我覺得這次考試你沒辦法**勉強及格**。

171 I did not make any preparations, but still *muddled through*.
我根本沒準備，不過仍然**應付過去**了。

172 There isn't enough food to *carry* us *through* the winter.
沒有足夠的食物**讓**我們**度過**這個冬天。

173 Some teachers consider it an impossible task to *carry through* the education reforms before the end of this year.
部分老師認為要在年底前**完成**教改是不可能的事。

174 Uncle Tom *got through* the operation safely.
Tom 叔叔平安**度過**手術。

175 It is impossible for me to *get through* with all the work today.
今天要我把這項工作全部**完成**是不可能的。

176 The doctors *pulled* the patient *through* his illness.
醫生**幫助**病患**度過**病痛。

177 The patient was able to *pull through*.
病患可以**康復**。

178 We had to *sit through* two hours of boring music.
我們得**坐著等到**兩個小時的無聊音樂**結束**。

179 I can't believe that you *slept through* the earthquake.
我真不敢相信你**睡到**地震**結束**都沒醒。

180 My grandparents had *lived through* war when they were children.
我的祖父母小時候曾**經歷**過戰爭。

181 It is my opinion that the whole world is now *passing through* an economic crisis.
依我的看法，目前全世界正**經歷**一段經濟危機。

172 幫助某人度過
　　（困難等）

173 完成

25

174 度過

156
|
181

173 完成

176 *vt.* 幫助某人度過
　　（困難等）

177 *vi.* 康復

182 To get here, we have ***come through*** great difficulty.

我們**經歷**了很大的困難才到達這裡。

182 *vt.* 經歷 (困難)

183 The police hoped that the witness would ***come through*** *with* the information they need.

警方希望那名目擊者能**提供**他們需要的資訊。

183 *vi.* 拿出，提供

184 The way you can ***plow through*** a task is admirable.

你**努力完成**工作的態度令人敬佩。

185 The teacher told us to ***work through*** the problem in pairs.

老師要我們兩人一組來**解出**這個問題。

186 Don't worry. We'll ***win through*** in the end.

別擔心，我們最後會**戰勝**的。

187 I ***broke through*** Meg's prejudice against me by being very kind to her.

我對 Meg 非常親切，藉此**突破**她對我的成見。

⇨ a great scientific breakthrough = 科學上的重大突破

188 Look. My shirt has ***worn through*** here and here.

你看，我襯衫的這裡、還有這裡都**破洞**了。

⑤ [仔細地做某事；完全，從頭到尾]

189 I need someone to ***talk through*** these problems with me.

我需要有個人來和我**好好討論**這些問題。

189 talk through sth
詳細討論…

190 I'm grateful to you. You've ***talked*** me ***through*** some bad times.

我很感激你在我難過的時候**陪我談心度過**。

190 talk sb through sth
以談話的方式幫
助某人度過…

191 ***Think*** everything ***through*** carefully before taking action.

採取行動前要慎重**考慮清楚**每件事。

192 He has to ***wade through*** a lot of historical materials for the exam.

為了考試，他必須**克服困難地讀完**一大堆歷史資料。

193 Have you ***read through*** the book already?

你**讀完**這本書了嗎？

194 When she came in, she was completely *soaked through*.

她走進來時全身**溼透**。

up

① [持續醒著]

195 If you *sit up* late every night, you will not be able to do your work properly in the daytime.

若你每天都**熬夜**到很晚，那白天就沒辦法正常工作了。

196 We *stayed up* all night, talking and drinking coffee.

我們整晚**熬夜**，邊聊天邊喝咖啡。

197 When our daughter goes out at night, we *wait up* for her until she comes home.

當我們的女兒晚上出門時，我們會**熬夜等**她回來。

198 The barking of a dog *kept* me *up* all night.

狗叫聲**讓**我徹夜**無法成眠**。

② [臥床休息]

199 I *was laid up* for two weeks *with* chickenpox.

我因為水痘而**臥床休息**兩個禮拜。

200 A bad case of the flu *laid* me *up* for three whole weeks.

嚴重的流行性感冒**使**我整整**臥床**三個星期。

201 This boat has been *laid up* for a number of years.

這艘船已經**閒置**好幾年了。

199 Passive 臥床休息

200 使臥床休息

201 閒置

with [持續 (努力解決)，堅持某事]

202 He has been *wrestling with* that one problem all week.

他整個禮拜都在**努力解決**那一個問題。

203 You do not have the patience to *stick with* this job.

你缺乏**堅持**這份工作的耐心。

回歸、反覆

back, back into, back on, back over, back to, over

　　本章介紹關於〈回歸、反覆〉的概念。這個主題下的動詞片語和第 25 章〈繼續、進行〉一樣，除了具有具體、實際的性質之外，也具有精神上的特質。下列例句即帶有某種具體、實際的語意：

◆ Our army ***pulled back*** in the face of the enemy's attack.

　　我們的軍隊在面對敵軍攻擊時**撤退**了。

　　而下例雖也使用相同的動詞片語，但它的語意卻是屬於精神層面的：

◆ Though I had made up my mind, I ***pulled back*** at the last moment.

　　我雖早已下定決心，卻在最後一刻**反悔**了。

　　〈回歸、反覆〉有時也可以用來表示「(精神上) 回溯到某個時間」，這些動詞片語大多用以表示人們回想起某事，或是因外在所給予的某些刺激而使人想起某些事。其例如下：

◆ The hypnotist ***took*** me ***back*** to a time many years ago.

　　催眠師**帶**我**回到**好幾年前的某個時候。

　　本章也介紹了與「因一開始沒做好，或是希望做得更好而重做…」有關的動詞片語。其例如下：

◆ The teacher told me to ***do*** my term paper ***over***.

　　老師吩咐我**重做**我的期末報告。

back

① [回來 (去)]

1. It will not be possible to ***get back*** before eleven.
   要在十一點前**回來**是不可能的。

2. You should ***start back***; otherwise you will miss the last train.
   你應該**動身回去**了，否則你會錯過最後一班列車。

3. We should ***head back*** home before it gets too dark.
   我們應該在天黑之前**動身回**家。

② [退後；向後方]

4. The general ***pulled back*** his soldiers in order to avoid battle.   4 *vt.* 撤退
   將軍**撤回**他的士兵以避免交戰。

5. Our army ***pulled back*** in the face of the enemy's attack.   5 *vi.* 撤退
   我們的軍隊在面對敵軍攻擊時**撤退**了。

6. Though I had made up my mind, I ***pulled back*** at the last moment.   6 *vi.* 反悔
   我雖早已下定決心，卻在最後一刻**反悔**了。

7. The enemy ***fell back*** when we attacked them.
   敵人在我們攻擊時**撤退**。

   ⇨ establish a fallback position = 預留後路

8. You must ***step back*** and rethink everything once more.
   你必須**退一步**，重新把每件事再思考一次。

9. Due to the accident, the traffic ***tailed back*** for 10 kilometers.   9【英】
   因為那起意外，車陣**向後**排了十公里長。

10. The house ***stands*** far ***back*** *from* the road, so it's quiet.
    這棟房子**座落在**馬路**後方**，還隔了一大段距離，所以很安靜。

11. Our house faces the main road, but ***is set*** well ***back*** from it,   11 Passive
    so the traffic does not really bother us.
    我們的房子雖然面對大馬路，不過**往內**跟大馬路**隔了一段距離**，所以車流聲並不會對我們造成太大困擾。

③ [回到原先的地方; 取回; 歸還; 倒轉]

12 One of the escapees headed north but then *doubled back*.
其中一名越獄者往北逃，然後卻**原路折返**。

13 The ball hit the wall and *bounced back* to the tennis player.
那顆球擊中牆壁，然後往那位網球選手**彈**回去。

13 (物體) 彈回原來
的地方

14 With foreign investment pouring in, the stock prices
bounced back after the steep plunge.
隨著外資投入，股價止跌**反彈**。

14 (價格等) 反彈

15 The iron bar *sprang back* to its original shape.
鐵條**彈回**原本的形狀。

16 Could you help me *push* this bookshelf *back* to where it
was?
你可以幫我把這個書架**推回**它原來的位置嗎？

17 The project must proceed as planned; there's no *turning
back*.
工程必須照計畫進行，沒有**回頭**的可能。

18 You were lucky to *get* your gold watch *back*.
你能**取回**金錶算是幸運的。

19 I advise you to *take back* that last remark.
我勸你**收回**最後的那句話。

19 收回 (評論)

20 The shop *took back* the damaged goods.
商店**收回**受損的商品。

20 收回 (瑕疵品)

21 Our school team hopes to *win back* the trophy lost last year.
我們的校隊希望能**贏回**去年輸掉的獎盃。

22 The government gave a tax rebate but *clawed* the money
back by raising other taxes.
政府給予退稅，但又藉著其他的稅收**收回**了這筆錢。

22【英】

23 I'll *pay* you *back* that five thousand dollars tomorrow.
我明天會**還**你那五千元。

24 Make sure you *give* this book *back to* me.
你務必要把這本書**還**給我。

25 His business went bankrupt because he *put* no money *back* into it.

由於他沒把資金**歸還**，因此公司倒閉了。

25 歸還

26 We will *put* the clocks *back* by one hour at midnight.

我們會在午夜時把時鐘**往回撥**一個小時。

26 把指針往回撥

27 Please *hand back* those papers when you finish.

讀完之後，請你把那些文件**交還**。

28 I *sent* the suitcase *back* to its owner.

我將那只手提箱**送還**給物主。

29 The plan is to *plow* the profits *back into* the business.

這項計畫是把利潤**再投資**到這個企業裡。

30 You can *wind back* the tape by pressing this button.

壓下這個按鈕就可以**倒轉**錄音帶。

④ [回想起；(精神上) 回到某個時候；回溯]

31 Somehow, those long lost memories all *came back to* me.

不知怎地，我**回想起**了那些失落已久的記憶。

32 Try *casting* your mind *back to* when you were a young man.

試著**回想**你還是個年輕人的時候。

32 cast one's mind back 回想

33 I want you to *think back to* when you entered the room.

我要你**回想**你走進房間的那個時候。

34 Returning to the house where I was born *brought back* many childhood memories.

回到出生時的房子**勾起**我許多孩提時代的記憶。

35 The hypnotist *took* me *back to* a time many years ago.

催眠師**帶**我**回到**多年以前的某個時候。

36 The legend *goes back to* the ancient China.

這個傳說可**回溯**到古中國。

37 This custom *dates back* hundreds of years.

這個習俗可**追溯**到幾百年前。

⑤ [恢復 (原狀); 復合; 重播]

38 Long hair seems to be ***coming back*** *into* fashion.
長髮似乎又再度**恢復**流行。

39 I hope they never ***bring back*** the fashion of hot pants.
我希望不要**恢復**熱褲的流行風潮。

40 I am so sorry for what I did. Please ***have*** me ***back***.
我對於我的所作所為感到十分抱歉，請你**跟**我**復合**。

41 I will make the recording and then ***play*** it ***back***.
我會錄下來，然後再**重播**一次。

⇨ the playback of a tape = 錄音帶的重新播放

⑥ [回覆; (非) 溝通的回應]

42 I apologize for not ***writing back*** *to* you earlier.
我很抱歉沒能早點**回信**給你。

43 I wanted to ***phone back***, but I didn't have the time.
我想要**回電**，但我沒時間。

44 ***Ring*** me ***back*** at any time convenient for you.
看你什麼時候方便再**回我電話**。

44【英】

25
|
50

45 Please ask your daughter to ***call*** me ***back*** tonight.
請叫你的女兒今晚**回電話**給我。

46 After finishing your investigation, ***report back*** *to* me.
你做完調查之後向我**回報**。

47 The mother punished her son for ***answering back***.
那名母親因為兒子**頂嘴**而處罰他。

48 Your son has the habit of ***talking back*** *to* his teachers.
你的兒子有向老師**頂嘴**的習慣。

49 Would you please ***read back*** the last paragraph?
可不可以請你**複誦**最後一段?

back into [回復]

50 I want to ***get back into*** the old way of working.
我想要**回復到**以前工作的方法。

back on

① [(別無他法時) 轉而依靠…]

51 He only had his good name and honor to *fall back on*.
他只能**依靠**自己的名聲和信譽。

52 After our company was forced to close down, we *were thrown back on* our resources.
公司被迫關閉之後，我們**不得不一切靠自己**。

52 Passive

② [不履行 (諾言)]

53 I didn't think Jane had ever *gone back on* a promise.
我認為 Jane 從來沒有**違背**過諾言。

back over [回頭檢查]

54 You will have to *go back over* your calculations again.
你得再**回頭檢查**你的計算結果。

back to [回到之前的話題或行為]

55 I will *come back to* that topic later.
我之後會**回到**那個話題。

56 I want to *go back to* the point I mentioned earlier.
我想要**回到**我稍早提到的那一點。

56 重提 (話題)

57 It didn't take long before she *went back to* her old ways.
沒多久她又會**恢復**老樣子。

57 恢復 (行為模式)

58 The mayor said that the situation has *gone back to* normal.
市長表示情況已經**恢復**正常。

58 (情況) 恢復 (原狀)

59 My uncle likes to *hark back to* "the good old days."
我叔叔喜歡**重提**「昔日的美好時光」。

60 Shut up and let me *get back to* my work.
閉嘴！讓我**回到**我的工作。

60 恢復 (工作、活動)

61 Give me a couple of days and I will *get back to* you.
給我兩、三天的時間，我會**再跟你聯絡**。

61 事後回覆，回電

over [重複，再一次]

62 We'd better *hash over* our plan before we put it into practice.
    在實行計畫前，最好先**反覆推敲**看看計畫是否完善。

62【美】

63 Forget about it. There is no need to *rake over* the past.
    算了吧。沒有必要**重提**過去。

64 To my regret, we will have to *start* everything *over* again.
    很遺憾，我們一切都得**重新開始**。

64【美】

65 The teacher told me to *do* my term paper *over*.
    老師吩咐我**重做**期末報告。

65【美】重做

66 We have recently *done over* all the guest rooms.
    我們最近**重新裝修**所有的客房。

66【美】整修，重新裝修

67 If you wish, I can *warm over* the food for lunch.
    你要的話，我可以把食物**重新加熱**當午餐。

67【美】重新加熱 (已煮好的食物)

68 He *warmed over* his dissertation and published it as a book.
    他**重提**他的論文，出版成書。

68【美】重提 (構想等)

    ⇨ a warmed-over theory = 了無新意的理論

26

51
|
68

瞄準、投注心力、因果關係

across, after, against, around, at, by, down, down to, **for**, forward to, in, in for, in on, into, of, off, **on**, onto (on to), out, out for, out on, over, to, toward, up, up in, with

　　本章介紹關於〈瞄準、投注心力、因果關係〉的概念，這是本書中擁有最多例句的主題。因本章大部分的動詞片語都用以表示「對某樣事物特別注意並投注心力，看準某個目標準備出手」，所以，其中用以表示具體、實際語意的例子相當多。下列的例句即為有關〈瞄準〉的動詞片語：

◆ The bank robber ***trained*** his gun ***on*** me.

　　銀行搶匪用槍**瞄準**我。

　　〈瞄準〉或〈投注心力〉的意義在某種程度上相同，都有「鎖定目標」之意。其例如下：

◆ ***Mind out***! Those steps are very slippery.

　　當心！ 那些階梯很滑。

　　這種情況下，指的是將人的注意力集中於 slippery steps (容易讓人滑倒的階梯)。

　　本章也會討論〈因果關係〉的概念，〈因果關係〉的概念即為「從某件事引發」之意，此概念在英文表達中也相當常見，例句如下：

◆ I fear that nothing will ***come of*** this experiment.

　　我擔心這個實驗無法**得出**任何**結果**。

　　experiment (實驗) 為事因，nothing 為引發的後果，come of 在本例句中的概念就是某種〈因果關係〉。

　　有些例句則是廣義地表示「針對… (做…)」，也符合〈瞄準〉的含意。

across [(跨越隔閡而順利) 傳達]

1. I tried and tried, but couldn't *put* my ideas *across*.
   我一試再試，但無法**傳達**我的想法。

2. You must *get* your point *across* in just a few words.　　2 *vt.*
   你必須三言兩語就**讓人了解**你的論點。

3. His point *got across* very clearly *to* the audience.　　3 *vi.*
   他的論點很清楚地**傳達**給聽眾。

4. The speaker's ideas just didn't *come across*.　　4 被明確地理解
   演說者的想法就是沒辦法**傳達**。

5. John *came across* as rather a nervous man.　　5 給予他人…印象
   John **給人的印象**是一個相當神經質的人。

after

① [渴望]

6. I *hanker after* a nice cottage in the country.
   我**渴望**在鄉下有一間不錯的別墅。

7. Some people *lust after* money, while some *lust after* fame.
   有些人**渴望**金錢，有些人**渴望**名聲。

8. The general carried out the coup simply because he
   hungered after power.
   將軍掀起政變只因為他**渴望得到**權力。

② [把注意力放在…]

9. Come on! You are old enough to *look after* yourself.　　9 照顧
   拜託! 你年紀大到可以**照顧**自己了。

10. Will you *look after* my things for a couple of minutes?　　10 看管
    你可以花幾分鐘幫我**看管**東西嗎?

11. I met your English teacher and he *asked after* you.
    我碰到你的英文老師，他**問起你的健康情況**。

12. I *inquired after* Mr. Smith's health.　　12【英】
    我**問候** Smith 先生的健康狀況。

against [以不好或反對的態度對待…]

[13] Don't worry. I won't **hold** your behavior **against** you.
別擔心，我不會因為你的行為而氣你。

[14] You were the last person I expected to **turn against** me.
你是我認為最不可能反對我的人。

[15] I don't know why, but Phil seems to have **taken against** me.　15【英】
不知道為什麼，Phil 好像討厭起我來了。

around [把焦點放在…；圍繞著]

[16] His speech **centered around** the need for economic reform.
他的演說著重在經濟改革的必要性。

[17] As a simple housewife, her life **revolved around** her family.
身為一名單純的家庭主婦，她的生活以其家庭為重心。

[18] The union members **rallied around** (me).
工會成員全都前來幫忙 (我)。

[19] A group of children **gathered around** the teacher.
一群小孩圍繞著老師。

[20] We **huddled around** the fire in order to keep warm.
我們圍著火聚在一起取暖。

[21] The villagers' houses **cluster around** the church.
村民的房舍聚集在教堂周圍。

27

1
|
25

at

①[瞄準；表達；對…表示注意或關心；專心做；猜測；把握]

[22] You should **look at** me when I'm talking to you.　22 注視
當我跟你說話時你應該要看著我。

[23] Doctor, I would like you to **look at** this swelling here.　23 檢查
醫生，我想請你檢查這邊的腫塊。

[24] I wish you would **look at** the problem more carefully.　24 探討
我希望你能更仔細地探討這個問題。

[25] At the meeting, everyone **aimed** the criticism **at** me.　25 aim sth at
開會時，每個人都把矛頭指向我。　　　　　　　把 (焦點) 指向…

26 The concert *is aimed at* helping people with AIDS.

這場音樂會**目標在於**幫助愛滋病患者。

26 Passive
目標在於…

27 I *threw* a stone *at* the snake.

我拿一顆石頭**丟向**蛇。

27 丟向

28 ***Throwing*** money *at* a problem seldom solves it.

砸錢並非就能真正**解決**問題。

28 throw money at sth
花錢了事

29 He ***threw*** a glance *at* me.

他很快地**瞥**了我一眼。

29 throw a glance at
瞥一眼, 掃視

30 She ***threw*** herself *at* him after finding out he was a prince.

她發現他是王子後就**對他投懷送抱**。

30 throw oneself at sb
對某人投懷送抱

31 Please converse with me. Don't *talk at* me.

請跟我對談，不要一逕地一**直對我說**。

32 I see the point you are ***getting at***.

我知道你在**暗示**什麼。

32 暗示, 迂迴間接地
表達

33 That cup is so high that I can't ***get at*** it.

那個杯子放太高了，我**拿不到**。

33 拿到

34 I couldn't understand what you ***were driving at***.

我不知道你想**表達**什麼。

34 Progressive

35 Everyone ***marveled at*** her excellent skill.

每個人都**對於**她高超的技巧**感到驚嘆**。

36 I can't help ***wondering at*** your behavior.

我不得不**對**你的行為**感到驚訝**。

37 The children ***played at*** being cowboys.

這些小孩在**玩扮成牛仔的遊戲**。

38 He's been ***worrying at*** the problem for three whole years.

三年來他一**心想解決**這個問題。

39 If you want to learn English, you have to ***work at*** it.

要學會英文，你必須**努力學習**。

40 Give him a problem and he will ***go at*** it till he solves it.

丟給他一個問題，他就會**全力以赴**直到問題解決為止。

41 Even if you don't know the answer, ***guess at*** it.

就算你不知道答案，也可以用**猜**的。

42 The art expert **puts** the cost of the painting **at** a million.
這位美術專家**估計**這幅畫的**價格為**一百萬。

43 If you do not **leap at** the offer of the scholarship, you are likely to regret it later on.
你要是不**把握**這次提供的獎學金，之後可能會後悔。

44 If there is such a chance, **grab at** it.
如果有這樣的機會就要**抓住**。

45 She **grasped at** the opportunity, but with little hope.
她**想抓住**這個機會，但希望渺茫。

46 Anyone would **jump at** a chance of being introduced to such a distinguished person.
要是有機會被引見給如此知名的人士，任誰都會**緊緊抓住**。

② [朝 (某方向) 戳刺，拉扯或輕撫]

47 Stop **jabbing at** the sofa like that. You will break it.
別再**戳**沙發了，你會把它弄壞。

48 Trying to get the fire back to life, he **poked at** it.
他試著要讓火重新燃燒，於是**撥動**火苗。

49 The doctor **prodded at** every part of my body.
醫生**戳刺**我身體的每個部位。

50 The bull **pawed at** the ground and then charged.
這頭公牛用**蹄抓扒**地面，然後向前衝去。

51 "Stop **pawing at** me." she said, and knocked his hand away.
她說：「別再**碰**我。」並且把他的手推開。

52 When he gets nervous, he **plucks at** his sweater.
他緊張的時候就會**拉扯**他的毛衣。

53 I felt a hand **pulling at** my sleeve.
我感覺有一隻手在**拉**我的袖子。

54 The professor stood there silently, **pulling at** his pipe.
教授靜靜地站在那裡，**抽著**煙斗。

55 The sailors were **straining at** the rope.
水手們用**力拉**著繩索。

50 用腳爪抓扒

51 (以會冒犯到他人的方式) 碰觸某人

53 拉扯

54 抽 (煙斗)

56 The nurse gently *dabbed at* the wound.

護士溫柔地**輕撫**傷口。

③ [一點一點地攝取]

57 These cookies taste nicest when you just *nibble at* them.

這些餅乾小口小口地**吃**最美味。

58 *Sip at* the wine. Don't drink it down.

小口**啜飲**這杯酒，不要一口氣喝光。

59 The chickens were *pecking at* the food on the ground.

雞隻**啄食**著地上的食物。

60 Eat your food properly! Stop *picking at* it.

好好吃你的食物! 不要只**吃一點**。

by [遵從；深具信心]

61 A good Christian tries to *live by* the Ten Commandments.

虔誠的基督徒會努力**遵從**十誡**來**生活。

62 You are expected to *abide by* our regulations.

希望你能**遵守**我們的規定。

63 It will be much easier if you *go by* the instructions.

如果你**依照**指示就容易多了。

64 I still *stick by* the words that I wrote ten years ago.

我至今仍**恪守**著十年前所寫的話。

65 I really *swear by* these vitamin pills.

我真的**對**這些維他命丸的功效**深具信心**。

down [確定]

66 I'm afraid I can't *pin down* the exact meaning of the word.

我恐怕無法**確定**這個字真正的意思。

67 The machine didn't run smoothly, but the mechanic was not able to *nail down* what the problem was.

這臺機器運轉不大正常，可是機械工無法**查明**問題。

down to

① [歸納出 (原因等)]

[68] The doctors didn't know what to *put* his illness *down to*.
醫生們不知道要**把**他的病**歸因為**何。

[69] In the end, it always *comes down to* money.
到最後總是**可歸結為**錢的問題。

[70] It *boils down to* the fact that you are wrong.
總結來說就是你有錯。

② [專心於⋯]

[71] It's late! I must *get down to* my homework.
時候不早了！ 我必須**開始專心做**功課了。

for

① [強烈希望 (得到某物或達成某事)；想念]

[72] She *thirsted for* knowledge all her life.
她終其一生都**渴求**知識。

[73] Susan has been away from home for a long time. She
hungers for a sight of her family.
Susan 已經離家很長一段時間了，她十分**渴望**見家人一面。

[74] Poor Alice *is* really *starved for* love.
可憐的 Alice **十分渴望**愛情。

[75] The youth seemed to *be itching for* a fight, but I just ignored
him and walked away.
這個年輕人似乎**很想**打一架，但我就只是不理他然後走開。

[76] I *long for* those chocolate sundaes that I used to eat as a kid.
我**好想**吃小時候常吃的巧克力聖代。

[77] You are always *hankering for* something or the other.
你老是**想要**這想要那的。

[78] Our host made sure we *wanted for* nothing.
我們的主人確定我們什麼都**不缺乏**。

[74]【美】Passive

[75] Progressive

27

56
|
78

瞄準、投注心力、因果關係 361

79 There are some statesmen who are *pressing for* reform.
有些政治家力促改革。

80 Consumer groups are *pushing for* better package labeling.
消費者團體正**強烈要求**改善包裝上的標示。

81 I have decided to *try for* the first prize.
我決定要**爭取**第一名。

82 When traveling abroad, I *yearn for* home cooking.
在國外旅行時，我**思念**家鄉菜。

83 The old dog would not stop *pining for* his dead master.
這隻老狗不停**思念**著牠已逝的主人。

84 She died a year ago, but we still *mourn for* her.
她在一年前過世，但我們仍然**悼念**她。

② [朝向 (目標等)；打算取得…，選擇，攻讀；參加；為了…前往
　　帶走]

85 Peter *made for* a seat far from the door.　　　　　85 朝…走去
　　Peter **走向**遠離門口的座位。

86 Lack of mutual respect *makes for* an unhappy marriage.　86 導致
　　缺乏相互尊重會**導致**不幸的婚姻生活。

87 The explorers *headed for* the distant mountains.
探險家們**前往**遠處的山脈。

88 The whole committee seems to be *gunning for* you.
整個委員會似乎都**把矛頭指向**你。

89 If that is what you want, you should *go for* it.　　　　89 爭取
　　如果那是你要的，就應該努力**爭取**。

90 The tiger *went* straight *for* the deer's jugular.　　90【英】(動物獵食時)
老虎直接**撲向**鹿的咽喉。　　　　　　　　　　　　　撲向

91 They say Mr. Jones is *angling for* the chairmanship.
據說 Jones 先生正**計畫取得**議長的職位。

92 There were several politicians *jockeying for* senior positions
in the new cabinet.
有幾名政客**運用手段想謀取**新內閣中較高的職位。

93 You can *opt for* the Taipei Tour or the Taichung Tour.
你可以**選擇**臺北之旅或是臺中之旅。

94 My son is at university *reading for* a doctorate in engineering.
我的兒子正在大學**攻讀**工程學博士。

95 Do you feel nervous about *sitting for* the exam?
要**參加**考試你會覺得緊張嗎？

95【英】參加 (考試)

96 She was lucky enough to *sit for* Picasso on one occasion.
她有幸在某個場合**當**畢卡索**的模特兒**。

96 當…的模特兒

97 It was rash of you to *enter for* the beauty competition.
你就這麼**報名參加**選美比賽實在是太草率了。

98 He *fears for* his life, so he hired a bodyguard.
他**擔心**生命的**安危**，所以雇用了一位保鏢。

99 We never expected her to *fall for* a man like him.
我們從未料到她會**迷上**這樣的男人。

99 迷戀

100 It's the oldest trick in the book, and you *fell for* it!
這是任誰都知道最老套的技倆，而你竟然**上當**了！

100 上當

101 It's a matter of time before the police *come for* you.
警方**前來逮捕**你是遲早的事。

102 Is it all right if I *call for* you at eight o'clock?
我八點**去接**你可以嗎？

③ [預期；預做準備或安排；用於]

103 Well, I hadn't *bargained for* such a result.
嗯，我也沒**料到**會有這樣的結果。

104 You'd better take the early bus; you should *allow for* traffic delays.
你最好搭早班的公車。你應該要**預先考慮到**路上交通會有耽擱。

104 預先考慮到 (問題)

105 *Allow* at least an hour *for* the meat to defrost properly.
至少要**預留**一個小時讓肉完全解凍。

105 為…預留…

106 We try to *budget for* all reasonable eventualities.
我們試著為可能發生的事情**編列預算**。

107 Every family should **plan for** a major earthquake.
家家戶戶都應該**為**大地震**做準備**。

108 You have to **provide for** fluctuations in the exchange rate.
你得**為**匯率的變動**做準備**。

108 預做準備

109 The old lady has no one to **provide for** her.
這名老婦沒人**奉養**。

109 扶養，供應生活
所需

110 These materials **are earmarked for** the new construction.
這些材料**被指定用在**新的建設。

110 Passive

④ [支持，認同，喜歡；忍受]

111 You have my sympathy. I **feel for** you.
請接受我的慰問，我對你**深感同情**。

112 I do not **care for** aggressive and pushy people.
我**不喜歡**好鬥且固執的人。

112 喜歡

113 She spends most of the time **caring for** her old father.
她幾乎所有的時間都用來**照料**年邁的父親。

113 照顧

114 I will not **stand for** that kind of behavior in company.
我無法**忍受**在他人面前出現那種行為。

⑤ [要求，索取，尋找；為了…而活]

115 If you need information, just **ask for** it.
需要資料的話，只要**要求**即可。

115 要求得到

116 To climb a mountain like that in winter <u>**is asking for**</u> trouble.
冬天爬那樣的山真是**自找麻煩**。

116 Progressive
be asking for
trouble
自找麻煩

117 **Send for** the details if that is necessary.
有必要的話，可以**派人去拿**詳細資料。

118 People here are **pleading for** help from the government.
本地的人正**懇求**政府援助。

119 You **are spoiling for** trouble, and that's what you'll get.
你**急於招惹**麻煩，因此麻煩就找上你了。

119 Progressive

120 You can *hope for* whatever you want, but that does not mean you will get it.

你可以**期盼**所有你想要的東西，但那不代表你就能得到。

121 He was *fishing for* some kind of information.

他在**間接探聽**某種情報。

122 It's all right. I have already *phoned for* a taxi.

沒問題的，我已經**打電話叫**計程車了。

123 We are *looking for* a way out of our present difficulties.

我們正在**尋找**脫離眼前困境的方法。

124 I like my work so much that it is no exaggeration to say that I *live for* it.

我熱愛我的工作，所以說我**為**工作**而活**一點都不誇張。

⑥ [代表，代替；(以言語)支持；有利於]

125 What gives you the right to *speak for* the rest of us?

你有什麼權力**代表**我們其他人**發言**？

126 "The movie was boring." "*Speak for* yourself! I really enjoyed it!"

「這部電影無聊透了。」「**那只是你認為而已**！我可是很喜歡呢！」

127 The mother stands by her children whenever they need her. Her love for them *speaks for* itself.

無論何時，只要孩子們需要她，那名母親總是在旁支持。她對他們的愛**不證自明**。

128 As long as Mr. Mill can *vouch for* you, we will hire you.

只要 Mill 先生能替你**擔保**，我們就雇用你。

129 Yes, I am willing to *answer for* my daughter's behavior.

沒錯，我願意**為**我女兒的行為**負責**。

130 We were all *pulling for* the school team.

我們全都**聲援**校隊。

131 There was a large crowd of supporters *rooting for* us.

有大批支持群眾**聲援**我們。

125 代表某人發言

126 speak for yourself
(用於表示與對方意見不同時)

127 sth speak for itself/themselves
(某事)不證自明

107
|
131

27

132. The judge is almost certain to **find for** the accused.
法官幾乎確定要**做出有利於**被告的判決。

133. Tim **has a lot going for** him: looks, money, and everything!
Tim **有很多對他有利的條件**：外表、金錢以及一切！

133 have a lot going for 有很多有利的條件

⑦ [解釋；有…價值]

134. Scientists are still unable to **account for** the strange phenomenon.
科學家仍然無法**解釋**那奇怪的現象。

135. For some people, money **counts for** nothing.
對某些人來說，錢沒有什麼**價值**。

⑧ [付出代價；作為代價；值得]

136. I cannot possibly **pay for** such a grand meal.
我幾乎沒辦法**付得起**這樣豪華的一餐。

136 付出一定的價格

137. Sooner or later you will **pay for** what you have done.
你遲早會**為**你所做的一切**付出代價**。

137 為 (行為) 付出代價，受到懲罰

138. The new hotel rooms should soon **pay for** themselves.
旅館的這些新房間應該很快就能**回本**。

138 pay for itself/ themselves (事物) 回本

139. We didn't like his offer, but decided to **settle for** it.
我們不滿意他出的價錢，但決定**勉強接受**。

140. You've been promoted? That **calls for** a celebration!
你升官了？那**可得**好好慶祝一下！

forward to [期待]

141. Everyone is **looking forward to** tonight's party.
大夥都在**期待**今晚的派對。

in

① [投以注意或感情等]

142. We **put** all our hopes **in** our only child.
我們把所有希望**寄託**於唯一的孩子。

142 把 (希望等) 寄託在某人身上

[143] You are expected to **put in** more effort than last time.
希望你能**付出**比上次更多的努力。

143 付出 (心力)

② [相信，信任；(因信任而願意) 吐露心事]

[144] Some people **believe in** ghosts and things like that.
有些人**相信鬼神**之説。

144 相信某事物的真
實性或必要性

[145] The only person to **believe in** the inventor was his wife.
唯一**相信**那位發明家的人是他的妻子。

145 信任某人的能力
或品格

[146] It's important that we have friends we can **confide in**.
擁有可以**吐露心事**的朋友是很重要的。

③ [以…為樂，埋首於…；從事…]

[147] I can't understand people who **delight in** hard work.
我無法理解那些**以**辛苦工作**為樂**的人。

[148] It is not good for children to **glory** so much **in** victory.
小孩子如此**以**勝利**自豪**並不是件好事。

[149] That smile suggests you are **reveling in** our misfortune.
那個笑容暗示你**以**我們的不幸**為樂**。

[150] The star **luxuriated in** the cheers of his fans.
這個明星**盡情享受**仰慕者的歡呼。

[151] He **indulged in** gourmet food and expensive wines.
他**縱情於**美酒佳肴中。

[152] He **buried** himself **in** the magazine and ignored everyone.
他**埋首於**雜誌之中，忘了大家的存在。

152 bury oneself in
埋首專注於…

[153] Stop **wallowing in** misery and self-pity.
別再**沉浸於**悲慘和自憐之中。

[154] She claims she **majored in** economics at Harvard.
她聲稱她在哈佛大學**主修**經濟學。

[155] That shop **deals in** expensive foreign goods.
那家店**經營**高價舶來品**的買賣**。

27

132
—
155

④ [導致…]

[156] Sometimes a careless action can *result in* disaster.
有時候一個疏忽的行為就可能會**造成**大災難。

in for

① [正式申請；接受]

[157] Paul is said to have *put in for* the job of director.
據說 Paul 已經**申請**董事一職。

[158] It's natural that you should *come in for* criticism.
你應當**接受**批評。

② [對…感興趣]

[159] She *goes in for* necklaces, pendants and earrings.
她**喜歡**項鍊、墜子和耳環。

159 喜歡

③ [參加，捲入其中]

[160] If I were good enough, I would *go in for* the contest.
要是我夠資格的話，早就**參加**這次的比賽了。

160 參加 (比賽)

[161] John says he wants to *go in for* medicine.
John 說他想**從事**醫學工作。

161 從事 (職業)

[162] I realized I had *let* myself *in for* a terrible evening.
我發現自己**捲入**了一個不愉快的夜晚。

162 let oneself in for
sth 讓自己處在
(不愉快的狀況)

in on

① [接近目標，使更接近焦點]

[163] The missile *homed in on* the enemy ship.
導彈**飛向**敵艦。

163 (武器) 朝向…移動，
對準目標發射

[164] When the topic was raised, she *homed in on* it.
一談到這個話題，她就**緊追不放**。

164 對 (話題等) 緊咬
不放

[165] He picked up his camera, *zoomed in on* the bird and
photographed it.
他拿起照相機，**把鏡頭拉近**拍攝這隻鳥。

166 I like the way you always *zero in on* the key point.

我欣賞你一向**專注於**重點的作風。

167 The old lady feels worries and concerns *crowding in on* her.

老婦人覺得焦慮和擔心都**湧上**心頭。

② [由…得到]

168 The star *cashed in on* his popularity in every way.

這個明星在各方面**利用**自己的知名度**賺錢**。

into [將 (注意力等) 投入…]

169 A lot of hard work *went into* developing the new car.

研發這輛新車**投入**了許多的努力。

170 He can't imagine how much time I have *put into* this job.

他無法想像我為了這份工作**付出**多少的時間。

171 The police *inquired into* Mary's disappearance.

警方對 Mary 失蹤一事**展開調查**。

172 Find someone to *look into* the problem.

找人來**調查**這個問題。

of

① [傳達資訊]

173 You should *apprise* Mr. MacDonald *of* the actual facts.

你應該把實情**告知** MacDonald 先生。

174 Please *inform* me *of* the results of your experiment as soon as possible.

請盡快把實驗的結果**通知**我。

175 *Remind* me *of* any facts that I happen to forget.

要是我一時忘記什麼事情要**提醒**我。

② [產生, 得到… (結果); 針對…]

176 Let us know if you *think of* a good idea.

要是你**想到**什麼好主意的話要讓我們知道。

177 I fear that nothing will *come of* this experiment.
我擔心這個實驗無法**得出**任何**結果**。

178 I have never *heard of* such an extraordinary happening.
我從未**聽說**這麼離奇的事件。

179 Do you *know of* a good Italian restaurant in this area?
你**知道**這一帶有間不錯的義大利餐廳嗎?

180 I would never *dream of* asking my mother to look after my baby.
我從未**想要**請我媽照顧我的寶寶。

181 I *approve of* young men like John. He is a real gentleman.
我**欣賞**像 John 這樣的年輕人,他是一位正人君子。

182 Kate is going out with a man we all *disapprove of*.
Kate 和一位我們都**不滿意**的男子交往。

off [以⋯為食;利用⋯,以⋯為憑藉]

183 We *dined off* lobster and sashimi.
我們**食**用龍蝦和生魚片。

184 This species of bat *feeds off* just one particular fruit.
這種蝙蝠只**以**某種特定的水果**為食**。

184 以⋯為食

185 Racism *feeds off* hatred.
種族歧視因仇恨**才得以強大**。

185 利用⋯才得以強大

186 You are far too old to be still *living off* your parents.
你年紀夠大了,不能還是**靠**父母**生活**。

on

① [朝向 (目標、方向、對象等);針對⋯考慮;在⋯方面;加諸於]

187 The bank robber *trained* his gun *on* me.
銀行搶匪用槍**瞄準**我。

188 The parents *fell on* their son as he was pulled out of the collapsed building.
當兒子從倒塌的建築物中被拉出來時,父母親**立刻撲向**他。

188 (要擁抱或要攻擊而) 撲向某人

189 My birthday *falls on* a Sunday this year.

今年我生日**適逢**週日。

189 在 (某一天) 發生

190 I *turned* my torch *on* the man hiding in the corner.

我把火炬**轉向**躲在角落的男子。

191 It is natural for the strong to *prey on* the weak.

強者**捕食**弱者是很自然的。

191 捕食

192 That thought has been *preying on* my mind all week.

這個禮拜以來，那個念頭**一直困擾**著我。

192 prey on one's mind
某事盤據在某人
心頭

193 The waitress who had *waited on* us tonight was very beautiful.

今晚**招呼**我們的女服務生長得很漂亮。

193 (在餐廳或宴會中)
招待，為⋯服務

194 You're no longer a child. I won't *wait on* you hand and foot.

你已經不是小孩了，今後我將不再**無微不至地照顧**你。

194 wait on sb hand
and foot 無微不
至地照顧某人

195 Many people are *waiting on* election results nervously at home.

許多民眾待在家裡焦急地**等待**選舉結果揭曉。

195 等待 (結果)

27

177
|
202

196 Dr. Lee will be *operating on* you tomorrow.

李醫師明天會**為**你**動手術**。

197 I will leave you with the problem to *chew on*.

我會把這個問題留給你**考慮**。

198 Look, why don't you let me *sleep on* your proposal?

喂，你的方案讓我**考慮一晚**好嗎？

199 He *seized on* what I had casually said.

他對我不經意說出口的話**緊咬不放**。

200 I do not wish any responsibility to *devolve on* me.

我不希望有任何責任**移交給**我。

201 Please *reflect on* the consequences of your actions.

請**仔細考慮**這麼做的後果。

202 My grandmother would *frown on* that kind of behavior.

我祖母肯定會**皺眉反對**那種行為。

[203] Let's ***fix on*** a date as soon as possible.

我們盡快**選定**一天。

[204] We have finally ***settled on*** what we should do.

我們終於**決定**我們應該做什麼。

[205] His talk really didn't seem to ***center on*** anything.

他的談話似乎沒有真正**著重**在任何事情上面。

[206] What I have to say ***bears*** directly ***on*** the matter at hand.

我要說的話與當前的問題有直接的**關係**。

[207] It was a matter I ***touched on*** with reluctance.

這是我不願**提到**的事情。

[208] Are you willing to ***take on*** the champion?

你願意與優勝者**對決**嗎?

[209] You should ***look on*** the problem in my way.

你應該從我的角度來**看待**這個問題。

[210] My boss ***spies on*** his employees.

我的老闆會**暗中監視**員工。

[211] It was not tactful of you to ***dwell on*** that matter.

你**老是想著**這件事就不聰明了。

[212] There is no point ***brooding on*** what happened in the past.

沉緬往事並沒有意義。

[213] I ***am sold on*** the idea of going to France this summer.

我**認為**今年夏天到法國的計畫**很棒**。

[213]【英】Passive

[214] You keep on ***harping on*** the same thing. Stop it!

你一直**嘮叨**同一件事情,別再說了!

[215] She ***dotes on*** her younger son.

她**溺愛**她較年幼的兒子。

[216] It seems that he ***is*** really ***stuck on*** her.

看來他真的**迷戀**上她。

[216]【美】Passive

[217] I wanted to treat Tom to dinner, but he ***insisted on*** splitting the bill.

我想要請 Tom 吃晚餐,但是他**堅持**要平分帳單。

218 Our school **puts** emphasis **on** Christian values.
我們學校著重於基督教的價值觀。

219 I want to **lay** stress **on** the following points.
我想要把重點放在以下幾點。

219 把 (焦點) 放在…

220 Meg is the last person you should **lay** the blame **on**.
Meg 絕不會是你該歸咎責任的人。

220 把 (責任) 歸給…

221 While Martin tells a story, he really **lays** it **on**.
Martin 述說事情時的確是言過其實。

221 lay it on
言過其實

222 It is immoral to **foist** one's philosophy **on** children.
把自己的人生哲學強加在小孩身上是不道德的。

223 Please do not **fasten** your attention **on** me.
請你不要把注意力集中在我身上。

224 The police are trying to **hang** the murder **on** an old tramp.
警方把兇殺罪歸咎於一位年老的流浪漢。

225 There is nothing that I want to **remark on** just now.
我目前沒有什麼要評論的。

226 What a terrible fate! I would not **wish** it **on** my worst enemy.
多麼悲慘的命運啊！就算是死對頭我也不會希望這事發生在他們身上。

226 wouldn't wish sth
on sb 不希望某事
發生在某人身上

227 Why do you always **throw** doubt **on** what I say?
你為什麼老是對我說的話加以懷疑？

228 I don't like it when people **spring** surprises **on** me.
我不喜歡別人突然告訴我意外之事。

② [食用；節省；利用]

229 We **dined on** piles and piles of caviar.
我們食用成堆的魚子醬。

230 In order to save money, we are **skimping on** everything.
為了存錢，我們什麼東西都節省。

231 I had to **draw on** all my skill to solve the problem.
我得利用十八般武藝來解決這個問題。

203
│
231

232 The government is *trading on* the weakness of the Opposition.
政府**利用**反對黨的弱點。

233 She has a way of *playing on* people's emotions.
她就是有辦法**利用**人們的感情。

③ [憑藉，依靠；取決於…]

234 There were no clues for the police to *go on*, so the murder was never solved.
警方沒有可**依據**的線索，所以這宗謀殺案從未破案。

235 You know that you can always *count on* me for help.
你知道的，需要幫忙的時候你永遠可以**依靠**我。

236 My assistant must be someone I know I can always *rely on*.
我的助理必須是一個我認為能永遠**信賴**的人。

237 He is a person who needs someone to *lean on*.
他這個人需要**依賴**別人。

238 We tend to *depend* too much *on* machines.
我們容易過度**依賴**機器。

239 You cannot expect to *live on* Coke and instant food.
你別指望**只靠**可樂和速食**過活**。

240 Does this heater *run on* gas?
這臺暖氣是由瓦斯**驅動**的嗎?

241 Go and get a proper job. You have been *sponging on* me for quite long enough.
去找個正當的工作，你已經**靠**我**養**好一段時間了。

242 The whole plan *pivots on* this one point.
整個計畫是否成功**取決於**這一點。

243 Everything *hinges on* the upcoming trade talks.
一切**取決於**即將到來的貿易談判。

244 The future of my company *turns on* the present trade talks.
本公司的前途**取決於**目前的貿易談判。

④ [指望；預期；下賭注；使苦惱]

[245] A lot of businesses are ***betting on*** an economic recovery.

許多企業**指望**景氣復甦。

245 指望，期待

[246] I think I'm going to ***bet on*** this horse.

我想我要**下注**這匹馬。

246 在…上下賭注

[247] All the time I was ***reckoning on*** your backing.

我一直**指望**你的支持。

[248] You shouldn't ***bargain on*** sunny weather tomorrow.

你不應該**指望**明天是晴天。

[249] I wouldn't ***bank on*** John to come if I were you.

我若是你，就不會**指望** John 會來。

[250] We are ***pinning*** our hopes ***on*** a recovery of the economy.

我們**把**希望**寄託**在經濟的復甦。

250 pin one's hopes on
　將希望寄託於…

[251] Our plan to ***pin*** the blame ***on*** Mary was an excellent one.

我們**把**過失**歸咎於** Mary 真是個好辦法。

251 把 (過失責任) 歸
　咎於…

[252] No one ***figured on*** such an extraordinary occurrence.

沒有人**料到**會有這麼離奇的事情。

27

232
|
258

[253] We ***plan on*** having several guests for dinner tomorrow.

我們**打算**明天請幾位客人吃晚餐。

[254] It is really unwise to ***gamble on*** games of chance.

在這種靠運氣的遊戲上**下賭注**是非常不智的。

[255] You shouldn't ***put*** money ***on*** such an outside chance.

你不應該**把**資金**押在**這麼渺茫的機會上。

[256] She was willing to ***stake*** everything ***on*** the one throw.

她願意**把**一切**押在**這一把。

[257] You look as if there is something ***weighing on*** you.

你看起來好像有什麼事情**讓**你**苦惱**。

⑤ [依據…行動]

[258] ***Acting on*** impulse may bring trouble.

衝動**行事**可能會帶來麻煩。

⑥ [背叛；告發]

259 Everyone knows that he is **cheating on** his wife.

　　每個人都知道他**對妻子不忠**。

259 對伴侶不忠

260 He was fined double for **cheating on** taxes.

　　他因為**違反**稅法而被雙倍罰款。

260 作弊；行騙

261 You traitor! You have **ratted on** us.

　　你這個叛徒！你**告發**我們。

262 **Squeal on** us to the cops and you are dead meat!

　　向警察**告發**我們的話你就死定了！

263 I'm going to **tell on** you to the teacher.

　　我這就要向老師**舉發**你。

onto/on to [(使) 注意到，察覺；提到]

264 My neighbor **put** me **onto** a great barber.

　　我的鄰居**告訴**我哪裡可以找到一個很棒的理髮師。

265 It didn't take the police long to **get onto** him.

　　警方沒多久就**找上**他。

265 查獲，查緝到

266 Headquarters have been trying to **get onto** you all day.

　　總部一整天試著要**聯絡**你。

266【英】(為了得到協助而) 聯絡

267 How is it that we **got onto** such a strange topic?

　　我們怎麼會**談到**這麼奇怪的話題？

267 開始談論 (話題)

268 How did we **come onto** such a strange topic?

　　我們是怎麼**提到**這個奇怪的話題？

out

① [探尋；戒備]

269 If you tell me what you want, I will try to **look** it **out**.

　　如果你跟我說你要的是什麼，我會努力**找出來**。

269【英】找出⋯

270 "**Look out**!" he shouted in a loud voice.

　　他大聲叫著：「**小心！**」

270 (叫別人) 小心

　　⇨ place lookouts at strategic points ＝ 在戰略地點設置監視哨

　　⇨ keep a sharp lookout ＝ 敏銳地監視

271 We *listened out* for the footsteps on the stairs.
我們**留心聽著**樓梯上的腳步聲。

272 When Mr. Black comes in, I will *point* him *out* to you.
Black 先生進來時，我會把他**指出**來給你看。

273 I persuaded the archivist to *dig out* the information.
我說服檔案管理員**找出**資料。

274 Please *find out* as many facts about her as possible.
請盡量**找出**有關她的事情。

275 True scholars must *seek out* the information for themselves.
真正的學者必須自己**找出**資料。

276 It took me all morning to *hunt out* my reading glasses.
我一整個早上都在**尋找**我閱讀用的眼鏡。

277 The librarian kindly *searched out* the information for me.
圖書館員親切地替我**找出**資料。

278 The private detective tried to *ferret out* the truth.
這名私家偵探試著要**查出**真相。

279 The reporter managed to *nose out* the information.
這名記者設法**刺探出**消息。

280 The police *smoked out* the drug dealers in the inn.
警方在小旅館裡**查緝出**毒販。

281 The section chief always *sounds out* our views.
課長往往會**徵詢**我們的看法。

282 Joe does strange things sometimes. We haven't been able to *suss* him *out*. 282【英】
Joe 有時會做些奇怪的事。我們都**搞不清楚**他是怎樣的人。

283 My job is to *spy out* young talent and develop them.
我的工作是**發掘**年輕有為的人並加以培訓。

284 I'll *check out* the restaurant before we take our guests there.
我會事先去**查看**那間要帶客人去用餐的餐廳。

285 The police *staked out* his house for a whole month.
警方一整個月都在**監視**他家。
⇨ a police stakeout = 警察的監視

286 We *felt* him *out*, and found he was against our idea.
我們**試探他的看法**，發現他反對我們的意見。

287 *Mind out*! Those steps are very slippery. 287【英】
當心! 那些階梯很滑。

288 There's a car coming. *Watch out*! 288 (叫別人) 小心
來了一輛車，**小心**!

289 The police were *watching out for* a man with a black beard. 289 密切注意
警方**密切注意**一名留著黑色鬍鬚的男子。

② [向…伸出 (手)]

290 It was in friendship that I *held out* my hand.
我**伸出**我的手是基於友情。

291 She *put out* a hand as if expecting a handshake.
她**伸出**手來好像要握手。

292 I *stretched out* my hand and picked up the plate of food.
我**伸長**手去拿盛裝了食物的盤子。

293 She *reached out* her hand and took the cabbage I wanted to buy.
她**伸手**拿了我想買的甘藍菜。

out for [設法取得]

294 It's a wonderful book. You should *look out for* it.
這是本很精彩的書，你應該**設法取得**。

295 The masses are *reaching out for* a better life.
一般大眾**努力追求**更好的生活。

out on [強加於…]

296 You may be angry, but don't *take* it *out on* me.
你可能很火大，但是不要**找我出氣**。

over

① [傳達 (消息、想法等)]

297 His ideas about equality *come over* clearly in the speech.
他對於平等的意見透過演講**傳達**得很清楚。

297 (概念等) 清楚地 傳達，表達

298 Your boss *came over* as a very friendly sort of person.
你的老闆**看起來**是個很友善的人。

298 某人 (的舉止) 看 起來…

299 Ten minutes is enough to *get* the main points *over* to the audience.
十分鐘就足以對觀眾**表達**出重點。

300 I had enough time to *put over* what I wanted to say.
我有足夠的時間**說明**我想說的話。

301 Your series of lectures *went over* very well indeed.
你一系列的演講著實大受歡迎。

301【美】*vi.* 接受到… 的反應，迴響

② [反覆想；自始至終，從頭到尾]

302 Let's *go over* the main points once more.
我們把重點再**複習**一次。

302 *vt.* 複習，重讀

27

303 She *turned* his proposal of marriage *over* in her mind.
她在心裡**反覆考慮**他的求婚。

286
|
309

304 I wish to *mull over* the problem a bit more.
這個問題我希望再多加**考慮**。

305 Let me *chew over* what you have said before replying.
讓我**仔細考慮**你所說的話之後再回覆你。

306 I want you to *think over* everything I have said, and give me your final answer tomorrow.
我要你**仔細考慮**我說過的每件事，然後明天給我最後的答覆。

307 The hikers were *poring over* a map.
這些健行的人在**研究**地圖。

308 She really *sweated over* that job.
她為了那件工作可說是**費盡心力**。

309 Are you still *mooning over* Yvonne?
你仍然**朝思暮想**著 Yvonne 嗎？

310 He was literally ***drooling over*** the dessert.

他的確對甜點垂涎三尺。

311 Instead of ***brooding over*** the failure, you'd better plan for a comeback.

你最好想想如何東山再起，而不要**老是想著**那場失敗。

312 I ***puzzled over*** the problem, but could not solve it.

我**苦思**這個問題，但仍無從解決。

313 Forget about it. It's nothing to ***fuss over***.

忘掉吧，那不值得你**大驚小怪**。

314 Mom has ***picked over*** the pile of clothes for two hours.

媽媽已經在這堆衣服裡**挑撿**了兩個小時了。

315 I am afraid I haven't had time to ***read over*** your essay.

我恐怕沒有時間**讀完**你的論文。

316 She quickly ***looked over*** the morning paper.

她迅速**將**早報**過目**一遍。

317 I'll ***run over*** the main parts of the ceremony with you.

我會跟你一起**複習排練**典禮的主要部分。

318 He was taken to a back alley, where they ***worked*** him ***over***.

他被他們帶到後面的小巷**痛打一頓**。

to

① [(注意力等) 朝向…；與…一致]

319 The enemy is nearby. We must ***look to*** our defenses.

敵人就在附近，我們得**留心**戒備。

320 Such a strange idea would never ***occur to*** me.

我從來不會**想到**這麼奇怪的念頭。

321 In the second half of my lecture, I would like to ***turn to*** a completely different topic.

在我講課的後半段，我想要**換**一個完全不同的主題。

322 You may find the answer if you ***refer to*** your dictionary.

假如你**查閱**字典，或許可以找到答案。

322 *Remember* me *to* everyone in your family.
代我向你的每位家人問候。

323 remember me to sb
代我問候某人

324 I will only *answer to* my immediate superior.
我只對直屬的上司負責。

325 Who was that gentleman I saw you *talking to*?
我看到你在交談的那位男士是誰?

326 Why do you only *aspire to* fame?
你為什麼只渴求名聲?

327 Mother Teresa *ministers to* the sick and dying.
德蕾莎修女照顧生病和垂死的人。

328 Rather an unpleasant task has *fallen to* me.
一件相當不愉快的任務落在我身上。

329 I do not want to *impute* any blame *to* her.
我不願把過錯歸咎給她。

330 All of us *drink to* your success.
我們全體為你的成功乾杯。

331 Oh dear! They have *tumbled to* my secret.
完了! 他們發現了我的祕密。

332 I have to *hand* it *to* you. Your performance was excellent.
我必須對你表達讚賞,你的表演太出色了。

332 have to hand it to
sb 向某人致敬,
表達崇敬之意

333 I must *object to* what you have just said.
我堅決反對你剛才所說的話。

334 I will *put* the idea *to* him, but he will not agree.
我會向他提出這個構想,但他是不會同意的。

335 I would now like to *return to* the former topic.
我現在想回到剛才的話題。

336 If you'll excuse me, I want to *revert to* an earlier point.
要是你允許的話,我想回到稍早提到的論點。

337 The facts *point to* one logical conclusion.
這些事實指向某個合理的結論。

27

310
|
337

338 Do you honestly expect me to *accede to* such a request?

你是真的希望我**同意**這樣的要求嗎?

339 It seems that he *agrees to* anything his girlfriend says.

他似乎**同意**他女朋友所說的任何事。

340 Not all of us *subscribe to* such views.

不是我們所有人都**同意**這樣的觀點。

② [迎合; 使遭受; 給予]

341 Film makers say they are only *catering to* public taste.

電影製作者表示他們只是**迎合**大眾的喜好。

342 The goods in our shop *are geared to* the younger end of the market.

我們店裡的商品**迎合**市場上的年輕族群。

342 Passive

343 Our hostess *attended to* our every need.

我們的女主人**顧及**我們的各種需求。

344 You shouldn't *pander to* his every desire.

你不應該**迎合**他的每個要求。

345 The police *subjected* the suspect *to* a body search.

警方**強迫**嫌犯**進行**搜身。

346 I won't let you *dictate to* me.

我不會讓你**對我發號施令**的。

346 發號施令, 命令, 使喚

347 He *dictated* the letter *to* his secretary.

他向祕書**口述**那封信。

347 口述, 使聽寫

348 After her death, everything she owned *passed to* her next of kin.

她過世後, 生前所擁有的一切都**傳給**了最親近的家屬。

③ [遵從 (某種想法或意見而行動)]

349 You are expected to *adhere to* the rules at all times.

希望你無時無刻都能**遵守**這些規定。

350 Through thick and thin he *held to* his principle.

不論什麼狀況他都**堅持**自己的原則。

351 We have no intention of **deferring to** you on this matter.

在這件事情上我們不打算**聽從**你。

352 The important thing is to **keep to** the main point.

重要的是不要**偏離**重點。

352 不偏離…

353 Martin was unable to **keep** the secret **to** himself.

Martin 無法**守住**這個**祕密**。

353 keep sth to oneself

將某事保密

toward [朝向… (目的、方向等)]

354 Tina is **heading toward** the library. She needs to find some information for her report.

Tina 正**前往**圖書館。她得為她的報告找些資料。

355 Be careful. Your behavior is **tending toward** rudeness.

小心點，你的行為**越來越**無禮了。

356 Are you **working toward** any goal or aim?

你在**努力達成**什麼目標或目的嗎?

357 Mainland China used to **push toward** birth control through "One Child Policy."

中國大陸過去藉由「一胎化政策」**推動**計畫生育。

358 Our college is **moving toward** a new examination system.

我們的大學正**開始實施**一項新的考試制度。

up [(注意力等) 朝向…]

359 This company always **checks up** on prospective employees.

這家公司對於即將雇用的員工總是會加以**調查**。

360 You should **look up** that information in an encyclopedia.

你應該在百科全書裡**查詢**那筆資料。

up in [投注心力]

361 I **am** completely **wrapped up in** my new job.

我**全神貫注於**我的新工作。

362 Polly **is** very much **wrapped up in** her new boyfriend.

Polly **對**她的新男友相當**著迷**。

361 Passive

全神貫注於 (某事)

362 Passive

(對某人) 著迷

27

338
|
362

with [思考；玩弄；修理]

363 I'm *dallying with* the idea of studying overseas.

我有在**想**是否要出國唸書。

364 I've been *playing with* a couple of theories.

我在腦中**思索**了幾個理論。

365 I want to tell you about an idea I am *toying with*.

我想要告訴你一個我**隨意構思**的想法。

365 (不認真地) 思索

366 She sat *toying with* her pen, but listening to my words.

她坐在那裡**撥弄**著筆，但有把我的話聽進去。

366 撥弄

367 If you *trifle with* my affections, you will be really sorry.

要是你**玩弄**我的感情，之後你一定會後悔。

368 Someone has been *tampering with* the lock to this door.

有人**擅自亂動**這道門的鎖。

369 My husband is outside, *tinkering with* the car.

我先生在外面，正在**修車**。

28

計量、分配

against, around, into, on, **out**, over, over to, **up**, with

　　本章介紹關於〈計量、分配〉的概念。〈計量〉包括了「測量東西的重量、數量、距離」，或是「使均衡、比較看看」等的概念。而〈分配〉則包括了「四處巡迴分發東西」，或是「使擴展、範圍擴大」等的概念。

　　下列的兩個例子分別帶有「測量」與「使均衡、比較看看」的概念：

◆ The pharmacist carefully *weighed out* the drug.
　藥劑師小心翼翼地**秤**著藥品的**重量**。

◆ I will *pit* my skill *against* yours. Let's see who wins.
　我要跟你**較量**技術，看誰會贏。

　　而下列的例子則明顯地帶有「分配」的概念：

◆ Shall we *deal out* cards clockwise?
　發牌的順序要按順時針嗎?

　　「使擴展、範圍擴大」也有一小部分與「占據空間」有關，因為事物若在一個空間中散佈開來的話，自然會占據該空間。其例如下：

◆ This antique table of yours *takes up* too much space.
　你這張古董桌**占據**了太多空間。

　　本章與第 20 章的〈產生、散發〉雖有關連，但本章所強調的是〈分配〉(實際地去分配某物，使之擴展開來) 的概念，如 serve out food (分裝食物)、pass out presents (分發禮物)；而第 20 章則是強調〈產生、散發〉(實際地生產某物並使之散發開來) 的概念，如 roll out goods (量產貨物)、type out a letter (打一封信) 等。

against [比較；(比較後) 對…不利]

1 You cannot *measure* anything *against* Einstein's genius.
   沒有什麼可以跟愛因斯坦的天分**相比擬**。

2 I *balanced* the advantages *against* the disadvantages.
   我**權衡**利弊。

3 Why don't you try *setting* the minuses *against* the pluses?   3 權衡
   你何不試著**權衡**一下好壞兩面?

4 I am sure that we can *set* these expenses *against* tax.   4 相互抵消
   我確定我們可以拿這些支出項目來和稅款**相抵**。

5 I will *pit* my skill *against* yours. Let's see who wins.
   我要跟你**較量**技術，看誰會贏。

6 Don't try to *match* yourself *against* such an expert.   6 較量
   別拿自己和這種專家**較量**。

7 The customs officer *matched* the goods *against* the list.   7 比對
   海關人員**比對**貨品和清單。

8 *Weigh* the two of them *against* each other and decide.   8 比較
   比較兩者之後再做決定。

9 Lack of experience *weighed against* him at the interview.   9 對…不利
   經驗不足在面試的時候**對他不利**。

10 I regret to say that your mistake will *count against* you.
   很遺憾你的錯誤會**對你不利**。

around [分配，分送]

11 Would you mind *passing around* the plate of sandwiches?
   可以請你**傳遞**這盤三明治嗎?

12 There is not enough food here to *go around*.
   這裡的食物不夠**分配**。

into [分成；分配]

13 Many Chinese characters can be *broken into* several parts.
   許多中文字都可以再**分成**幾個細部。

14 **Divide** 345 **into** 4561, and write the answer in your exercise book.

以 345 **除** 4561，然後把答案寫在你的練習簿裡頭。

on [轉送；繼續傳下去]

15 Any letters that you get—please **send** them **on** to my new address.

不管你收到什麼信，請**轉寄**到我的新地址。

16 I intend to **hand on** this little bit of land *to* my son.

我打算把這一小塊土地**傳**給我的兒子。

17 My family doctor **passed** my casebook **on** to a specialist.　　17 轉送，移交

家庭醫生把我的病歷**轉給**專科醫生。

18 The shops naturally **passed** the sales tax **on** to customers.　　18 轉嫁

這些商家理所當然地把營業稅**轉嫁**給顧客。

19 People with this disease were advised not to have children,　　19 遺傳
because they could **pass** it **on** to the next generation.

過去建議罹患這種疾病的人不要生小孩，因為可能會**遺傳**給
下一代。

28

$\begin{matrix} 1 \\ | \\ 24 \end{matrix}$

out

① [分發；外借；出租；外包；花 (錢)；給予]

20 Is it all right if I **serve out** dinner now?　　20【英】

我現在就**分配**晚餐好嗎?

21 The old woman stood there, **doling out** soup.

那名老婦站在那裡**分湯**。

22 I am now going to **dish out** the food *to* the kids.　　22 分裝 (食物)

我現在就**分發**食物給小朋友。

23 She **dished out** criticism *to* anyone who would listen.　　23 給予 (意見)

只要有人肯聽，她就會**大肆給予**評論。

24 Would you mind **handing** these questionnaires **out** for me?　　24 分發

可以幫我**發**這些問卷嗎?

25 I don't think you are in a position to *hand out* advice. 25 給予 (意見)
我覺得你沒有立場**給予**忠告。

26 The teacher *passed out* the Christmas presents *to* us.
老師**發**聖誕節禮物給我們。

27 I want to *give out* these small gifts *to* all present.
我想要**發送**這些小禮物給在場的每個人。

28 The company *sent out* 50,000 questionnaires *to* consumers.
這家公司**發出**五萬份問卷給消費者。

29 Shall we *deal out* cards clockwise? 29 發 (牌)
發牌的順序要按順時針嗎?

30 The judge *dealt out* a severe punishment *to* the criminal. 30 判處…
法官**判決**犯人嚴厲的刑罰。

31 I have told you that I never *loan out* my books. 31【英】
我跟你說過我從來不把我的書**外借**。

32 We *let out* our apartment while we were away on holiday. 32【英】
我們外出度假時就**出租**我們的公寓。

33 Excuse me, but do you *rent out* rooms *to* students?
請問,你們這有**出租**房間給學生嗎?

34 We *contract out* some jobs *to* small factories in the area.
我們**外包**部分工作給這一帶的小工廠。

35 We *farm out* some of our work *to* freelancers.
我們**外包**部分工作給自由作家。

36 The millionaire *laid out* a lot of money to buy the vase.
這位百萬富翁**花**大筆金錢購買這只花瓶。

37 What about *lashing out* on an expensive overseas holiday? 37【英】
花錢到國外度個奢華的假期如何?

38 The woman *splashed out* on that dress. 38【英】
那個女人**砸錢**買了那件衣服。

39 He deserved the punishment that was *meted out* *to* him.
他應該受到**給予**他的懲罰。

40 Only when he *opened out* *to* me did I get to know him. 40【英】
只有在他對我**敞開心胸**之後我才慢慢了解他。

② [(思考計算後) 分配，規劃，安排；(經過安排地) 擺出；測量，
計算；(不情願地) 支付 (金錢)]

41 How dishonest of you not to *share out* the profits fairly!
你沒有公平地**分配**獲利實在是太不誠實了！

42 *Portion out* the cake so that everyone gets a fair share.
分配蛋糕好讓每個人都能均分。

43 We have *rationed* the water *out* to last for a week.
我們已經**限量分配**好用水，可以撐過一個禮拜。

44 The government *parceled out* the land *to* the settlers.
政府把這塊土地**分配**給開拓的人。

45 The committee *plotted out* the main points of the plan.
委員會**規劃**計畫的核心部分。

46 We have succeeded in roughly *mapping out* the project.
我們已經成功將這項計畫粗略地**擬定**完成。

47 I want you to *space* the young plants *out* carefully.
我要你小心地將這些植物幼苗**隔開**。

48 He carefully *pricked out* the plants and then watered them.   48【英】
他仔細地**移植**這些植物並澆水。

49 Before the operation, the surgeon *set out* his instruments.
手術前，外科醫生**擺出**他的器具。

50 We *spread* the magnificent picnic lunch *out* on the grass.
我們在草地上**擺出**豐盛的午餐。

51 *Lay* the knives and forks *out on* this table over here.
在這邊的桌子上**擺上**刀叉。
⇨ plan the layout of a garden = 規劃庭院的格局

52 The pharmacist carefully *weighed out* the drug.
藥劑師小心翼翼地**秤**著藥品的**重量**。

53 *Measure out* the medicine as accurately as possible.
盡可能精確地**量出**正確的藥量。

54 After looking around, the man *counted out* the gold coins.
看了看四周之後，男子**清點**著金幣。

55 Slowly *pace out* one hundred yards.

慢慢用**腳**步量出一百碼的距離。

56 Because of the disease, he has *paid out* a lot of money *in* medicine.

為了這場病，他已經**付出**了大筆醫藥費。

56 支付 (巨款)

57 *Pay out* the rope till it reaches the bottom of the cliff.

放出繩索，直到繩索碰到懸崖的底部。

57 放出 (繩索)

58 Why do I have to keep on *shelling out* money *for* his son?

為什麼我得一直為他的兒子**出錢**？

59 I was finally persuaded to *fork out* for a taxi by my mother.

我最後被我媽說服**付錢**坐計程車。

③ [使平均；抵消；緩和，弭平 (差異)；解決]

60 Use your calculator to *average* these figures *out*.

用計算機**算**出這些數字的平均數。

60 *vt.*

61 My working day *averages out at* about eight hours or so.

我一天平均工作八小時左右。

61 *vi.*

62 The good and bad points are likely to *balance out*.

優點和缺點有可能**相抵**。

63 In this equation the pluses and minuses *cancel out*.

在這個方程式裡頭，正負互相**抵消**。

64 The power company is trying to *smooth out* the fluctuations in the electricity supply.

電力公司正試著**緩和**電力供應上的波動。

65 We should try to *even out* the gap between rich and poor.

我們應該盡力**弭平**貧富差距。

66 Nationwide broadcasting is *flattening out* regional differences.

全國性的廣播正逐步**弭平**區域間的差異。

67 There will be problems, but we can *iron them out*.

會出現問題，不過我們能**解決**。

68 There isn't anyone who will **sort out** my problems for me.
沒有人會替我**解決**問題。

④ [延著…分布]
69 The bloodstains **strung out** *along* the path.
血跡**沿著**小徑**分布**。

over [交出，讓出；接手]

70 Come on! **Hand over** your wallet.
快點！**交出**你的皮夾。

⁷⁰ 交出 (實物)

71 I want to **hand over** responsibility *to* my son.
我想要將責任**移交**給我兒子。

⁷¹ 移交 (責任、權力)

➯ a handover of responsibility = 責任的移轉

72 I **made** the whole of my estate **over** *to* my nieces.
我把所有的財產**轉讓**給我的姪女們。

73 There was no one who volunteered to **take over** the job.
沒人自願**接手**這個工作。

28

over to [規劃時間]

74 I'll **give** myself **over to** studying English this holiday.
這次放假我會**專注**來學習英文。

⁷⁴ give oneself over to V-ing/sth
專注於

55
—
77

75 Sunday morning **is given over to** prayers and meditation.
星期天早上**專門用來**禱告和冥想。

⁷⁵ Passive 主要用於

up

① [將…讓與…；將食物裝盤端出]

76 Jill **gave up** his seat *to* the pregnant woman.
Jill 把自己的座位**讓給**孕婦。

77 Each member is expected to **put up** ten thousand dollars for the new gymnasium.
每位會員應**提供**一萬元協助建造新的健身房。

⁷⁷ 提供

78 If you are in town, we will be happy to **put** you **up** for a night.

要是你到了城裡，我們很樂意**讓**你**借住**一晚。

78 vt.

79 It's rather a long drive home. Would you mind if I **put up** at your place tonight?

開車回家的路途很遙遠，你介意我今晚**留宿**你家嗎？

79【英】vi.

80 Just go ahead and **serve up** the cake.

快把蛋糕**端出**去。

80 端出 (食物)

81 The government **serves up** the same meaningless statistics.

政府**提出**同樣毫無意義的統計資料。

81 提供 (資訊)

82 Mother, can you **dish up** the food now?

媽，你可以現在**上菜**嗎？

② [(計算之後) 分配]

83 The survivors **divided up** the food among themselves.

倖存的人**分配**他們的食物。

83 分配

84 We must **divide up** the responsibilities fairly.

我們必須公平地**分擔**責任。

84 分擔

85 Let's **split up** the class *into* smaller groups.

我們來把全班**分成**小組。

③ [占據空間；構成…的一部分]

86 This antique table of yours **takes up** too much space.

你這張古董桌**占據**了太多空間。

87 The desk was so big that it seemed to **fill up** the whole room.

這張桌子大得幾乎**塞滿**整個房間。

88 **Loading up** the car like that will break the suspension.

將車子那樣**裝貨**會弄壞懸吊裝置。

89 This is one of the towns **making up** the metropolitan area.

這是**構成**大都會區的城鎮之一。

89 構成

⇨ the makeup of an organization = 一個組織的構造、架構

④ [補足；評估；(使) 平衡；結清 (債款)]

☐90 You are expected to *make up* the money that you pocketed.
你應該要**補足**所侵占的款項。

90 彌補，補足

☐91 There is no way she can *make up for* her behavior.
她沒有辦法**彌補**她的行為。

91 make up for sth 彌補

☐92 I apologize. I will try to *make* it *up to* you.
我得道歉，我會努力向你**補償**。

92 make it up to sb 補償某人

☐93 You should try to *weigh* things *up* objectively.
你應該盡量客觀地**評估**事情的**好壞**兩面。

93 評估好壞

☐94 Some people are easy to *weigh up*, others more difficult.
要**評價**某些人很容易，某些人則比較困難。

94 (對人) 做出評價

☐95 Let's *even* things *up* by changing players.
我們交換選手來**平均**一下吧!

☐96 The two opposing forces pretty much *balanced up*.
兩股對立的力量相當**勢均力敵**。

☐97 I will pay for drinks and the meal. We can then *square up* later.
我會付飲料和吃飯的錢，我們可以待會再**算清楚**。

☐98 You must *settle up* with Adam as soon as possible.
你必須盡早**把錢付清**給 Adam。

28

with [提供]

☐99 A complete stranger *provided* us *with* everything we needed.
一位全然陌生的人**提供**我們所需的一切。

☐100 Our host wouldn't stop *plying* us *with* food and drink.
主人**不斷地提供**食物和飲料給我們。

收集、儲備

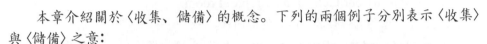

　　本章介紹關於〈收集、儲備〉的概念。下列的兩個例子分別表示〈收集〉與〈儲備〉之意：

◆ The farmers *gathered in* the crops.

　　農人**收割**農作物。

◆ We *stored away* our Picasso in a fireproof room.

　　我們把畢卡索的畫作**存放**在防火的房間裡。

　　「為了將來的目標，或是為了以防萬一而加以儲備」也屬於本章的討論範圍。其例如下：

◆ We plan to *set aside* some money *for* our son's education.

　　我們打算**存**一些錢，作為兒子的教育基金。

　　本章也收錄了關於「把物或人集合起來，以某種秩序或模式排列」的動詞片語。其例如下：

◆ The teacher *lined up* the children and made them wait.

　　老師**把**小朋友**排成一列**，並要他們等候。

　　此外，也有表示「為了準備而收集必要的材料」之意的動詞片語。因為本章的基本概念是「為了能做某件事或是能裝扮成某種形態，而收集某種材料」。這類的動詞片語經常與反身代名詞連用，不過某些特定的動詞片語也有可能以名詞或代名詞為受格，如下例：

◆ The explorers *kitted* themselves *out* for the expedition.

　　探險家們**整裝**完畢準備去遠征。

aside [為了以後要用而儲備]

1. Every month I **put** some money **aside** toward a house.

   每個月我會**存**一點錢來買房子。

2. We plan to **set aside** some money **for** our son's education.

   我們打算**存**一些錢，作為兒子的教育基金。

away

① [收藏，安置好；(與外界隔開地) 置身於…]

3. We **stored away** our Picasso in a fireproof room.

   我們把畢卡索的畫作**存放**在防火的房間裡。

4. The crew **stowed** their belongings **away** before takeoff.　　　4 *vt.* 放置

   空服人員在起飛之前將隨身物品**放置**好。

5. Searching for adventure, the boy **stowed away** on a ship.　　　5 *vi.* 偷渡

   為了追求冒險，這個男孩**偷渡**上船。

6. I have **filed away** your letter somewhere.

   我已經把你的信**歸檔**在某處。

7. **Pack away** the things we need in an emergency in one bag.

   把我們在緊急時需要的東西**收**在一個袋子裡。

8. The truth **is buried away** in archives somewhere.　　　8 Passive

   真相**藏**於某處的檔案資料庫。

9. Your toys are all over the room. **Tidy** them **away**.　　　9【英】

   你的玩具散落整個房間，把他們**收拾好**。

10. Every evening **lock** the documents **away** in this safe.　　　10 把…鎖起來

    每天晚上要**把**這些文件**鎖**在這個保險箱裡。

11. The judge will **lock** you **away** for a very long time.　　　11 囚禁

    法官會**囚禁**你很長一段時間。

12. I'd like to **lock** myself **away** and meditate for a while.　　　12 lock oneself away

    我想要**閉關**沉思片刻。　　　　　　　　　　　　　　　　　閉關獨處

13. I don't agree with **shutting away** old people in homes.　　　13 隔絕

    我不贊成**把**老人關在家裡**與外界隔絕**。

14. The author **shut** himself **away** in his study for two weeks.　　　14 shut oneself away

    這個作家**把**自己**關**在書房兩個禮拜。　　　　　　　　　　　閉關獨處

15 The judge is likely to **put** her *away* for at least a couple of years.

法官可能把她**關進監獄**至少幾年的時間。

15 關進監獄

16 **Put** your things *away* tidily after finishing with them.

東西用完之後要**收拾**整齊。

16 收拾

② [(祕密地) 儲存；藏匿 (使之不見)]

17 They say that Harry **puts** *away* fifty dollars every month.

聽說 Harry 每個月**存**五十元。

17 儲存 (金錢)

18 I have seen him **put** *away* a whole turkey by himself.

我看見他一個人把整隻火雞**吃光**。

18 吃光

19 The tax people found that he had **salted** *away* a fortune.

稅務人員發現他**積存**一筆財產。

20 He **squirreled** *away* his tips and saved a small fortune.

他把小費**儲存**起來，攢了不少錢。

21 He has **hoarded** *away* great quantities of chocolate.

他已經**偷偷貯存**了大量的巧克力。

22 The dog seems to have **hidden** his bone *away*.

這隻狗好像把骨頭**藏起來**了。

⇨ a children's hideaway in the woods = 樹林中孩子們的藏身之處

23 The mayor **stashed** *away* thousands of millions of dollars.

市長**藏匿**數十億元。

24 My grandmother has **tucked** her money *away* in many places.

我奶奶把她的錢**藏**在許多地方。

back [保留；隱瞞]

25 We should **hold** *back* the final payment till completion of the work.

我們應該**保留**尾款直到完工 (才給付)。

25 保留 (款項)

26 The criminal cunningly **held** *back* the true facts.

罪犯狡猾地**隱瞞**實情。

26 隱瞞

29

1
|
26

[27] Why don't you **keep back** the tastiest piece to the last? 27 保留

你何不把最美味的部分**保留**到最後？

[28] John always **keeps back** his best ideas instead of sharing with 28 隱瞞
us.

John 老是**隱瞞**最好的構想而不和我們分享。

by [為了以後要用而儲備]

[29] One should always **lay by** a little bit for a rainy day.

一個人總是應該**存**點錢以備不時之需。

[30] **Put by** 500 dollars for now. We'll use it later on.

現在先把 500 元**存起來**，我們之後會用上。

in [(為了要之後使用而) 收集，儲存，引入]

[31] The farmers **gathered in** the crops.

農人**收割**農作物。

[32] The catering department **buys in** all the hotel's food. 32【英】

承辦膳食的部門**大量買進**旅館所需的全部食材。

[33] Everyone is expected to **chip in** with ten dollars.

希望每個人**捐助**十塊錢。

[34] All the inhabitants are **laying in** provisions.

所有的居民都在**儲備**糧食。

[35] The bank is insisting that I didn't **pay in** the money.

銀行一直堅持說我沒有**把錢存入銀行**。

[36] The new sign outside has **pulled in** a lot of customers.

外面的新看板**引來**許多客人。

out [為了準備某事而收集必要的材料]

[37] The explorers **kitted** themselves **out** for the expedition. 37【英】

探險家們**整裝**完畢準備去遠征。

[38] The guests to the party **rigged** themselves **out in** strange
clothes.

參加派對的客人用獨特的衣服來**打扮**自己。

[39] We all *decked* ourselves *out* for Margaret's wedding.
為了 Margaret 的婚禮，我們全都**盛裝打扮**。

[40] My designer *fitted* me *out* with a full set of tropical wear.
我的設計師為我**準備**了全套具有熱帶風情的服裝。

together [湊出，收集；合併；組合；在一起；整合]

[41] It was difficult, but I *scraped* the money *together*.
蠻難的，但我還是把錢**湊**足了。

[42] A few clues enabled Jason to *piece together* the truth.
幾條線索就能讓 Jason **拼湊**出真相。

[43] The author quickly *cobbled together* his guide book from secondary sources.
作者利用二手資料很快地**拼湊**出他的旅遊指南。

[44] The employees *clubbed together* to buy Mr. Smith a gift.
員工**集資**買一份禮物給 Smith 先生。

[45] We can sit in a group if you *put* two tables *together*.
要是你把兩張桌子**合併**，我們就可以坐在一起。

45 合併

[46] I can't *put* these parts of this machine *together* again.
我沒辦法**把**這機器的零件重新**組合**起來。

46 把 (零件等) 組合起來

[47] We don't have enough people to *put together* a baseball team.
我們沒有足夠的人可以**組成**一支棒球隊。

47 組成

29

27 | 51

[48] I had great difficulty *putting* my thoughts *together*.
我很難把自己的想法**組織**起來。

48 (想法等) 組織，整理

[49] It isn't an essay. He just *strung* some sentences *together*.
這算不上是一篇文章，他只是把一些句子**串**在一起而已。

[50] I can see a shepherd *herding* sheep *together*.
我看到一個牧羊人把羊群**趕**在一起。

[51] This is a very simple model to make. You just have to *stick* these pieces *together*.
這個模型很容易做，你只要把這些部分**黏**在一起。

51 vt.

52. The chocolates had slightly melted and **stuck together**.
巧克力有點溶化而**黏在一起**。

52 vi.

53. Take care not to **lump** me **together** with a woman like her.
注意點，別把我和她那種女人**混為一談**。

54. We were all **thrown together** by the extraordinary event.
這次特殊的事件讓我們全都**湊在一起**。

54 使 (人們) 偶然相遇並認識

55. I am sorry that I didn't have enough time to prepare for the meal. I just **threw** it **together**.
很抱歉我沒有足夠時間準備餐點，我只是**隨便做出**一頓來。

55 倉卒地做出

56. It was my grandmother who **brought** Ken and Joanna **together**.
是我的祖母讓 Ken 與 Joanna **認識彼此**。

57. Your ideas just do not seem to **hang together**.
你的想法似乎就是不太**合乎邏輯**。

58. The ideas I **pulled together** seem to be useful.
我**整合**的這個構想好像蠻有用的。

59. Try to **get** your ideas **together** before tomorrow's meeting.
試著在明天開會前**整合**你的想法。

toward [(為了分擔…之用而預先) 存放，算入]

60. Each of us **put** some money **toward** the year-end party.
我們每人為年終派對**出**一些錢。

61. Most of my salary **goes toward** the kids' schooling.
我大部分的薪水**用在**小孩的學費上。

62. These payments **count toward** your pension.
這些款項**算進**你的養老金裡。

up

① [(為了利益或將來會用到而) 收集；收拾；招攬；圍捕]

63. The politicians have **bought up** all the valuable land.
這些政治人物已經**買光**所有值錢的土地。

64 The excited customers *snapped up* the sales goods.
興奮的顧客**搶購**著特賣商品。

64 搶購

65 If I were you, I would *snap up* that chance.
如果我是你的話，我會**趕緊抓住**那個機會。

65 抓緊 (機會或利
　益)

66 In the old days, one had to *store up* food for the winter.
以前的人必須**貯存**糧食過冬。

67 The sailor *stocked up* for his voyage with canned food.
水手為了出航而**儲備**了罐頭食品。

68 The old man *hoarded up* a pile of gold.
這老人**儲藏**了大量的黃金。

69 We have at last *saved up* enough money to buy a house.
我們終於**存**夠了錢來買一間房子。

69 儲存

70 My mother *saved up* the toys from when I was a little boy.
我母親**收藏**了我孩提時代以來的玩具。

70 收藏

71 *Mustering up* his strength to jump, he took a giant leap.
他**鼓起**力氣一躍，跳得老遠。

72 The Boy Scouts are *collecting up* old cans and bottles.
童子軍正在**回收**舊瓶罐。

73 I *scraped up* enough money to buy a ticket to Europe.
我**湊足**錢買了一張到歐洲的機票。

74 *Gathering up* a few possessions, I ran for the door.
我**收拾**幾樣物品後就往門邊跑。

75 The company has found a new way to *drum up* business.
這間公司已經想到**招攬**生意的新方法。

76 The police have been *rounding up* suspects all morning.
警方整個早上都在**圍捕**嫌犯們。

② [收集後置於某空間內]

77 We *penned up* the pigs before taking them to the market.
我們把豬送到市場之前先把牠們**關起來**。

29

52
—
77

78 They should **lock up** such a dangerous fellow like him.
他們應該把像他這樣危險的傢伙**關起來**。

⇨ put a suspect in the local lockup = 把嫌犯關進當地的拘留所內

79 Don't forget to **lock up** when you leave the building.
離開時別忘了**把門窗鎖**上。

78 關起來

79 鎖上門窗

③ [(為了排列或堆集成堆而) 集攏]

80 The teacher **lined up** the children and made them wait.
老師**把小朋友排成一列**，並要他們等候。

⇨ a line-up of people waiting to get into the building

= 等待進入大樓內的一長串隊伍

⇨ a police line-up

=【美】(警方為了供目擊者指認兇手而安排的) 一排嫌疑犯

80 vt. 使排成一列

81 I had to **line up** for an hour just to buy a ticket.
只為了買張票我就得**排隊**一小時。

81 vi. 排隊

82 Please **queue up**, starting from this white line.
請從這條白線開始**排隊**。

82【英】

83 The Boy Scouts **formed up** in two columns.
童子軍**排列**成兩個縱隊。

84 The little boy **heaped up** the pillows to make a mountain.
這小男孩把枕頭**堆成**一座山。

85 Please help me **pile up** the fallen leaves。
請幫我將落葉**掃成堆**。

85 vt. 堆積，累積 (成堆)

86 In his case, misfortune seemed to **pile up**.
以他的情形來說，不幸的事情似乎**接踵而來**。

⇨ a three-car pile-up on the highway = 三部車的連環車禍

86 vi. 越來越多

87 **Stack** these coins **up** in one pile.
把這些銅板**疊起來**。

30 同行、和睦相處、進入

along, around with, between, in, in on, in with, **into**, on, together, up, up behind, up for, up in, up on, up with, **with**

　　本章介紹關於〈同行、和睦相處、進入〉的概念。在〈同行〉、〈和睦相處〉的範疇中，有些動詞片語帶有「與人同行」的語意，屬於實際層面；有些則是有關「與人相處順遂」或「與人合好」，屬於精神及感情層面。

　　下列的兩個例句即分屬實際層面和精神、感情的層面：

◆ You can ***bring along*** to the party anyone you wish.
　 你可以**帶**任何你想帶的人去參加派對。

◆ Paul and I cannot ***get along*** with each other.
　 Paul 和我**相處**不來。

　　由〈同行〉衍生出許多有關「兩者之間的交互關係」的含意，如「支持」、「相爭」、「打交道」等，如以下例句：

◆ When the time comes, I promise to ***line up behind*** you.
　 到時候我保證會**支持**你。

◆ ***Dealing with*** the tax office is actually not too bad.
　 和稅務機關**打交道**其實並不算太糟糕。

　　此外，〈進入〉的概念裡有些動詞片語的語意也和「成為團體或結構的一部分」有關，其例如下：

◆ This newly discovered plant ***fits into*** no known genus.
　 這種新發現的植物無法**歸入**目前已知的任何一類。
　　此類動詞片語在語意上與第 33 章〈屬性、性質、分類〉中的〈分類〉密切相關。

along

① [(帶…) 一起去]

1 You can ***bring along*** to the party anyone you wish.
你可以**帶**任何你想帶的人去參加派對。

2 She went to the meeting and ***took along*** her baby *with* her.
她**帶著**她的寶寶出席這項會議。

3 I don't mind if I do ***come along*** with you.
我不在意我是不是跟你一起去。

4 Everyone is going, so I'll ***go along***, too.
大家都要去，所以我也會一起去。   4 一起去

5 I will ***go along*** with anything the two of you decide on.
不論你們倆的決定為何，我都會**支持**。   5 支持

6 Buzz off! I don't like you ***tagging along*** with us.
走開！我不喜歡你**黏著**我們。

7 Do you mind if my younger brother ***strings along*** with us?
假如我弟弟**跟著來**你會介意嗎？   7【英】

② [相處]

8 Paul and I cannot ***get along*** with each other.
Paul 和我**相處**不來。

9 The two of us seem to ***rub along*** *together* in some way.
我們兩個好像在某方面**相處得還不錯**。   9【英】

around with [與…來往，有關係]

10 Jason has been ***running around with*** a bad lot.
Jason 一直和一群壞蛋**有來往**。

11 You have been ***going around with*** some strange people.
你老是**和**一些怪人**混在一起**。

12 Stacey has been ***hanging around with*** a group of strange young men.
Stacey 老是**和**一群奇怪的年輕人**廝混**。

13 You should not be **_knocking around with_** that gang.
你不應該和那一夥人四處鬼混。

14 Marshal is **_fooling around with_** a woman in the office.
Marshal 和辦公室的一位小姐搞在一起。

between [彼此之間]

15 Letters have been **_passing between_** the two of them.
他們兩人之間一直有信件往來。

in [參與，加入；成為團體的一員；介入]

16 At my school the pupils **_partake in_** all cleaning chores.
在我們學校，學生參與所有的清掃工作。

17 If you **_want in_**, you must contribute your share.
假如你想參與，就必須做出相對的貢獻。

18 Do not **_engage in_** conversation with strangers.
不要加入陌生人的談話。   18 參與…

19 We have been **_engaged in_** this business for generations.
我們從事這門生意已經好幾代了。   19 從事…

20 The manager of the team **_weighed in_** with some good advice.
團隊經理加入了一些不錯的建議。

21 She was too shy to ask if she could **_join in_** their game.
她太害羞了，不敢開口問她是否能加入他們的遊戲。

22 Be careful, or he will **_rope_** you **_in_** to his project.
小心啊，不然他會拉攏你加入他的計畫。

23 I want to go with you, so please **_count_** me **_in_**.
我想要跟你去，所以請把我算在內。

24 Phil was too odd to **_fit in_** as a member of our club.
Phil 太古怪了，沒辦法融入成為我們社團的一員。   24 vi.

25 It will be difficult to **_fit_** Tim **_in_** to our project team.
要把 Tim 安插到我們這個方案小組將會有困難。   25 vt.

26 He came along and **_horned in_** on what we were doing.
他跟著來並且強行介入我們在做的事。   26【美】

30

1
|
26

同行、和睦相處、進入   (405)

27. It was pretty rude of you to *butt in* like that.
你那樣**插嘴**相當無禮。

28. You always come and *cut in* when we are talking.
我們講話的時候，你老是跑來**打斷**。

in on [分享；讓…知道；參與]

29. The bank robbers *cut* the inside man *in on* the profits.
銀行搶匪**讓**內應的人**分享**利益。

30. I am going to *let* you *in on* a secret.
我要**讓**你**知道**一個祕密。

31. Do you mind if I *come in on* your discussion?
你介意我**參與**你們的討論嗎?

32. Mr. Smith *sat in on* our meeting in an advisory capacity.
Smith 先生以顧問的身分**列席旁聽**我們的會議。

33. I wish I had *got in on* the stock market at the beginning of the bubble.
我真希望在泡沫經濟的初期就已經**投入**股票市場。

in with [和…一致；適合；合作；接近]

34. What you said *ties in with* what I imagined.
你說的**和**我猜想的**一致**。

35. Your comment *chimes in with* my feelings.
你的意見**與**我的感覺**一致**。

36. It was hard not to *fall in with* the plan.
很難不去**贊成**這個計畫。 36 贊成

37. My mother *fell in with* rather a strange man.
我母親**與**一個相當奇怪的男子**來往**。 37 與…來往

38. Such ways of thinking do not *fit in with* the time.
這樣的思考方式不**適合**這個時代。

39. It is for you to decide whether to *go in with* John.
要不要**和** John **合作**由你來決定。

40 If you want to do business in this town, you have to *get in with* the right people.

假如你想要在這個城裡做生意，你必須**接近**適當的人。

41 You are advised to *keep in with* influential politicians.

奉勸你**親近**有影響力的政壇人物。

into

① [成為團體或構造的一部分；進入 (使有關係、分享使知道)]

42 Your composition *falls into* the category of rubbish.

你的作文是**屬於**廢話連篇的那一種。

43 This newly discovered plant *fits into* no known genus.

這種新發現的植物無法**歸入**目前已知的任何一類。   43 歸屬於…

44 A man like that would find it hard to *fit into* normal society.   44 融入…

像那樣的人要**融入**一般的社會有所困難。

45 His score is low. You should *put* him *into* the C class.

他的分數很低，你應該把他**分到** C 班。

46 We would like you to *come into* our discussion.

我們想請你**加入**我們的討論。

47 Our President *drew* many countries *into* an alliance.

我們的總統**拉攏**許多國家加入同盟。

48 *Marrying into* a rich family is not always a good idea.

嫁入有錢人家不見得總是好事。

49 She *bought* her way *into* high society.

她**花錢進入**上流社會。

50 I don't know why she wanted to *bring* him *into* our group.

我不知為何她想要**帶**他進我們組裡。

51 Be cautious when *entering into* a new relationship.   51 參與

開始一段新關係時要小心謹慎。

52 We *entered into* a sales agreement with a Dutch company.   52 締結關係

我們和一家荷蘭公司**締結**了銷售協議。

53 It was brave of you to *wade into* the discussion.   53【英】

你**一頭栽進**那場討論真是勇敢。

30

27
|
53

54 My uncle *took* me *into* the family business.
我叔叔**帶**我**進入**家族企業。

55 Have you *settled into* your new school?
你已經**適應**新學校了嗎?

56 There is no way this suit can *go into* that suitcase.
這套衣服不可能**放得進**那個手提箱。

57 His stupidity *got* him *into* the situation.
他的愚蠢**使**他**陷入**這樣的處境。

58 I *stepped into* a difficult situation.
我**陷入**了困難的處境。

59 Our country *slipped into* war.
我們的國家漸漸**陷入**戰爭。

60 He must have realized the situation he was *walking into*.
他必定已體認到他所**陷入**的處境。

61 William was lucky enough to *walk into* a wonderful job.
William 運氣好,**輕鬆獲得**一份好差事。

62 It is not so hard to *break into* an overseas market.
要**打入**海外市場並不是那麼困難。

63 The international situation *pulled* our country *into* war.
國際情勢**使**我國**捲入**戰爭。

64 We mustn't *drag* politics *into* sports.
我們絕不可以**把**政治**扯入**運動。

65 Some gangsters *move into* heroin and cocaine.
一些不良分子正**開始涉及**海洛因和古柯鹼**的買賣**。

66 I will *let* you *into* a secret, but you must promise not to tell anyone.
我會**讓**你**知道**一個祕密,但是你得答應不告訴任何人。

② [(因有興趣而) 投入,深入了解 (而沉迷)]

67 Ben started being a bit strange after he *got into* astrology and stuff like that.
Ben 自從**沉迷於**占星那一類的東西後就開始變得有點古怪。

60 涉入,陷入 (某種狀況)

61 輕鬆得到⋯

68 ***Delving into*** the matter will cause many problems.

深究這件事會帶來許多的問題。

69 If the cops start ***digging into*** things, I'll be in trouble.

要是條子開始**調查**事情，我就會有麻煩。

on [加入，(報名而) 成為一員]

70 Everyone is required to ***serve on*** at least one committee.

每個人至少都得**加入**一個委員會。

71 What time did you ***log on*** to the system this morning?

你今天早上是幾點**登入**系統的?

72 Those who want to go on the picnic can ***sign on*** here.

想要去野餐的人可以在這裡**報名**。

73 Professor Davis was anxious to ***get on*** the key committee.

Davis 教授渴望**成為**主要委員會的一員。

73 *vt.* 加入，成為其中一員

74 Kathy is the sort of person who can ***get on*** *with* most people.

Kathy 是那種能與大多數人**和睦相處**的人。

74 *vi.* 與⋯**和睦相處**

75 There is nothing more boring than ***sitting on*** committees.

沒有什麼事比**擔任**委員來得更無聊了。

together

① [相伴; 集合; 一起⋯]

76 Love and hate may often ***go together***.

愛與恨或許經常**相隨**。

76 相伴

77 Mark and Edith ***have been going together*** for years.

Mark 和 Edith 已經**相戀**好幾年了。

77 Progressive 相戀

78 A few of us are ***getting together*** at the club after work.

我們當中有幾位下班後**聚集**在這家俱樂部。

⇨ a get-together of a group of friends = 一群朋友的聚會

79 The whole family ***lives together*** in that house.

這個家族的全體成員**一起住**在那間房子裡。

79 住在一起

80 It's a secret that Susan and I are ***living together***.

Susan 和我正在**同居**，這件事是個祕密。

80 同居

81 Though they've got divorced, they *stayed together*.
他們雖已離婚，但仍住在一起。

82 Everyone *slept together* in one large bed.
82 睡在一起
大家一起睡在一張大床上。

83 It is rumored that those two are *sleeping together*.
83 發生性關係
有謠言指出他們兩個有一腿。

84 We *huddled together* against the cold, as best as we could.
我們盡可能地擠在一起以抵擋寒冷。

② [團結合作]

85 The Cabinet members *hung together* and denied everything.
內閣成員團結一致地否認一切。

86 Her family *held together*, crisis after crisis.
她一家人團結一致，度過一次又一次的危機。

87 We must *band together* in order to overcome oppression.
為了戰勝壓迫，我們必須團結起來。

88 It is imperative that everyone *sticks together*.
大夥同心協力是絕對必要的。

89 We will survive if everyone *pulls together*.
只要大家同心協力，我們會死裡逃生的。

up

① [會合；合作 (一起…)；結合；同居]

90 The expeditions *joined up* and then set out from the base camp.
90 會合
探險隊會合之後從營地出發。

91 We were absolutely against our son *joining up*.
91 從軍
我們絕對反對兒子從軍。

92 The two teams *linked up* before attempting the summit.
92 *vi.* 會合
這兩支隊伍在嘗試攻頂前先會合。

⇨ a link-up between two spacecraft ＝ 兩艘太空船的聯結 (合作)

[93] You can **link up** your computer *to* others in the building. 93 *vt.* 連結 (電腦等)
你可以把你的電腦**連結**到這棟建築的其他電腦。

[94] Everyone will **meet up** in front of the Opera House at six. 94 會合
大家六點時會在歌劇院前面**會合**。

[95] This road **meets up** *with* the highway. 95 與⋯交會
這條路和主要幹道**交會**。

[96] Our company wants to **team up** *with* your company.
我們公司想要和貴公司**合作**。

[97] I **paired up** *with* Nelson for the tennis match.
我和 Nelson **搭檔**參加網球比賽。

[98] They **ganged up** *on* the boy because he was different.
他們**聯手**對付這個男孩，因為他跟別人不一樣。

[99] These parts should **marry up** *with* each other.
這些零件應該**組裝在一起**。

[100] My son is in town **shacking up** *with* his girlfriend.
我兒子在城裡和女朋友**同居**。

② [加入；介入]

[101] Fifty students **signed up** *for* the computer class.
五十名學生**參加**電腦課程。

[102] No one asked you to **pipe up**.
沒人要你**插嘴**。

30

81
|
105

up behind [支持]

[103] When the time comes, I promise to **line up behind** you.
到時候我保證會**支持**你。

up for [支持；保護]

[104] You should **stand up for** those principles you hold dear.
你應該**擁護**你堅信的信條。

[105] Brian **stuck up for** me when the others were teasing me.
其他人欺負我時，Brian **護著**我。

同行、和睦相處、進入 (411)

up in [捲入]

[106] Through no fault of her own she *was mixed up in* a crime. 106 Passive
她無辜**被捲入**這宗犯罪裡。

[107] Most of us *get caught up in* the rat-race. 107 Passive
我們當中大多數都**被捲入**這場激烈的混戰。

up on [接受]

[108] I found no one willing to *take* me *up on* my offer.
沒有人願意**接受**我的請求。

up with [來往；熟識]

[109] Your daughter *is mixed up with* an unsavory crowd. 109 Passive
你女兒**和**一群令人討厭的傢伙**來往**。

[110] It is not wise to *take up with* those youths.
和那些年輕人**來往**是不智的。

[111] We plan to *meet up with* another couple later on tonight.
今天晚上晚一點，我們打算要**和**另一對情侶**碰面**。

[112] He seems to just *pick up with* anyone.
他似乎就是有辦法**結識**任何人。

with

① [有相同立場；在一起 (做…)]

[113] All she wants is someone to *sympathize with* her.
她要的只是一個**同情**她的人。

[114] They say that the star is *sleeping with* the director.
據說這明星**和**導演**有一腿**。

[115] I would really like a friend who I could *talk with*.
我真的很想要有一個可以**交談**的朋友。

[116] We have some people *visiting with* us now.
我們正在**跟**一些人**聊天**。

[117] Do you mind if I *go with* you tonight? 117 和…一起去
你介意今晚我**和你一起去**嗎?

[118] It is rumored that Eric is **going with** Karen.

有謠言說 Eric 正**和** Karen **交往**。

118 和…交往

[119] Some Republican senators are **going with** the Democratic proposal.

有些共和黨的參議員**支持**民主黨的提案。

119 支持

[120] Why are you always **flirting with** Sue?

你為什麼老是**和** Sue **打情罵俏**?

120 和…打情罵俏

[121] We are **flirting with** the idea of opening another hotel.

我們在**想**是否要再開一家旅館。

121 (不認真地) 想,考慮

② [運用自如; 介入; 相爭; 打交道; 有關係; 伴隨著,跟隨]

[122] Shakespeare was a master at **playing with** words.

莎士比亞是個**巧妙運用**文字的大師。

122 靈活地使用…

[123] The little boy was **playing with** his toy.

這個小男孩正**玩著**他的玩具。

123 玩弄…

[124] Holly locks the door of her bedroom when she **plays with** herself.

Holly **自慰**時會鎖上臥室的門。

124 play with oneself 自慰

[125] Don't **interfere with** my plans. They don't concern you.

不要**干涉**我的計畫,它們與你無關。

125 干涉

[126] The police suspect he was **interfering with** young girls.

警方懷疑他**猥褻**年輕女子。

126 猥褻

[127] I really do not want you **meddling with** my affairs.

我真的不希望你**插手管**我的事。

[128] Don't try to **mix** it **with** me. You'll regret it.

不要想**跟我鬥**,你會後悔的。

128【英】mix it with sb 與…有爭吵

[129] Take care that you don't **tangle with** me.

最好別和我**起爭執**。

[130] The two teams will **vie with** each other for the lead.

這兩支隊伍互相**競爭**領先的地位。

[131] Mr. Smith is an enemy to **be reckoned with**.

Smith 先生是個要**小心對付**的敵人。

131 Passive 小心對付

132 We had not **reckoned with** such a thing happening at all.

我們根本沒有**料到**會發生這樣的事情。

132 想到

133 **Dealing with** the tax office is actually not too bad.

和稅務機關**打交道**其實並不算太糟糕。

133 應對，和…打交道

134 He has special training on how to **deal with** emergencies.

他在**處理**緊急事件方面經過特別的訓練。

134 處理

135 What you are saying has nothing to **do with** today's topic.

你說的話跟今天的主題完全**沒有關係**。

135 have nothing to do with 與…無關

136 My advice is that you do not start **messing with** drugs. You will certainly regret it.

我建議你不要**沾上**毒品，否則你絕對會後悔。

137 In our family, we usually **begin** dinner **with** soup.

在我們家，晚餐通常一**開始**先喝湯。

138 If you **stick with** me, you won't come to any harm.

假如你**緊跟著**我，就不會受到任何傷害。

③ [(說理使) 意見 (不) 一致；坦承相對]

139 Nothing you can say will make me **agree with** you.

你說什麼也不能讓我**贊同**你。

140 Even if I **disagreed with** you, I would not contradict you.

就算我**與**你**意見不一**，我也不會反駁你。

141 My father is very opinionated. I cannot **reason with** him.

我父親相當堅持己見，我沒辦法**跟他講理**。

142 Look, we will never be able to work out our relationship if we do not **level with** each other.

聽著，要是我們不**坦承對待**彼此，那我們永遠無法改善我們的關係。

③1 分離、除去、孤立化

apart, aside, **away**, away from, away with,
from, in, of, **off**, off with, **out**, out of, **up**

　　本章介紹關於〈分離、除去、孤立化〉的概念。pull apart 在第一個例子中
是不及物動詞，表〈分離〉；在第二個例子中則是及物動詞，表〈使分離〉：

◆ This toy *pulls apart* quite easily.

　　這個玩具很容易**解體**。

◆ Two dogs were *pulling* the old sweater *apart*.

　　兩隻狗把這件舊毛衣**扯開**。

　　〈除去〉的基本語意是「取而除之、收拾整理」等，經常與「處理令人不
快的人或事物」有關，其例如下：

◆ The city cannot *dispose of* all its rubbish.

　　這座城市無法自行**處理**它的全部廢棄物。

　　但是，「令人不快」這樣的概念並非總是存在著。請見下列例句：

◆ Her uncle will *give* her *away* at the wedding.

　　她叔叔將於婚禮上把她**交給新郎**。

　　此外，也可用以〈除去〉非具體的事物。其例如下：

◆ Society cannot *do away with* crime.

　　社會無法**杜絕**犯罪活動。

　　本章也會談到關於「因圍堵而產生的〈分離〉、〈除去〉」的動詞片語，如
下列的例句中，the area at the bottom of the garden (花園深處一帶) 與其他地方
分離了，那是因為立起了 fence (柵欄)，使得該區域被圍起之故：

◆ The area at the bottom of the garden should be *fenced in*.

　　花園深處一帶應該用**柵欄圍起來**。

apart [(使) 分離; 漸行漸遠; 崩解; 辨出異同]

1 This shirt has *come apart*.
   這件襯衫裂開了。

2 She *took apart* the machine and replaced the worn parts.
   她拆開機器更換磨損的零件。

3 Two dogs were *pulling* the old sweater *apart*.
   兩隻狗把這件舊毛衣扯開。
   3 vt.

4 This toy *pulls apart* quite easily.
   這個玩具很容易解體。
   4 vi.

5 The lions easily *tore* the zebra *apart*.
   這些獅子輕易地把斑馬撕扯開。
   5 撕開

6 Believe me. Social unrest will *tear* this country *apart*.
   相信我，社會動盪會使這個國家分裂。
   6 使 (國家等) 分裂

7 No one will be able to *tear* this thesis *apart*.
   沒人能大肆批評這篇論文。
   7 大肆批評

8 I have *drifted apart* from my childhood friends.
   我已和兒時的朋友漸漸疏遠。

9 Over the years, the sisters *grew apart* from each other.
   這幾年來，姊妹們彼此逐漸疏遠了。

10 This building is *falling apart*.
    這棟建築物正在崩解。
    10 (物體) 崩解

11 Try not to *fall apart* under the emotional strain.
    努力別讓自己在情緒的壓力下崩潰。
    11 (人) 情緒或精神崩潰

12 Only their mother can *tell* the twins *apart*.
    只有這對雙胞胎的母親才能分辨出他們。

13 Her poise and maturity *set* her *apart from* the others.
    她的沉著與成熟使她有別於其他人。
    13 使有別於…

14 The afternoons *are set apart for* games and sports.
    把下午的時間空出來遊戲和運動。
    14 Passive 空出 (時間)

aside [拉到一旁]

[15] Miss Smith *took* me *aside* to talk to me.

Smith 小姐把我**帶到一旁**去說話。

[16] The chairman *pulled* me *aside* to whisper something to me.

主席把我**拉到一旁**去耳語了幾句。

away

①[分送; 捨棄; 除去]

[17] The old lady *gave* all her money *away to* those orphans.

老太太**分送**她所有的錢給那些孤兒。 17 分送

⇨ a free giveaway with every packet of washing powder

= 洗衣粉隨包附贈的贈品

[18] Her uncle will *give* her *away* at the wedding.

她叔叔將於婚禮上把她**交給新郎**。 18 (在婚禮時) 將新娘交給新郎

[19] I am prepared to *cast away* everything I own.

我準備好要**捨棄**我所擁有的一切。

[20] In a fit of anger, he *signed away* his whole fortune.

一氣之下，他**簽字放棄**全部的財產。

[21] I've *thrown away* my diamond ring because I found it fake. 21 丟掉

我**丟掉**我的鑽戒是因為我發現那是假的。

[22] How silly of you to *throw away* a golden opportunity. 22 放棄

你**放棄**這個絕佳的機會真是太傻了。

[23] He picked up the bottle and *tossed* it *away*.

他撿起瓶子然後把它**扔掉**。

[24] Why did you *put away* the soup? I wanted to drink it. 24 倒掉

你為什麼把湯**倒掉**? 我想要喝耶。

[25] The criminal was *put away* for life. 25 監禁

那名罪犯被終身**監禁**。

[26] The police came and *towed away* my car.

警方前來**拖走**我的車。

31

1
26

分離、除去、孤立化 417

27 No sooner had I taken out my purse than a man **snatched** it **away** *from* me.
我才剛拿出錢包就有名男子從我這裡把它**奪走**。

28 The magician **whisked away** the rabbit.
魔術師**迅速地**把兔子**拿走**。

29 She firmly **pulled** his hands **away** *from* her face.
她堅定地把他的雙手從她臉上**拉開**。

30 In the battle, someone **shot away** his index finger.
此次戰役中，有人**擊落**他的食指。

31 An explosion in a mining accident **blew** Uncle Harry's right hand **away**.
礦坑的一場爆炸事故**炸飛**了 Harry 叔叔的右手。

32 Try as we did, we could not **tear** Jeremy **away** *from* the TV.
不論我們怎麼做，還是無法將 Jeremy 從電視機前**拉開**。

33 The welfare authorities **took** him **away** *from* his family.
社會福利機構從他家裡把他**帶走**。
33 帶走…

34 Do you realize you have **taken away** *from* my good name?
你知道你已經**破壞**我的名聲了嗎？
34 take away from sth
降低 (價值，聲譽)

② [收拾；除去 (不利、不便的東西)；侵蝕]

35 Please **clear away** the plates after your meal.
飯吃完以後請把盤子**收拾**好。

36 Some people **chuck away** rubbish in national parks.
有些人會在國家公園裡**丟**垃圾。

37 First **wipe away** the grease and then wash the pan.
先**擦掉**油污，然後再洗平底鍋。

38 You can use this old knife to **scrape away** the paint.
你可以用這把舊刀把油漆**刮掉**。

39 How nice it would be if we could **sweep** corruption **away**.
要是我們能**掃除**貪污該有多好。
39 掃除

40 A group of fishermen were **swept away** by the high waves.
一群漁夫被大浪**捲走**。
40 捲走

41 The surgeon *cut away* the dead and infected tissue.
外科醫生**切除**壞死和感染的組織。
⇨ a cutaway drawing ＝ 剖面圖

42 I got into the hot bath, and slowly all my feelings of stress *slipped away*.
我泡個熱水澡，慢慢地壓力感全都**消失**了。

43 *Stripping away* the old plaster revealed a da Vinci.
剝去這層老舊的灰泥後浮現了一幅達文西的畫作。

44 The army *pumped* the water *away* from the flooded areas.
軍隊用**幫浦抽走**淹水地區的積水。

45 It took a long time to *scour away* the grime of decades.
花了很長的時間才**刷洗掉**這數十年的污垢。

46 You can never *wash away* a sin like that.
你永遠無法**洗清**那樣的罪。

46 擺脫，洗去

47 The heavy rains *washed* the bridge *away*.
豪雨**沖走**橋樑。

47 沖走

48 The waves are continually *eroding away* these cliffs.
海浪不停**侵蝕**這些峭壁。

49 The termites *ate away* the whole tree.
白蟻**啃蝕**了整棵樹。

③ [(使) 離開；脫落]

50 You know you are not meant to *call* me *away* from work.
你知道你不應該把我**叫離**工作崗位。

51 I didn't *get away from* work before midnight.
我午夜前都不曾**離開**工作。

52 She *pulled away* when I tried to hug her.
當我試著擁抱她時，她**退開**了。

53 The concrete had *fallen away* from the wall.
水泥已從牆上**剝落**。

54 The branch *broke away* from the tree and crashed down.
這樹枝從樹上**斷落**，掉了下來。

31

27
|
54

55 The handle just *came away* in my hand.

我手裡握的把手就這麼**脫落**了。

away from [(因想法、習慣等的不同而) 疏離; 擺脫]

56 It was inevitable that I would *grow away from* my elder sister.

我會和姊姊**逐漸疏遠**也是無可避免的。

57 You should make an effort to *break away from* those men.

你應該努力和那些人**斷絕往來**。

_{57 停止往來}

58 Try to *break away from* those old traditions.

試著**脫離**那些舊傳統。

_{58 脫離 (習慣)}

59 It is important to *get away from* traditional thinking.

跳脫傳統思維很重要。

60 I have been trying to *move away from* that way of doing things.

我一直在試著**擺脫**那種做事的方法。

away with [除去使消失]

61 Society cannot *do away with* crime.

社會無法**杜絕**犯罪活動。

from [分離; 違背; 躲開; 斷絕關係; 使無法; 使有距離]

62 It was painful when I *parted from* my host family.

我和寄宿家庭**道別**時真的很難過。

_{62 離開}

63 Oh, how painful it was when I *was parted from* Eva!

喔，我和 Eva **分手**時是多麼痛苦啊!

_{63 Passive 分開}

64 The younger generation *deviates from* the traditions.

年輕一輩**悖離**了傳統。

65 I hate it when he *departs from* traditional methods.

我討厭他**違背**傳統的做法。

66 Don't *hide from* me. You needn't be frightened.

別**躲避**我，你不需要害怕。

67 I want to *dissociate* myself *from* you and your family.
我想要和你以及你的家人**斷絕關係**。

68 My political beliefs *preclude* me *from* joining the association.
我的政治理念**使**我**無法**加入這個協會。

69 You should *protect* your skin *from* ultra-violet light.
你應該保護你的皮膚**免於**紫外線的傷害。

70 We made every effort to *keep* the secret *from* the enemy.
我們盡一切努力**避免**敵人**知道**這個祕密。

in

① [圍起來使 (空間) 區隔開來；限制；禁足]

71 The area at the bottom of the garden should be *fenced in*.
花園深處一帶應該用柵欄**圍起來**。

72 We *walled in* the open space in front of our house.
我們**用牆圍住**自家前面的空地。

73 Our house is now *hemmed in* by ugly modern buildings.
我們的房子現在被醜陋的現代建築**包圍**了。

74 Oh, how I detest being *hemmed in* by bureaucracy!
喔，我真是恨透了要受**限於**官僚體制！

75 Don't you think you should *lock* the dogs *in* at night?
你不覺得你晚上應該把狗**關起來**嗎？

76 The government army *penned in* the rebels.
政府的軍隊將叛軍**囚禁**。

77 I cannot use my talents in this job. I *am penned in*.
我無法在這項工作上發揮所長，我**受到限制**。

78 The travelers *were snowed in* for a whole week.
這些旅客**被雪困住**一整個禮拜。

79 The Chinese runner was *boxed in* by the two Americans.
中國的跑者被兩名美國人**擋住去路**了。

80 You have parked your car badly. You have *blocked* me *in*.
你車子停得不好，**擋住**我了。

73 包圍

74 限制

76 囚禁

77 Passive 受限

78 Passive

分離、除去、孤立化　(421)

81 I am **hedged in** by all kinds of rules and regulations.

我受**限於**各種規則與規定。

82 You have been naughty boys so I'm going to **keep** you **in** for two weeks.

你們幾個太頑皮了，我要罰你們**禁足**兩個禮拜。

② [除去 (生命)]

83 The Mafia **did in** several of their enemies.

黑手黨**作掉**了幾個敵人。

of [放棄；除去；剝奪]

84 There are some ideas that we have to **divest** ourselves **of**.

有一些想法是我們必須**放棄**的。

84 divest oneself of sth 放棄…

85 She **divested** herself **of** her coat.

她**脫去**自己的外套。

85 divest oneself of sth 脫掉…

86 We are wondering how to **divest** the chairman **of** his power.

我們在想如何**卸除**主席的職權。

86 卸除 (權力、地位)

87 We have been trying to **rid** our house **of** cockroaches.

我們一直試著要**清除**家裡的蟑螂。

88 The city cannot **dispose of** all its rubbish.

這座城市無法自行**處理**它的全部廢棄物。

89 I am now **relieving** you **of** your job.

我現在就**解除**你的職位。

90 You are trying to **deprive** me **of** what I own.

你正想要**剝奪**我的所有。

91 Mr. Bush should be **stripped of** his civil rights.

Bush 先生應該被**褫奪**公權。

off

① [(用做記號的方式) 使從考慮中除去；遺漏]

92 One by one, I **crossed** the names **off** the list.

我把名字一個一個從名單上**劃掉**。

[93] We all agree with your name being *struck off*.

我們都同意將你除名。

[94] As the students answered to their names, I *marked* them *off*.

學生聽到名字回答時，我將他們的名字做個記號。

[95] I don't think you have *ticked* my name *off* the roll.

95【英】

我覺得你沒在名單上把我的名字打勾。

[96] The teacher *checked* the children's names *off* on her list.

老師在名單上核對小朋友的名字。

[97] Excuse me, but I think you *left* my name *off*.

不好意思，我覺得你把我的名字漏掉了。

② [(以切除、破壞的方式) 除去；掉落]

[98] The airplane's wing *sheared off* in mid-flight.

飛機一邊的機翼在飛行途中折斷。

[99] My son did not *break off* the flower on purpose.

99 vt.

我兒子不是故意折下這朵花的。

[100] The branch was so rotten that it just *broke off*.

100 vi.

這樹枝腐爛到自行斷裂了。

[101] He picked up an axe and *chopped off* the branch.

他拿起一把斧頭把樹枝砍斷。

[102] I asked you to prune the tree, not *hack off* the branches.

我叫你修剪樹木，不是砍下樹枝。

[103] Please *saw* the legs *off* this table.

請把桌腳從桌子下鋸掉。

[104] The man took a knife and *lopped off* a couple of branches.

這名男子拿出一把刀，然後剪除幾根樹枝。

[105] She *tore* a piece of bread *off* the loaf.

她從整條麵包上撕下一塊麵包。

[106] Use an axe to *split off* this piece *from* the rest.

用斧頭把這塊和其他部分分開。

[107] A well-aimed shot *knocked* the bottle *off* the wall.

精準的射擊把瓶子從牆上擊落。

108 A button *came off* my shirt as I was putting it on.

一顆鈕扣在我穿襯衫的時候從襯衫上**脫落**了。

109 An apple *dropped off* a branch and hit me on the head.

一顆蘋果從樹枝上**掉落**，砸到我的頭。

110 A piece of plaster *fell off* the wall and hit me.

一片灰泥從牆上**剝落**，打中了我。

111 Take care! Don't *slip off* that stepladder.

小心！不要從那四腳梯上**滑落**了。

112 The leaves of the trees *blew off* in strong wind.

樹上的葉子在強風中**吹落**。

③ [去蕪存菁地篩選出；取走]

113 We *cream off* the best students for our special course.

我們**挑出**最優秀的學生進行特別課程。

114 *Strain* the juice *off* the mixture and bottle it.

從混合物中**濾出**果汁，然後裝瓶。

115 *Draw off* some of the wine from the barrel.

從桶子裡**抽出**一些酒。

116 If necessary, I will *siphon off* some petrol from my car.　　116 抽出 (液體)

若有必要，我會從我的車子**抽出**一點汽油。

117 One section chief was *siphoning off* money from the firm.　　117 不誠實地挪用金

一位課長**挪用**了公司的錢。　　　　　　　　　　　　　　　錢

118 It seemed that he *skimmed off* most of the money.

他**撈走**了大部分的錢。

119 I would like to have a rich aunt who I could *sponge off*.

我想要有一個可以**揩油**的有錢伯母。

④ [帶走；(運) 送到…；偷取]

120 The riot police arrived and *hauled off* several demonstrators.

鎮暴警察抵達後**拉走**了幾名示威群眾。

121 The police came and *carted* Fred *off* to prison.　　121 (把人) 送到 (醫院

警方前來**押送** Fred 入獄。　　　　　　　　　　　　　或監獄)

122 The gang of robbers *carted off* tons of stolen items.

這一幫強盜**運送**偷來的大量物品。

122 運送 (貨物等)

123 Taiwan's bananas used to be *shipped off* to Japan.

臺灣的香蕉過去都**裝船運送**到日本。

123 將 (貨物) 裝船運送

124 Joseph *shipped* his children *off* to their grandmother's house for the summer.

Joseph 把孩子們**送到**奶奶家過暑假。

124 將某人送走

125 Did you buy this, or did you *knock* it *off*?

這是你買來的還是**偷來**的?

125 【英】

126 Someone has *ripped off* my gold pen.

有人**偷**了我的金筆。

⑤ [除去,送走 (令人不快的人或品質不佳的物)]

127 Many would like to *throw off* government restrictions.

多人想要**擺脫**政府的限制。

127 擺脫

128 The witness's false evidence *threw* the police *off* the scent.

目擊者不實的證詞**使**警方**的線索模糊**。

128 throw sb off the scent 使某人的線索模糊

129 Do a bit of exercise and *burn off* some calories.

做點運動把一些熱量**燃燒掉**。

130 She was happy to *cast off* the heavy burdens of office.

她很高興能**拋開**公務的沉重負擔。

131 Harry was so old that they *pensioned* him *off* early.

Harry 太老了,所以他們早早**發退休金叫他退休**。

132 Many companies are starting to *lay off* workers.

許多公司開始**解雇**員工。

⇨ a large-scale layoff of workers = 大規模的裁員

133 There is a rumor that they are going to *pay* us *off*.

有謠言說他們打算**資遣**我們。

133 資遣

134 *Pay off* a blackmailer and he will come back for more.

用**錢打發**勒索的人,他就會得寸進尺。

⇨ make a payoff to a top official = 對高官進行賄賂

134 付錢打發

135 We will have **paid off** all debts by next month.

135 償清

我們下個月之前就**會償清**所有的債務了。

136 How much will this fetch if I **auction** it **off**?

要是我把它**拍賣掉**的話能賣多少?

137 We are bankrupt and now trying to **sell off** our assets.

我們破產了,目前正**賤價出售**資產。

138 The economy collapsed and the banks **wrote off** the debts.

138 註銷 (債務)

經濟崩潰,銀行**註銷**債務。

139 Scientists have not **written off** Newtonian physics.

139 當成是失敗的

科學家尚未**否定**牛頓的物理學。

140 I am surprised at the way you **palmed** that fake **off** on him.

我對於你**欺騙**他買仿冒品的方法感到訝異。

141 Mr. Davis is anxious to **marry off** his six daughters.

Davis 先生急著**嫁出**六個女兒。

⑥ [讓…下車; 送別]

142 Would you mind **dropping** me **off** at the next corner?

可以**讓**我在下一個轉角**下車**嗎?

⇨ a drop-off point for the school bus = 校車的下車地點

143 I asked the driver to **let** me **off** in front of the hotel.

143 讓…下車

我請司機在旅館前面**放我下車**。

144 We have finished so I'll **let** you **off** early today.

144 讓…走; 使…不做

我們事都做完了,所以今天我會早點**放你走**。

145 You have been a naughty boy, but I will **let** you **off**.

145 原諒

你真是個調皮的小孩,不過我**原諒**你。

146 The fans gathered at the station to **wave off** their hero.

仰慕者聚集在車站前面**揮手送別**他們的英雄。

147 It's troublesome to come to the station and **see** you **off**.

147 送行

到車站來**為**你**送行**真是麻煩。

148 Two burly men **saw** me **off**.

148 趕走

兩個魁梧的男子**把我趕出去**。

⑦ [(從某團體) 脫離; (由某人身上) 取走]

149 The left-wing faction *split off from* the main party.
左翼派系從主要的政黨**脫離**。

150 Sam and Stephanie *peeled off* from the group and
disappeared.
Sam 與 Stephanie **脫隊**後就消失了。

151 All of my classmates *pair off* and I was left alone.
我的同學們都**成雙成對**，只有我是一個人。

151 vi.

152 I hate it when people *pair* me *off* with Judy.
我討厭別人老是把我和 Judy **湊成一對**。

152 vt.

153 James Bond had no trouble *taking* the gun *off* the man.
詹姆士龐德很輕易就**奪下**這名男子的槍。

153 拿下；奪下

154 We *took* Ken *off* that job because he couldn't do it.
我們**解除** Ken 的這項職務，因為他做不來。

154 使離開 (工作等)

155 The doctor has *taken* me *off* that medicine.
醫生已**讓**我**停止**服用那種藥物。

155 使某人停止做…

⑧ [(自主要或原先的路徑、位置) 偏離; 登出電腦]

156 *Turn off* at the next corner and continue.
在下一個街角**拐出去**，然後繼續走。

157 The road to Boston *branches off from* the main road.
往波士頓的路從這條幹道**分岔出去**。

158 The police *ran* the protesters *off* the main road.
警方將抗議群眾**驅離**了主要幹道。

159 At the end of the hall, a corridor *goes off to* the left.
在大廳的盡頭，有條走廊**通到**左邊。

159 通往

160 Professor Jones is always *going off* at a tangent.
Jones 教授總是**突然偏離**主題。

160 go off at a tangent
(談話等) 忽然扯
到題外話

161 Please show me how to *log off* this computer.
請示範給我看要怎樣**登出**這臺電腦。

⑨ [隔開；隔絕；獨立出來]

[162] The company *separated* our department *off* from the rest.
公司把我們的部門和其他部門**區隔開來**。

[163] A fence *divides off* the inner, and most sacred part of the temple, from the outer part.
一道圍牆把寺內最神聖的場所和外面的部分**區隔開來**。

[164] It will cost a lot to *fence* this area *off* from the road.
用**柵欄隔開**這個區域和馬路要花很多錢。

[165] My wife wants to *box off* this space here.
我的妻子想把這邊的空地用**牆圍起來**。

[166] That end of the garden has been *walled off* from the road.
庭院的那一端跟馬路已經**用牆隔開**了。

[167] I *bricked off* this part of the garden and completely separated us from our neighbors.
我用**磚牆隔開**花園的這個區域，把我們和鄰居完全隔開。

[168] You can sleep in the area that I have *partitioned off*.
你可以睡在我已經**隔**好的地方。

[169] They did not even *curtain off* the toilet from public view.
他們甚至沒用**簾子隔開**廁所和公眾視線。

[170] This part has been *screened off* from view, so change here.
這一角已經**用屏風隔起來**，所以在這裡換衣服吧。

[171] The area for children to play has been *roped off*.
兒童遊戲區已經被**繩索圍起來**。

[172] The police quickly *cordoned off* the scene of the crime.
警方快速**封鎖**犯罪現場。

[173] Prompt action in *sealing off* the area led to an arrest.
立即**封鎖**現場的舉動使逮捕得以成功。

[174] *Rule off* part of the paper and write the answers there.
在紙上**畫線隔出**一部分，把答案寫上去。

[175] I *marked off* on paper the area to be planted with roses.
我在紙上**標出**要種玫瑰花的區域。

175 *vi.* 畫線標示以區
分

176 Her manner *marked* her *off from* the others in the class.

她的舉止**使**她**不同於**班上的其他學生。

176 *vt.* 把…和…區分開

177 You are not allowed to *block off* a public road.

你不准**堵住**公共道路。

178 The new building *shuts off* our view of the mountains.

這棟新建築**阻擋**了我們看山的視野。

179 The part of the museum I wanted to see was *closed off* for repairs.

這座博物館中我想參觀的部分因維修而**關閉**。

180 The PR section was *spun off* as an independent company.

公關部門**分出去**成為獨立的公司。

181 We are considering *hiving off* our provincial branches.

我們在考慮把地方上的分公司**獨立出來**。

off with [脫下]

182 The mother *helped* the little boy *off with* his coat.

這名母親**幫**小男孩**脫**下外套。

out

① [除去; 刪除; 被迫離開; 篩選後挑出或取走]

183 The king *rooted out* all opposition to himself.

國王**鏟除**一切反對他的勢力。

184 Instead of writing down the phone number, he just *tore* the page *out of* the phone book.

他沒把電話號碼寫下來, 反而只是從電話簿**撕下**那一頁。

185 We *weeded out* those who were not really keen on the job.

我們**淘汰**那些不是真正有心工作的人。

186 The censors have *edited out* all the sexy parts.

審查員**剪掉**所有情色的部分。

187 The star was *written out of* the show.

這明星從該節目中被**除名**了。

31

162
|
187

[188] ***Cut out*** the part of the wood that is rotten.

把那塊木頭腐爛的部分**切除**。

188 切掉

[189] The editor ***cut out*** the bedroom scenes from my novel.

編輯**刪除**了我小說中的床戲場景。

189 刪除

[190] ***Cross out*** your name if you will be unable to attend the meeting.

倘若你不克出席會議，**刪掉**你的名字。

[191] The censors ***scored out*** all the dirty words.

審查員**刪掉**所有不雅的字眼。

191【英】

[192] Picking up his pen, he ***scratched out*** two or three names.

他拿起筆，**刪除**了兩、三個名字。

[193] I've ***struck out*** two or three names from this list.

我已從這份名單中**刪除**兩、三個名字。

[194] The inhabitants who ***were flooded out*** are now living in schools and sports centers.

因大水被迫離開家園的居民目前被安置在學校和體育館。

194 Passive

[195] I took great care to ***select out*** the ripe tomatoes from the green ones.

我小心翼翼把成熟的番茄從青綠色的當中**挑選出來**。

[196] This computer will ***separate out*** exactly the data you need.

這臺電腦能**篩選**出正合你需要的資料。

[197] A computer would ***sort*** all that data ***out*** for you.

電腦會為你**篩選**所有的資料。

[198] Why did you ***single*** that student ***out*** *for* praise?

你為什麼**單獨挑**出那名學生加以表揚？

[199] This sheet will ***filter out*** even minute particles.

這張紙甚至連微小的粒子也能**濾除**。

② [買賣 (以排除…)]

[200] We ***bought out*** the former owners and now we run the shop.

我們向先前的店主**買下所有股份**，現在由我們經營這家店。

⇨ a buyout of a company by its employees = 由員工買下公司股權

[201] We regret to say that those items have been **sold out**.

很抱歉，那些物品已經**賣完**了。

⇨ a sold-out concert＝票已賣光的演奏會

[202] I **sold out** *to* a foreign investment group.

我把持有的**股份賣**給海外的投資集團。

[203] It was you who **sold** us **out** *to* those who seeked to harm us.

把我們**出賣**給那些企圖傷害我們的人就是你。

③ [使排除在團隊之外；使脫臼；躲藏；錯過]

[204] What a stupid idea! We will certainly **rule** it **out**.

這點子爛透了！我們絕對會把它**排除在外**。

[205] Why do you always **leave** my son **out** *of* your games?

你為何老是把我兒子**排除在**你們的遊戲**之外**？

[206] That is a dangerous project. **Count** me **out**.

那是個危險的計畫，**別把我算在內**。

[207] I tried to keep a place for us in the queue, but everyone **crowded** me **out**.

我試著要為我們在隊伍裡留一個位子,不過大家都**把我擠出去**。

[208] Anyone who wants to can **opt out** *of* the hike now.

想退出的人現在可以**選擇退出**這次的健行。

[209] You are going to **flunk out** if you do not start studying very soon.

要是你再不趕快開始讀書，你會被**退學**的。

[210] I seem to have **put** my shoulder **out**.

我好像把肩膀**弄脫臼**了。

[211] There are some enemy soldiers **hiding out** in those woods.

有些敵方的士兵**躲藏**在那些樹林裡。

⇨ the hideout of a gang of robbers＝一夥強盜的藏身處

[212] Because of illness, I **missed out** *on* a golden opportunity.

因為生病的關係，我**錯過**了大好機會。

[213] My name isn't here. You've **missed** it **out**.

我的名字不在這裡，你**漏掉**了。

④ [除去 (髒汙等)]

214 Hard as I tried, I couldn't *get* the coffee stain *out*.
不論我怎麼試，就是沒辦法**除去**咖啡漬。

215 They say that Super Remover will *take out* coffee stains.
聽說「超強去汙劑」可以**除去**咖啡漬。

216 The ink stain *washed out* without any difficulty.   216 *vi.*
墨水漬毫不費力就**洗掉**了。

⟹ a washed-out blue color = 洗到褪色的藍色

⟹ a complete washout = 徹底的失敗；(道路、橋樑等的) 完全沖毀

217 Before drying your swimsuit, *wash out* the salt.   217 *vt.*
晾乾泳衣之前要先**洗去**鹽分。

218 Stains like that just don't *come out*.
像那樣的汙漬就是不會**脫落**。

⑤ [(以摩擦、暴力等方式) 除去]

219 This kind of cheap material soon *wears out*.   219 *vi.* 磨損
這種便宜的材質很快就會**磨損**。

220 I have *worn out* the shoes through daily use.   220 *vt.* (因使用次數多
因為每天穿的緣故，我已經**穿壞**這些鞋子了。   　　而) 壞掉

⟹ a pair of worn-out jeans = 一條穿破了的牛仔褲

221 During World War II, the Allies completely *wiped out* this
town.
第二次世界大戰期間，同盟國**徹底摧毀**這座城鎮。

222 The gangsters *rubbed* him *out* without any hesitation.   222【美】俚
歹徒毫不猶豫就**殺掉**他。

223 A member of a rival gang *took* Fred *out*.
敵對幫派的某個分子把 Fred **作掉**了。

⑥ [把…排除在外，隔絕於外界；掩蓋住]

224 The new building next door *cuts out* most of our daylight.   224 阻擋
隔壁的新建築**阻擋**了我們大部分的日光。

225 We decided to **cut** Jack **out** of all our social activities.　225 把⋯排除在外
我們決定將 Jack 摒除在我們的一切社交活動之外。

226 Some heavy curtains should **shut out** the light.
一些厚重的窗簾應該可以擋掉光線。

227 When you make a copy, **mask out** this section here.
你在影印的時候，要遮住這一部分。

228 The smoke rising from the chimney **blocked out** the sun.
煙囪升起的煙霧遮住了太陽。

229 The smoke from the forest fire **blotted out** the sun.　229 遮住
森林大火的黑煙遮住了太陽。

230 There are many memories I find difficult to **blot out**.　230 抹去 (記憶、想法)
有很多我覺得難以抹滅的記憶。

231 The traffic **drowned out** the voice of the teacher.
車流聲淹沒了老師的聲音。

out of [除去；無法使用]

232 All Allen's drive and ambition seemed to **go out of** him after his wife died.
妻子過世後，Allen 所有的動力和抱負似乎都從他身上消失了。

233 A wicked aunt **did** him **out of** his inheritance.
一位壞心的嬸嬸騙走他的遺產。

234 I think you have **grown out of** that sweater.
我想你已經長大到穿不下那件毛衣了。

up

① [分割，(使) 離散]

235 The Western powers **carved up** Africa among themselves.
西方列強瓜分了非洲。

|236| The government **broke** the computer company **up** into several companies.

政府將那家電腦公司**分割**成幾家公司。

⇨ the breakup of a monopoly into competing companies
= 一家獨占企業分成數家相互競爭的公司

236 vt. 使…分割成小部分

|237| The meeting **broke up** at midnight.

會議於午夜時**解散**。

237 vi.

|238| A gang of thugs **broke up** the leftists' meeting.

暴力集團**解散**左派的集會。

238 vt.

② [解除關係; 分離]

|239| The day came when Albert **broke up** with Joyce.

Albert 和 Joyce **分手**的日子到了。

⇨ the breakup of a marriage = 婚姻破裂

239 分手

|240| After graduation we **split up** and went our separate ways.

畢業後我們**分手**，各奔東西。

|241| I hear that you have **bust up** with Jill. Is that true?

我聽說你和 Jill **鬧翻**了，是真的嗎?

⇨ the bust-up of Pete and Liz's relationship
= Pete 與 Liz 之間關係的破裂

241【英】

③ [與外界隔絕; 阻擋; 封住; 塞住]

|242| The author **has been cooped up** in his room all day.

這名作家一整天都**關**在自己的房間裡。

242 Passive

|243| I was **shut up** in a dark room for two whole days.

我被**關**在一間漆黑的房裡整整兩天。

|244| A mediaeval knight was **walled up** in this church.

有位中世紀的騎士被**關**在這間教堂。

|245| The kidnappers are **holed up** in a motel room in town.

綁匪**躲**在城裡一家汽車旅館的房間中。

246 The proposal I submitted *was hold up* for some unknown reason.

246 Passive

我提出的方案因不知名的原因**延遲**了。

⇨ a hold-up of a couple of weeks in construction

＝建造工程幾週的延遲

247 You can *board up* the windows where there is no glass.

你可以在窗戶沒有玻璃的部分**釘上木板**。

248 I *taped up* all the little cracks on the wall.

我用**膠帶貼**住牆上所有的小裂縫。

249 *Stop up* that crack and then the smoke will not go through it.

堵住那個裂縫，煙就不會從縫裡飄進來。

250 If you *plug up* this hole, the water won't run away.

如果你**堵住**這個洞，水就不會流走了。

251 There are hardly any rivers in this area left to *dam up*.

251 築壩蓄水

這地區幾乎沒剩什麼河川可以**築壩蓄水**。

252 It is not a wise thing to *dam up* your feelings and emotions.

252 抑制

壓抑你的情感和情緒並非明智之舉。

253 He *blocked up* the hole in the wall with newspaper.

253 *vt.*

他用報紙**堵住**牆上的洞。

254 The sink *blocks up* easily. Be careful about what you put in it.

254 *vi.*

這水槽很容易**阻塞**，要小心你們放進去的東西。

255 This glue will *seal up* the leaks.

這個接著劑能**封住**漏洞。

256 This lavatory *clogs up* easily.

這個馬桶很容易**阻塞**。

④ [消除，(加以覆蓋) 使消失]

257 *Pull up* those weeds over there, please.

麻煩你**拔除**那裡的雜草。

258 The little boy *was* soon *swallowed up* in the crowd.

258 Passive

那個小男孩很快就**淹沒**在人群中。

淹沒以致看不見

31

236
|
258

分離、除去、孤立化 (435)

[259] A larger company *swallowed* us *up* in a merger. ²⁵⁹ 併購

一間大公司**併購**了我們。

[260] Our army had a hard time *mopping up* resistance.

我軍艱苦地**掃蕩**抵抗的勢力。

[261] I am no longer able to *bottle up* my feelings and emotions.

我再也沒辦法**隱藏**我的情感和情緒了。

[262] The CIA *covered up* many vital facts.

中情局對於許多重要事實有所**隱瞞**。

⇨ take part in a cover-up = 參與隱瞞的工作

[263] The government *hushed up* the bribery scandal.

政府**掩飾**行賄醜聞。

形式或狀況的變化

aback, around, away, away with, down, in, **into**, **off**,
on, out, out of, over, round, to, together, **up**

　　本章介紹關於〈形式或狀況的變化〉的概念。〈形式的變化〉指的是「形狀、位置的變化」或「變成其他的人、物」等所謂「物理上的變化」。下列例子即為實際上的物理變化：

◆ Cinderella's carriage **turned into** a pumpkin.
　 灰姑娘的馬車**變成**了南瓜。

　　但是，這個主題下的動詞片語也多與「非實際上，也就是在精神、感情上之狀態或狀況的變化」有關。這類動詞片語包括了「想法或情緒的改變」、「情感上的變化」、「生氣」、「失去意識、甦醒過來」等概念。

　　與「失去意識」的概念密切相關的是表「睡眠」之意的動詞片語。其中有些動詞片語並具有「違反自我意志地睡著」的語意，其例如下：

◆ I couldn't help **nodding off** in the boring lecture.
　 我在乏味的課堂上忍不住**打瞌睡**。

　　同時，在這個主題下的動詞片語常常有片語化或成為慣用語的傾向。例如：

◆ The beautiful sunset **took** my breath **away**.
　 落日的美令我屏息。
　　由於此動詞片語已經片語化，breath 這個名詞不能用代名詞加以替換，也不能隨便使用 breath 以外的名詞。

aback [驚訝]

1. I *was taken aback at* the outcome of the game.
   我對比賽的結果**感到驚訝**。

   1 Passive

around

　① [改善]

2. The government is trying to *turn* the economy *around*.
   政府正試圖**使**經濟**好轉**。

   2 vt.

3. Everyone hopes that the economy will *turn around* soon.
   每個人都希望經濟能趕快**好轉**。

   3 vi.

   ⇨ an economic turnaround = 景氣好轉

　② [改變意見; 恢復意識]

4. I can never *come around* to your way of looking at things.
   我永遠沒辦法**轉而贊同**你看待事情的方法。

   4 改變意見

5. Doctor! Doctor! The patient is *coming around* now.
   醫生! 醫生! 病人現在**甦醒**了。

   5 甦醒

6. A couple of sharp slaps on the face *brought* him *around*.
   幾個結實的耳光打在臉上使他**清醒過來**。

   6【美】

away [被情緒影響]

7. The beautiful sunset *took* my breath *away*.
   落日的美**令我屏息**。

   7 take one's breath away 使大吃一驚，目瞪口呆

8. Do not allow yourself to *be carried away* by emotion.
   不要讓你自己受情緒左右。

   8 Passive

9. We *were swept away* by the spirit of those times.
   我們**著迷**於那個時代的精神。

   9 Passive

away with [被情緒所控制]

⑩ In situations such as these, it is important to stay calm and not let your emotions *run away with* you.

在這些狀況下，保持冷靜很重要，不要讓你的情緒左右你。

down [熔化]

⑪ The thieves *melted down* the gold coins.

小偷把金幣**熔化**。

➪ a meltdown in a nuclear reactor ＝ 核子反應爐的爐心熔毀

in

① [欺騙；使疲累]

⑫ I am too wise to *be taken in* by a young fellow like you.

我很聰明，才不會**被**你這樣的年輕小伙子**欺騙**。

⑬ I want you to *take in* this dress around the waist.

我要你**改窄**這件衣服腰際的部份。

⑭ The rush to the station completely *did* me *in*.

急忙趕到車站讓我完全**筋疲力竭**。

② [轉變為不同的形態或狀態]

⑮ I *cashed in* my shares yesterday.

我昨天把我的股票**兌現**了。

⑯ If you *trade in* your car, you won't get much for it.

假如把你那輛舊車**抵換**新車，也不會有多少錢。

➪ a trade-in ＝ 抵價的舊商品

into [(精神、情感) 進入某種狀態；融入，變為不同的形態或狀態]

⑰ The patient *went into* a coma after the operation.

病人手術後**陷入**昏迷。

⑱ She *fell into* a deep sleep.

她**陷入**沉睡中。

12 Passive 欺騙

13 改小，窄，短

18 sb fall into 人進入
　　某種精神狀態

32

1
|
18

19 This building has ***fallen into*** a state of disrepair.

這棟建築陷入荒廢的狀態。

19 sth fall into 事物 陷入某種狀態

20 We all gradually ***lapsed into*** silence as we grew tired.

我們變得疲累，全都漸漸陷入沉默。

21 It is easy for lonely people to ***sink into*** depression.

寂寞的人容易陷入消沉。

22 We ***starved*** the town ***into*** surrender.

我們以斷糧迫使這座城投降。

23 The sky ***merged into*** the sea without any break at all.

天空融入大海，連成一片。

24 The new colleague tries her best to ***blend into*** the company.

新來的同事極力地想融入這間公司。

25 The blue mountains ***shaded into*** the blue sky.

青山融入藍天。

26 Kevin's journey round the world ***made*** him ***into*** a new man.

環遊世界的旅程使 Kevin 轉變成另一個人。

26 使某人轉變為…

27 I shortened the sleeves and ***made*** this ***into*** a T-shirt.

我修短袖子，將衣服改成 T 恤。

27 將某事物轉變，修改為…

28 Cinderella's carriage ***turned into*** a pumpkin.

灰姑娘的馬車變成了南瓜。

29 His sympathy for her ***melted into*** a feeling of love.

他對她的同情逐漸轉為愛意。

29 逐漸轉變為…

30 The spy ***melted into*** the crowd and disappeared.

間諜沒入人群中不見了。

30 沒入，混入…之中

31 With the baby coming home from the hospital, he is ***growing into*** his new role as a father.

隨著寶寶自醫院回家，他正逐漸適應作為一個父親的新角色。

32 Take the rice and ***roll*** it ***into*** balls.

把飯揉成球狀。

33 It was an English film, but ***was dubbed into*** Chinese.

那是一部英國片，但配上中文的發音。

33 Passive

34 He *threw* the car *into* reverse and backed away at speed.
他把車子切入倒車檔並加速倒車。

off [入睡；(精神、感情) 進入某種狀態]

35 I tried everything, but couldn't *get off*.
我什麼都試過了，就是無法入睡。

35【英】入睡

36 I don't understand how anyone can *get off* on horse racing.
我不懂怎麼會有人對賽馬這麼熱中。

36 get off on sth 熱中

37 You should be *getting off* work now. It's already nine.
你現在應該停止工作，已經九點了。

37 (為了做別的事而) 離開

38 I didn't *go off* until after midnight.
我一直到午夜過後才入睡。

38【英】vi. 入睡

39 For some reason I have *gone off* Mike lately.
不知什麼原因，我最近開始不喜歡 Mike。

39【英】vt. 不再喜歡

40 The stew *went off* rather quickly in the heat.
燉煮的食物在大熱天很快就變質了。

40【英】vi. (食物) 變質，腐壞

41 Our grandmother is always *drifting off*.
我們的祖母總是不知不覺地就打起盹來。

42 I couldn't help *nodding off* in the boring lecture.
我在乏味的課堂上忍不住打瞌睡。

43 If you will excuse me, I think I'll *doze off* for a bit.
不好意思，我想要稍稍打個盹。

44 The bride's father *dropped off* in the church.
新娘的父親在教堂裡打起盹來。

45 You *switched off* at the most important point.
你竟然在最重要的關頭失去興趣。

46 The star doesn't excite me at all. He *turns* me *off*.
這個明星一點都不會讓我興奮，他令我反感。
⇨ a way of speaking that is a real turn-off = 使人反感的說話方式

47 I don't like my job at all. I *am* in fact completely *browned off* with it.
我一點都不喜歡我的工作，其實我徹底地感到厭煩。

47【英】Passive

形式或狀況的變化　441

48 Your rudeness is what **puts** me **off** you.

你的無禮讓我討厭你。

48 put sb off sb

使某人討厭他人

49 A nasty teacher I had **put** me **off** learning languages.

我遇過一個討人厭的老師，使我排斥學習語言。

49 put sb off sth

使某人討厭某事

50 I got **pissed off** *with* everyone and left the party.

我不爽大家，就離開了派對。

50 俚

51 I met Louis, and we **hit** it **off** immediately.

我遇見了 Louis，彼此立刻一見如故。

51 hit it off

一見如故

on [對某事物理解；情感上強度的增加]

52 His plan **dawned on** me after I got acquainted with him.

我在與他結識後逐漸明白了他的計畫。

53 You still haven't **cottoned on** *to* what I want to say.

你還是不明白我想說的。

54 Explain as I did, the others did not **catch on** *to* my plan.

雖然我解釋了，其他人還是無法理解我的計畫。

54 理解

55 I think this new hairstyle will **catch on** *with* young people.

我認為這個新髮型會受年輕人歡迎。

55 受歡迎

56 She did not **let on** *to* her husband that she had been seeing another man.

她不讓先生知道她一直和另一個男人有來往。

57 Recently I find that she has been **growing on** me.

最近我發現她越來越討我的歡心。

58 Music like that **turns** a lot of people **on**.

像那樣的音樂讓很多人興奮。

⇨ a real turn-on = (特指性慾上) 引人興奮的人或物

58 turn sb on

使某人興奮

59 How can you **turn on** charm just like that?

你是如何能像那樣施展魅力的?

59 turn on sth

展現 (某種特質或情感)

out

① [失去意識；使震驚；意識因麻醉藥而受到影響]

60 He *crashed out* on the floor after a couple of drinks.
幾杯酒下肚後，他在地板上**睡著了**。

61 I *flaked out* from sheer exhaustion.
我因為筋疲力盡而**睡著了**。

62 He *passed out* because of lack of oxygen.
他因為缺氧而**昏倒**。

63 I stood up and then *blacked out*.
我站起來，然後就**昏了過去**。

63 *vi.* 昏厥，昏倒

64 She *blacked out* some lines in the letter so that no one could read it.
她將信中幾行字用**黑色塗掉**，以免被他人讀取。

64 *vt.* 用黑色塗掉、遮掩

65 Because of the air-raids, all the buildings were *blacked out*.
因為空襲的緣故，所有的建築**進行燈火管制**。

65 *vt.* 關掉所有的燈

66 With one flick of the wrist, Clint *laid out* the baddie.
Clint 手腕輕輕一彈就**打昏**這個壞蛋。

67 The heavyweight champion *knocked out* the challenger.
這位重量級的冠軍把挑戰者**擊倒**。

⇨ win by a technical knockout = 因技術擊倒而獲勝

⇨ receive a knockout blow = 挨了致命的一擊

68 The film *freaked* many audiences *out* with terrible scenes of cruel murders.
那部電影以恐怖的殘殺場景使許多觀眾**震驚**。

68 *vt.*

69 I really *freaked out* when the fire alarm went off.
當火災警鈴響起時，我真是**嚇壞**了。

69 *vi.*

70 You can either have a local anesthetic, or the doctor can *put* you *out* altogether.
你可以接受局部麻醉，或是由醫生為你全身**麻醉**。

70 麻醉

32

48
|
70

② [給…添麻煩]

71 I really do apologize for **_putting_** you **_out_** like this.
　 我真的很抱歉**給你帶來**這樣的**麻煩**。

71 給…帶來麻煩

72 We **_are_** all **_put out_** with your children's behavior.
　 我們都對你的小孩的行為**感到困擾**。

72 Passive
　 感到困擾

73 You always seem to be **_putting_** yourself **_out_** for others.
　 你似乎總**為**別人出力。

73 put oneself out
　 為…出力

out of [改變心情]

74 You have been in a foul mood all day. **_Snap out of_** it!
　 你已經心情不好一整天了，**振作點**!

74 snap out of it
　 (用於叫人) 振作
　 精神

75 The music **_took_** me **_out of_** myself.
　 這音樂**使我忘記苦惱**。

75 take sb out of
　 oneself
　 使某人忘卻煩惱

over

① [受心情或情緒等影響；某種情緒的出現]

76 A strange feeling of weariness **_came over_** me.
　 一種奇特的疲憊感向我**襲來**。

77 A strong emotion **_took_** me **_over_**.
　 一股強烈的情感**席捲**了我。

78 A feeling of sympathy **_flowed over_** me when I saw the
　 injured dog.
　 我看到這隻受傷的狗時，一股同情心**油然而生**。

② [改變狀態，機能，位置]

79 That country has **_changed over_** to a new currency.
　 那個國家已經**改用**新的貨幣。

80 My company **_went over_** to a new system of recruiting.
　 我的公司**改用**新制度來招募員工。

81 That country is **_moving over_** to a market economy.
　 那個國家正**改用**新制以走向市場經濟。

82 Our company is **switching over** from the present computer system to a new one.

我們公司正從目前的電腦系統**轉換**成新的系統。

82 轉換(為另一種系統或方式)

83 I want to watch the news. **Switch over** *to* Channel 6.

我想看新聞。**轉台**到第六頻道。

83 轉換(頻道)

84 I think you should **swap** these two **over**.

我覺得你應該把這兩個**對調**。

85 Mr. Wang decided to **turn over** his business *to* the youngest son this year.

王先生決定今年把事業**移交**給最小的兒子。

round [恢復健康]

86 Don't worry. Your husband is sure to **pull round**.

別擔心，你先生一定會**恢復健康**的。

to

①[恢復意識]

87 He will **come to** if you splash some water in his face.

你在他臉上潑點水的話，他就會**恢復知覺**。

88 She fainted, but some smelling salts **brought** her **to**.

她暈了過去，不過一點嗅鹽使她**恢復了知覺**。

②[開始喜歡]

89 To tell you the truth, I have started to **take to** you.

老實說，我**開始喜歡**你了。

90 Against her own will, she found herself **warming to** him.

她發現自己**開始喜歡**他了，但這非她所願。

together [駕馭自己的感情]

91 **Pull** yourself **together**. You have to give your speech now.

冷靜下來，現在該你演講了。

91 pull oneself together 冷靜

92 Come on now, try to *get* yourself *together*.
來吧，試著**控制**自己的**情緒**。

92 get oneself together 控制情緒

93 She has many great plans for her life but just can't *get* it *together*.
她有許多宏大的生涯規劃，但就是無法**付諸實現**。

93 get it together (使計畫等) 付諸實現

up

① [進入某種精神、感情或認知上的狀態]

94 I *woke up* from my afternoon sleep at four o'clock.
我四點時從午睡中**醒來**。

94 *vi.* 清醒過來

95 A strange sound *woke* me *up* from my nap.
一個奇怪的聲音把我從午睡中**吵醒**。

95 *vt.* 使清醒

96 People have *woke up* to the evil consequence of pollution.
人們已經**意識到**污染所帶來的惡果。

96 *vi.* 察覺，有意識

97 James *woke up* and listened carefully to what I had to say.
James **開始專心**並仔細聽我必須說的話。

97 *vi.* 專心

98 Nothing I said could *wake* him *up* and make him listen.
無論我說什麼都沒辦法**讓**他**專心**並注意聽。

98 *vt.* 使…專心

99 A bucket of cold water will soon *sober* her *up*.
一桶冷水可以很快**使她清醒**。

100 The accident *shook* Jim *up* very badly.
這次意外事故對 Jim 造成嚴重的**打擊**。

⇨ be all shaken up = 大受打擊

100 打擊 (某人的情緒)

101 We need a capable man to *shake up* our organization.
我們需要一個有能力的人來**重新改組**我們的組織。

⇨ a major shake-up in a country = 公司內的大改革

101 改組 (以使公司或組織更有效率)

102 George *was* very *cut up* *about* his girlfriend walking out on him.
George 很**難過**他的女友背棄他。

102 Passive

103 He tried to be casual but *was keyed up* *about* the exam.
他試著裝作若無其事，其實對考試**緊張**得很。

103 Passive

104 I *was* too ***strung up*** to even sit down.
我太**緊張**了，連坐都坐不住。

104【英】Passive

105 What ***are*** you so ***steamed up*** about?
什麼事情讓你這麼**激動**?

105 be steamed up about/over sth

106 Tim has a tendency to ***flare up*** for no reason.
Tim 容易無緣無故就**發脾氣**。

⇨ a sudden flare-up in someone's temper = 某人突然發脾氣

107 I tried to control my temper, but I eventually ***blew up***.
我試著控制我的脾氣，不過最後還是**發火**了。

108 His experiences in the war caused him to ***crack up***.
戰爭中的經驗使他**精神崩潰**。

⇨ have a crack-up = 精神崩潰

109 On hearing the news, her face ***lit up*** in delight.
聽到這個消息，她的臉因喜悅而**亮了起來**。

110 You should ***wise up*** to the true facts of the case.
你應該要**知道**這事件的真相。

② [改變外觀]

111 You are ***shaping up*** into a strong young man.
你**逐漸長成**一名強壯的青年。

111 逐漸發展

112 Do some daily exercise and make an effort to ***shape up***.
做點日常運動，努力地**塑身**。

112 (運動) 以塑身

113 Mike is very good at ***sending up*** some of our more pompous teachers.
Mike 十分擅長**以模仿挖苦**幾位比較道貌岸然的老師。

③ [鬆弛；枯萎；皺成一團]

114 A light massage will help ***loosen up*** your muscles.
輕微按摩有助於**放鬆**肌肉。

114 vt.

115 Don't be so tense. ***Loosen up***.
不要這麼緊張，**放輕鬆**。

115 vi.

[116] For lack of water, the leaves appeared to *shrivel up*.

由於缺水，樹葉顯得**乾癟皺縮**。

[117] *Screwing up* the letter, she threw it onto the floor.

117 揉成一團

她將信**揉成一團**丟在地上。

[118] Why do you *screw up* your eyes when looking at the board?

118 瞇起(眼睛)，使
(五官)皺在一起

你看黑板的時候為什麼要**瞇起**眼睛?

[119] The author *crumpled up* yet another page of his manuscript.

作者又把另一張手稿**揉掉**。

[120] My trousers are all *creased up*.

我的褲子全都**皺掉**了。

④ [和好，重建良好關係]

[121] Come on, let's kiss and *make up*.

好啦! 我們親一親就**和好**吧!

[122] We're trying to *patch up* our differences.

我們正試著**調解**彼此的不合。

(33) 屬性、性質、分類

after, among, as, down as, for, **in**, **of**, off, off as,
off on, on, to, under, up, up as, with

　　本章介紹關於〈屬性、性質、分類〉的概念。因此,「人、事、物的屬性」都屬於這個主題的範圍。若將此範圍擴大,就與「因各自的屬性而被歸入的範疇、領域」有關。

　　在下列的例子中,Paul 因被視為具有某種特定的〈屬性〉: way of carrying himself (處世態度),人們便將他歸入 a man with a future (一位有前途的人) 的〈分類〉中:

◆ Paul's way of carrying himself *marks* him *as* a man with a future.
　　Paul 的處世態度**顯**示他是個有前途的人。

　　另外,本章也與「物或人具有特定的機能或完成任務的能力」有關,因為若物或人具有某種特定的屬性,就算該屬性並非為了某個目的而存在,也能移作某項特定的機能或達成某項任務。其例如下:

◆ This cup *serves for* an ashtray.
　　這個茶杯可以**當作**煙灰缸使用。

　　本章還包括關於「藉由人的行動方式,或因與某物相關而採取的行為,使得該人賦予該物某種特殊屬性」的動詞片語,這裡所提到的「物」並不一定是具象的實體。其例如下:

◆ Our professor *peppers* his speech *with* Latin words.
　　我們的教授在演說中**頻繁地使用**拉丁字。
　　換言之,因為教授的行為 (即頻繁地使用拉丁字),使得他的演說具有布滿拉丁文的〈屬性〉。

after [相似; 以…為某人命名]

1. You *take after* your grandmother.
   你像你的祖母。

2. We *called* our son "Horatio" *after* a character in *Hamlet*.
   我們以《哈姆雷特》劇中角色 Horatio 的名字為兒子命名。

3. You did me a great honor by *naming* your daughter *after* me.
   你以我的名字為你女兒命名真是太抬舉我了。

among [歸類為…; 排名]

4. I *class* George *among* the very best of my students.
   我把 George 歸類為我最優秀的學生之一。

5. We do not *count* Paul *among* our friends.
   我們沒把 Paul 當作朋友。

6. I would not like to *number* you *among* my enemies.
   我不想把你當成敵人。

7. This university *ranks among* the top 10.
   這所大學排名前十名。

as

① [以 (某種特質、稱呼或打扮) 為人所知]

8. Everyone in our village *hailed* him *as* a hero.
   我們村裡每個人都把他視為英雄。

9. We are wrong in *seeing* him *as* an idiot.
   我們錯把他當成笨蛋。

10. He plays basketball so well that he can *pass as* a professional player.
    他籃球打得很好，好到可以把他當成是職業球員。

11. Paul's way of carrying himself *marks* him *as* a man with a future.
    Paul 的處世態度顯示他是個有前途的人。

12. Iosif Dzhugashvili was better *known as* Stalin.
    Iosif Dzhugashvili 較被人熟知為史達林。

⑬ The thief got in by *masquerading as* a security man.
這小偷藉著**喬裝成**保全人員得以入內。

②[充當成…]

⑭ This knife will *serve as* a screwdriver.
這把刀可以**充當**螺絲起子。

⑮ Here you are. This box will *do as* a table.
你要的東西在這，這箱子可以**充當**桌子。

down as [視為…]

⑯ Randolph won't *go down as* a great president.
Randolph 將不會**被視為**偉大的總統**而名留青史**。

⑰ We *put* her *down as* being rude and unhelpful.
我們**認為**她既無禮又幫不上忙。

⑱ The teachers soon *marked* me *down as* a troublemaker.   18【英】
老師很快都把我**當成**製造麻煩的人。

for [某種功效可充當…；表示；具有(同樣的情形)；為某地命名]

⑲ This cup *serves for* an ashtray.   19【英】
這個茶杯可以**當作**煙灰缸使用。

⑳ Tonight the soap will have to *do for* shampoo.
今天晚上得用這香皂**替代**洗髮精。

㉑ He needn't say anything. His actions *speak for* themselves.   21 speak for itself/
他什麼都不必說，他的舉動**說明一切**。   themselves (某物)
    可說明一切

㉒ What does BBC *stand for*?
BBC 這三個字母**代表**什麼？

33

㉓ The American economy is in bad shape. The same *goes for* the European economy.
美國的經濟狀況不佳，同樣的情形**也出現在**歐洲國家。

1
—
24

㉔ This airport is *named for* President Kennedy.   24【美】
這座機場以甘迺迪總統**的名字命名**。

in

①[屬於，在於；(看出人或事物) 具有某種特質]

25 The constitution says sovereignty *resides in* the people.

憲法指出主權**屬於**人民。

26 Good manners *lie in* consideration for others.

良好的禮儀**在於**體貼他人。

27 You must remember that we *repose* great hope *in* you.

你要記住，我們對你**寄予**厚望。

28 This is an ancient castle town which *is steeped in* tradition.   28 Passive

這是一座**充滿**傳統氣息的城堡式古城。

29 I *see* many fine qualities *in* your son.

我**在**你兒子的**身上看到**許多優良的特質。

②[代替並達成某種功效]

30 Mary is *filling in* for Peggy tonight.

Mary 今晚替 Peggy **代班**。

31 I am very busy. Do you mind *standing in* for me?

我很忙，你可以**代替**我嗎?

⇨ be a stand-in for someone else = 代理人；替身

32 You never know when a penknife will *come in* handy.   32 come in handy

你永遠不知道小刀什麼時候會**派**上**用場**。   必要時用上

of

①[帶有某種特性；對…抱持某種意見或想法]

33 His honesty and frankness *partake of* rudeness.

他的誠實與直率之中**帶有**無禮。

34 This house *reeks of* rotten fish.   34 有…的氣味

這間房子**有**魚類腐敗**的**臭味。

35 Everything he said *reeked of* treachery.   35 有… (負面) 的意

他每一句話都**帶有**背叛**的意味**。   味或性質

36 I keep away from anything that *savors of* corruption.

我遠離所有**帶有**貪汙**性質**的事物。

37 To me, that plan **smacks of** a cover-up.

對我而言，那計畫帶有掩飾意味。

38 The wind around here **smells of** the sea.

這一帶的風散發海水的味道。

38 發出…的味道

39 The way you behaved **smelt of** dishonesty.

你的行為表現帶有不誠實的跡象。

39 有…的跡象

40 When I first met you, I did not know what to **make of** you.

第一次見到你的時候，我不知道該如何看待你。

41 I **weary of** those boring TV commercials.

我對那些無聊的電視廣告感到厭煩。

42 It is impossible for me to ever **tire of** caviar and champagne.

我是不會對魚子醬和香檳感到厭倦的。

② [容許]

43 In this company, we **admit of** no exceptions to the rules.

在這家公司，我們不容許規則出現例外。

44 This paragraph **permits of** no other interpretation.

這個段落不容許有其他的詮釋。

off [裝扮成擁有某種特性的模樣]

45 The comedian **took off** several well-known personalities.

這名喜劇演員模仿幾位知名的人物。

off as [冒充]

46 I succeeded in **passing** her **off as** my younger sister.

我成功地將她冒充成我妹妹。

33

off on [使具備某種特性]

25
|
47

47 If I am with a great sportswoman like her, perhaps some of her talent will **rub off on** me.

如果我和一位像她這麼偉大的運動員在一起，或許她一部分的才能可以影響到我。

on [基於某種特性; 仿照]

48 The story was fiction, but the author *based* it *on* fact.
這個故事是虛構的，但作者是**以**事實**為根據**。

49 They *built* their theory *on* several false assumptions.
他們把理論**建立在**幾個錯誤的假設上。

49 建立在…的基礎上

50 I don't think we can *build on* his help.
我不認為我們可以**指望**他的幫助。

50 寄望於…

51 This house *is patterned on* 19-century English architecture.
這間屋子**仿照** 19 世紀的英式建築風格建造而成。

51 Passive

52 We *modeled* this teahouse *on* one in Kyoto.
我們**仿照**京都的茶館建造這間茶館。

to [屬於; (使) 有關聯; 有相似點; 傾向於]

53 We hope each employee feels he or she *belongs to* the company.
我們希望每位員工都覺得他們是公司**的一分子** (屬於公司)。

54 That comment does not *relate to* anything at all.
那評論**與**什麼都**沒有關聯**。

55 I need information *pertaining to* the Russian Revolution.
我需要**有關於**俄國革命的資料。

56 I knew him, but could not *put* a name *to* the face.
我認識他，但沒辦法**想起他的名字**。

56 put a name to the face
想起…的名字

57 Teachers are often *likened to* lighthouses guiding students.
老師常被**比作**指引學生的燈塔。

58 The police arrested a man *answering to* the witness's description.
警方逮捕一名**符合**目擊者描述的男子。

59 Jim's taste in TV *runs to* such things as trashy dramas and game shows.
Jim 對電視節目的偏好**傾向於**垃圾電視劇和遊戲節目。

under [列於…下]

60 Does an air gun *fall under* the category of firearm?
空氣槍列入槍枝的範圍嗎?

61 Does bridge repair *come under* the Construction Bureau?
修橋的工作隸屬於建設局嗎?

61 歸入…之下管轄

62 For accounting purposes, damage like this *comes under* the heading of wear and tear.
為了記帳，像這樣的損害是列在損耗的項目之下。

62 列於…類別

up [符合]

63 The suspect's blood type and this sample *match up*.
嫌犯的血型和這個樣本吻合。

up as [視為]

64 Some Scandinavian countries have been *held up as* models of the welfare state.
有些斯堪地那維亞半島的國家已經被視為福利國家的典範。

with [(不) 適合; 具有某種屬性或特性]

65 Greasy food does not *agree with* me.
油膩的食物不適合我。

66 Generally speaking, shellfish *disagrees with* me.
一般說來，甲殼類海鮮不適合我。

67 He is a man who *is endowed with* many talents.
他是一個天生具有多項才能的人。

67 Passive

68 Be careful! That rose bush is *bristling with* large thorns.
小心啊! 玫瑰花叢布滿巨大的刺。

33

69 Our professor *peppers* his speech *with* Latin words.
我們的教授在演說中頻繁地使用拉丁字。

69 (言談或文章中)
充滿…

70 The contestant *peppered* the target *with* bullets.
參加競賽的人用子彈猛攻目標。

48
|
70

70 多次，全面地攻擊

索引 III

~~~以動詞字母順序排序的英漢對照索引~~~

H

你還在尋找一本用來順手的文法書嗎？

三民書局針對高中、大專學生以及在職人士的需要，推出簡明、易懂的《實用英文文法》，從此你不用再苦嘆「眾裡尋它千百回」囉！

實用英文文法
Practical English Grammar

馬洵
劉紅英 編著
郭立穎
龔慧懿 編審

三民書局

本書特色

(1) 說明深入淺出，讓您輕鬆學習。

(2) 用字簡明精確、易懂易記，絕不讓您讀得「霧煞煞」。

(3) 以圖表方式歸納、條列文法重點，讓您對文法規則一目瞭然。

(4) 引用為數上千的例句，情境兼具普遍性和專業性，並附有譯文，便於自學。

這麼讚、這麼ㄅㄧㄤˋ的文法書，
你還在等啥麼？

關鍵片語800隨身讀

《10.5X15cm》

* 輕薄短小的設計方便您隨身攜帶、隨時隨地背誦。
* 網羅800個近十年內最常出現於聯考、指考與學測的片語及慣用語，並根據其出現頻率，分成高頻率片語和超高頻率片語兩大部分，讓您掌握重點、輕鬆應試不困難!
* 除提供例句外，亦針對重要片語補充同義片語、片語用法與延伸學習等，讓您在熟記片語的同時亦能舉一反三、觸類旁通。

Vocabulary 1000
國中小基本一千單字書

* 本書係參考教育部頒訂之「國民中小學英語最基本一千字詞」
  編寫而成，依字母順序排列，讓您輕鬆查詢。
* 每個單字均附音標、詞性、中解、詳盡的例句及用法；「文法
  重點」和「比較表格」，讓您徹底瞭解該單字；「相關字」的
  設計更讓您方便隨時查詢同反義字以及類似字詞。
* 隨書附贈專業外籍錄音員所錄製的單字朗讀MP3光碟，讓您
  不僅知道單字的用法，還能說出最標準的英語。